U0917993

独孤门下 著

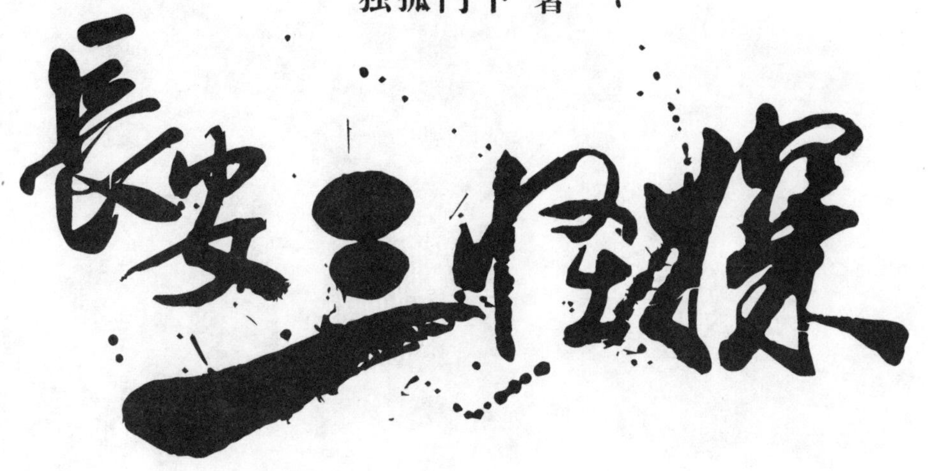

之

译林出版社

自 序

直到这东西已经写了一半，几十万字堆在我面前，我也不敢相信，这辈子会和舞文弄墨的事有什么联系。事情是这样的……

我懂事晚，年少时误交损友，打架斗殴、耍钱泡妞的事一件没落下，也曾数次在边缘行走，仗着一点狗屎运才没有将下半生都交付在高墙之内。眼见着年过了三十，发现自己一事无成，没车没房没工作没关系，不由得发愁起前途饭辙来。

到了我这份儿上，正行我是一门也走不了了，只能考虑捞偏门。我打算从我的姓氏上打打主意。我姓独孤，这是一个少见而怪异的姓氏，虽然我家上溯几代都是老实得不能再老实的本分小百姓，但我总觉得这个姓氏发音奇古，内蕴丰富，绝不可能是凡夫俗子所拥有。要是能攀上个显贵的祖宗，哪怕多虚无缥缈都行，我就有信心在这个伟大的时代把它经营好。前两天，我还看到一则新闻，说是秦淮八艳的后人举行规模盛大的宗亲联谊会，大家都穿汉服出席，盛况空前，还发表了一封给政府的公开信，呼吁弘扬传统娼妓文化，尊重性工作者。看了电视里那些七老八十的人还争着当妓女的后人，我愈发觉得在家族历史中找名人的想法是相当靠谱的。

我于是总缠住我爸问，我家祖上到底是干什么的？有没有什么曾经叱咤风云的名人贵族或英雄豪杰？有没有要复的国，要传的秘籍，要穿越回去拯救的爱情？或者更直接的，有没有什么值得挖的宝贝或古董传下来？可我爸一来文化水平低，就一工人，说不出个子丑寅卯，二来恨我这些年无休止地啃老兼惹祸，糟蹋了他不少银子，总是没好气地把我赶开，无情地摧残我慎终追远的情怀。

我也曾翻箱倒柜掘地三尺地在家里翻找，期望能翻出一张蜡黄蜡黄的古旧地图，或者一本破破烂烂的缺角虫蛀的线装书，哪怕是八〇年代新修油印的家谱也行，从中或许就能看出一些我这个非同凡响的姓氏的伟大渊源，从而展开一段传奇经历。可我妈一边拿笤帚疙瘩追打我，一边骂，你也不看看你们独孤家的穷样，祖坟都不知道朝哪儿歪，还能指望它冒青烟？

这样一来，我灰心丧气，破罐破摔，真祖宗不保佑我，我索性胡攀乱搭找假的。感谢金庸老爷子，他为了赚俩儿钱花在一本小说里编出一个特别狠的主儿就姓独孤，还给他起了个特事儿的名叫求败，意思就是太厉害了，活着浑身没劲，和现在网上说的求虐求蹂躏一个意思。反正我视野范围内也就这一个姓独孤的名人，干脆就攀他了！

我开始逮谁跟谁说我是独孤求败第二十一代正宗嫡传子孙，

千真万确，如假包换。可大多数人看了看我瘦弱的小身板儿都不住地摇头，脸上一副讨厌的怀疑论者的样子。更要命的是我那一脸灿烂青春痘的女友见我添了这个爱好，说我不实在，不是过日子的人，无情地离我而去。

我有些濒于绝望了，整日缩在我那家徒四壁的小屋里，足不出户，只觉得脑袋昏昏沉沉，昼夜不辨，就这么不知过了多少时日，忽然恍惚间，听到有个声音叫了我一声。

嘿，小子。

我四下望望，并没有看见什么人，甚至连鬼影也没见一个，于是就想再躺下去。可那个声音又说话了：小子，祖宗赏你口饭吃，你还不振作起来吗？

我惊讶地瞪大了眼睛，仔细搜看了一遍屋子，确认确实没有人。我心情更加糟糕起来，我是听说过人在极度失望之中会产生幻视幻听的，这病颇不好治，似乎还和精神科疾病扯不清关系，莫非我……

可那个声音继续发话了：算你小子有慧根，我们独孤家当然不一般，特别是出了我这样一位非凡的祖宗。

我心说草泥马，乱充人祖宗死你家一户口本的。可又一想，这非人非鬼的家伙有些蹊跷，说不定真和我家祖上有什么瓜葛，就说你谁啊你？

那人还是不现身，却说，我叫独孤仲平，是你先人。

他换了个词儿，虽然还充我大辈儿，多少礼貌了些。而且我仔细揣度，这声音竟是从我身体里面发出来的，仿佛就在我耳朵里面，听起来清清楚楚，却绝见不到人影。幻听总是伴随幻视，我虽然头昏脑涨，可还记着这一点，这就可以确认这声音真的不是我想象出来的。

独孤仲平？好吧，就算你是我祖宗吧，你有过什么伟大的成就？立过国，造过反，还是写过诗？喂，你有没有什么宝贝，藏哪儿了？

这话一出口我就后悔了，太直奔主题了！虽然还没直接秃噜出想挖祖坟发财的话，但也差不多了。我生怕惹恼了他。

那声音却微微一笑，并不生气。你小子，真是你们这糟糕时代的人，盗墓小说看多了吧？可惜啊，你祖宗我没什么财宝攒下来，也没有一座大墓可以让你去挖。

叫他说中了。我稍有羞怯，但马上又恢复了正常，我必须控制这种没用的感情，继续挖掘他身上蕴藏的可能的机会。

那你出过大名没有？或者有拿得出手的绯闻也行啊！你刚才好像说要赏我饭吃，快快快！就在这里兑现吧！

那声音又是轻轻一笑，仍然不急不慢地说：我没出过大名，也没有你说的那什么闻，只不过觉得我这一生的故事还有点意思，不应该湮没在岁月的深处。可这一千多年来，我在我们独孤家族的一辈辈后人中苦苦寻觅，一直找不到合适的。直到你出现，我发现只有你和我心意相通，算是一路人，所以特来关照你。

天啊，我听了这话不由得头皮一阵发紧，嘴唇一阵发紫，心想，这位祖宗别是想干什么吸血剜心、借尸还魂的勾当。

那声音立刻洞察到了我身体的轻微颤抖，更加靠近我的耳朵，轻柔地说：别害怕，小子。我只是想借你的笔把我的故事记下来，让我们家族的后人知道，我们独孤家还曾有人这样活过。

啊？我古文不好，作文也没及过格！

不用你写，我用心意默示你，你记录就行。

我，我最近有点忙……

你不要盘算得失了，我虽然没钱给你，但可以允许你把我默示你的故事挂到你们那个什么网上，我相信你从此不会发愁饭辙了。

真的？这倒是很对我的心思，不过……

你在奇怪我怎么能知道你在想什么？

啊！？

因为我是大唐长安城最出色又最奇怪的探子，揣度人心是我的看家本领，我所谓的故事就是关于我和我的案子的。这是我们独孤家族的一笔精神财富，我选了一千多年才选中你记录它，难道你还要推辞吗？

不得不承认，虽然看不见他，我确实感受到了他惊人的洞察力。事到如今我还能怎么办？

除了当好这位祖宗的孝子贤孙加笔杆子，我还能有什么别的选择呢？

所以你们下面要看到的所有故事都不是我编造出来的，而是我受这位神奇先祖的心灵默示而写下的。不要太突出他个人，而是把他和另外两位怪怪的长安探案者拉在一块儿说事，也是他的主意，我只是照录而已。其实我本人没什么文化，总写错别字，统共没看过几本小说，更别说创作了。因此郑重声明，文责自负，哪些内容您看着不顺眼，我就把我这位祖宗的联系办法告诉你，你找他算账好了。

最后再说说署名的事，本来我作为我们家族唯一被独孤仲平先祖选中的后人来记录他的事迹，是完全可以大大方方地署上我独孤小西的大名的。但近来忽然发现西字颇不当时令，我又不想改名叫小东，所以还是不惹麻烦为好。好在仲平先祖的神断本事我在记录的过程中就佩服得五体投地，不如索性就充了他的门下，也好将来打他的旗号出来混。这就是我现在署名得来的因由。

列位看官，现在就请随着我的笔一起来吧，我们不玩穿越，我们只是一起回想……

楔　子

这时已是晚唐文宗年间，连空气中都散发出奢靡和罪恶的气息。

白日将尽时分。

北风掠过几乎半人高的连绵荒草，泛着幽微而惨淡的光。廓落的原野很快将被黑暗笼罩，这时的乐游原本该是没有人的，但他却已经在这里伫立了许久。

位于朱雀大街以东，升平坊、新昌坊一带的乐游原，本是一片隆起的高坡，自先汉起便是皇族显贵游乐之所。经过隋唐两朝扩建，尤其自开元以来诸王公主的悉心经营，每逢上巳、重阳之日，冠盖云集、车马拥塞，即便赶不上曲江之盛况，也不啻是长安士庶赏玩的胜地。

这么多年来，他已经记不清曾多少次登上这片高耸的冈原。

开阔的地势总能满足那些终日被高大城池拘束的人群渴望自由的心境，而真正让他相看不厌的，既不是草长莺飞、菊香枫浓，亦不是米酒醇厚、红幄风流，而是每逢冬日黄昏，乐游原上这萧索荒芜的景致。那时候她还在他的身边，也曾冒着寒风陪他来过许多次，但她从来就不懂他为什么如此执着。说实话，那时他自己其实也弄不清楚，不过是一种说不清、道不明的东西在心底蠢蠢欲动罢了。

然而，就在今天——

就在今天，当他又一次登上原野举目四望，那一直说不清道不明又始终盘踞在心里的东西就这样突然活了起来，毫无预兆却又难以抑制，让他的胸口忍不住胀痛。

他们必须死——

而我，将亲手杀了他们！

只一刻，他几乎不能自已地想要大喊，却又发现任何音调、词句都不足以表达此刻他内心的澎湃。他知道他要哭了，而这场恸哭注定将和那一天一样是喑哑的！

风很冷，很硬，瞬间已吹干他眼角的泪痕。

暮色中有梵唱隐隐传来，那是山坡下青龙寺的僧侣的晚课。“离离原上草，一岁一枯荣”，尽管他算不上通晓文采，白乐天的诗句依然情不自禁地在他脑海中浮现，虽然诗人吟咏的并非这眼前的乐游原，但在此刻的他看来，却是无比的恰如其分。

野火烧不尽的到底是什么呢？他忍不住这样想，而当春风降临，又真的会再次复苏吗？

他知道自己并不是神，可他即将要做的却是只有神明才能做的事。他也知道这么做是不被允许的，但既然已经有了成为神的觉悟，这世俗的力量又怎么能够阻止他呢？

此时，如果刚好走过乐游原下的独孤仲平抬头仰望，视线或许会穿透冥冥暮色，与他的目光交接。那么独孤仲平也许能从那一双焦灼而狂热、饱含按捺不住的狂喜与决绝的眼神中读出迫在眉睫的危险。也许这世间只有独孤仲平才具有这样的能力，但命运没有给予这样的机会，独孤仲平低着头，匆匆穿过乐游原下的街道，赶往刑部大牢，那里有个故人更牵动他的心绪。

夜幕低垂，原野更显苍茫。

他俯瞰着山坡下渐渐明亮起来的城市。具体的计划已然在脑海中成形，很快，他们就将以复仇的名义被一一杀死，那是对他们所作所为应有的惩罚。而且，决不能让他们毫无知觉地轻松死去，一定要让他们在赴死之前感受到无尽的痛苦和恐惧。

他深深吸了口气，忽然觉得已有春天的气息在口鼻中弥漫。很快东风将至，想来这漫山遍野的荒草不久之后也会再度变得郁郁葱葱起来吧！

他的心中渐渐一片柔和。

这个人笑了。

到那时他们，你们，不，还有我们——

我们都已死去。

一

“乍密乍疏，乱如解索，阳浮而阴弱……几日不见，你这病可是又重了！”

“阳浮而阴弱？怎么讲？”

刑部大狱最深处一间幽暗的牢房，两个人影隔着牢房的栅栏席地而坐。

借着炭盆里半明不暗的火光，可以看见栅栏里的是个四十多岁的汉子，赭衣垢面，手铐脚镣俱全，另有四条茶杯口粗细的铁链从牢房石壁上伸出来，牢牢将其四肢锁住。这汉子姓方，天生是个驼背，江湖上便称之为“方驼子”。

依照唐律，能享受这般“待遇”的无不是穷凶极恶的重犯，可这方驼子的身量既不高也不壮，除了天生残疾，偏还一脸菜色，瘦骨伶仃，怎么看都与一个狠辣的凶徒相去甚远。只有一双骨碌碌乱转的眼珠，显出方驼子是个脑筋极其好使的家伙。

而坐在栅栏外的是个年轻人。

说他年轻，但从神情、姿态怕是也过了而立之年。这人的样貌乍看上去并没什么特别，不过是一对狭长的眉眼，鼻梁高挺，双颊微陷，脸色稍稍透着苍白。他的衣着也很平常，一袭说不清是灰是白的长袍裹住清瘦颀长的身子，那长袍显然已经洗得很旧很软，穿在身上自然便带了些落拓的味道。只有他脸上总是习惯性浮现的嘲讽意味的微笑，让人隐隐地感到这是对丰富内心世界的一种防御性掩盖。而他眼中瞬间闪现的犀利光芒又无疑透露他超凡的洞察力。

此刻，方驼子一只鸡爪般的手正搭在年轻人腕上。

“关前阳，外为阳，卫亦阳也。风邪中于卫则卫实，实则太过，太过则强……”方驼子双眼半阖，眉头微锁，嗓音尖细，“……关后阴，内为阴，荣亦阴也。荣无故，则荣比之卫为不及，不及则不足，不足则弱……”

年轻人笑着摇头。“阴弱者，汗自出，我虽然睡不好，却并无盗汗之象。”

方驼子稍稍一愣。“嗯，这个嘛，你的阴弱并不是营阴本身虚弱，而是——而是因卫气不能外固，所以令营阴不能内守，所以嘛……”

“所以就乍密乍疏，乱如解索？”年轻人忍不住摇头，“这解索脉可是精血衰竭的死脉，你个驼子不安好心，莫不是要咒死我？”

“哦，真的吗？”方驼子想了想，“那许是我记错了，反正都差不多！你这是雀啄脉，雀啄连连，节律不齐……”

年轻人再次摇头，叹了口气。“那也是死脉！你呀你，一张嘴就露陷儿。怪不得扮郎中让人家一眼识破，给抓到这儿来了。”

方驼子露出不快之色，哼了一声："别忘了，可是你求我给你诊病来着！"

方驼子说着作势将年轻人的手腕推开，而他这一动，便连带着手脚上的铁链发出一阵哗啦哗啦的声响。年轻人见状只好赔不是："好了好了，是我的不是！你接着诊。"

方驼子这才哼了一声，手指重新搭上年轻人手腕，一副抱怨的口吻："这帮混账东西，把老子拴得那么紧，搭个脉都别着劲儿。"

年轻人轻轻点头，道："谁让你想逃跑的？不过他们还是不了解你，你又不会什么功夫，拴着干什么！依我看，要是真想防备你，还是应该割了你的舌头去！"

方驼子顿时咧嘴一笑，满是裂纹的唇缝里露出参差不齐的黄牙，揶揄道："啧啧，老话真是没错，害你的都是最了解你的朋友。我看还是趁早给你下一服猛药，吃死了你，省得你再帮着他们祸害我。"

年轻人这时也忍不住笑道："你住进了这刑部大狱可和我们右金吾卫没半点关系！再说，我能算你的朋友吗？"

"不算朋友算什么？"

"我也不知道，算是个……熟人吧。"

"随你怎么说吧。"方驼子嘿嘿一笑，得意而自信地看着他，"就算你不把我当朋友，可你从十岁起就天天和我在一起，我就像你手上的茧子，肚里的虫子，你虽然不喜欢，可去不掉我，要是没了我，你就不知道自己是谁了。"方驼子见年轻人仿佛没什么反应，停顿片刻，"再说了，你每次来见了我，起码能睡上几天安心觉吧？知道吗？你得的多半是心病。”

“那你就给我开点治心病的药好了。”年轻人说着自嘲一笑，眼睛却突然睁大了，精光直射方驼子，“我这病，真郎中治不了，只能求你这假郎中了。你们把他埋在哪儿了？”

方驼子故意不接话：“在上回那方子上去了曲阿酒和麻酒，换上三勒浆试试！——不过你住的那胡人女子开的酒店里的葡萄酒，最好少喝。”

年轻人一扬眉，道：“葡萄酒我本来就不喜欢。三勒浆？好，好，我吃吃看。”

方驼子道：“你想去给千面佛上坟？那敢情好，毕竟师徒一场。”

年轻人道：“不是上坟，只是去看看。”

方驼子道：“告诉你也没什么，可你看我现在这副样子，你就一点法子都没有？”

年轻人瞥了方驼子一眼，又用嘲讽的笑掩盖住了自己：“你个驼子，又不是死罪，干吗急着出去？你要是逃成了，我岂不是再也见不到你了？”

方驼子有些丧气地啐了一口，失落地说道：“呸！没良心的东西！怎么可能不是死罪？多半要把我斩立决了。不帮忙就算了！不过我说小爽子啊，你再给右金吾卫那庾胖子卖命，只怕会病得越来越重！”

年轻人淡然一笑，道：“我现在叫独孤仲平，只是帮衙门里出出现场，画画图而已。”

这年轻人自报了家门，他现在叫独孤仲平，就是我们故事的主人公。现下名义上是受雇于右金吾卫衙门的画师。金吾卫掌宫中及京城昼夜巡警之法，左右金吾卫以长安城中央的朱雀大街为界，分别执掌城西和城东的徼巡治安。左右金吾卫的头头分称左右街使，职责很重，整个帝国都城的治安都由他们负责，官衔却低，只有从六品。现下的右街使是个叫庾瓒的胖子，他结识独孤仲平的故事本身就是个有意思的案子，而独孤仲平甘愿在他手下以画师的身份做遮掩助他破案，更是让他做梦也要笑醒，因为他自己实在是不擅长这份需要智商的差事。

方驼子不屑地说："哼，这话你还是留着做梦骗自己吧！我就想不明白，就算是你不做我们这行了，也犯不上沾那些做公的吧？"

独孤仲平笑而不语。

方驼子还不死心。"喂，你真不考虑下？千面佛埋身的地方换你帮老熟人个忙？"

独孤仲平略微沉吟，然后道："这个嘛……"

正在这时，一阵急促的脚步声响起，一个狱卒急匆匆地跑过来，道："独孤先生，有部里的司官来巡查，马上就到二道门了！"

独孤仲平闻言有些错愕，问道："来的是哪个司的？"

"比部司呗，还能是哪个？"比部司是刑部所属四司之一，主管各部门的审计工作，经常会到各处巡查稽核，虽说不是大牢的直接管理，但其影响极大，随便一两句话，都会叫相关人员吃不了兜着走。

狱卒口气十分焦急，对独孤仲平的态度却还颇为尊敬。"您快把我这身替换的衣裳穿上吧！"狱卒边说边拿出一套叠得很整齐的狱卒衣服，“要是让上头发现我私自放您进来和犯人见面可不得了！”

独孤仲平低头看了一眼那狱卒的行头，这行头洗得干干净净，叠得很整齐，又看了看一脸焦急的狱卒，但见这狱卒身上的衣服却是又皱又脏。

独孤仲平道：“他们是常往这牢里走动的，我的脸生，穿上这个，人家见了一样会怀疑。”

狱卒一脸苦相，焦虑不堪。“那怎么办？您快想个法子啊！”

独孤仲平眼珠一转，反而从容地在凳子上又坐了下来，冲栅栏后的方驼子一努嘴：“把手给我。”

方驼子看了独孤仲平一眼，立刻明白了他的意思，伸出手的同时，低头弯腰，作腹痛状，并哼哼起来。独孤仲平按住他的脉，作诊脉状。

方驼子凑近栅栏一些，兴奋地说：“嘿！这是个机会，一会儿我就装作病得很厉害，你说需要让我躺下才能给我诊脉，他们会进来把这些讨厌的玩意儿打开，你跟进来，假装给我查病，然后我就一把抓住你，吓唬他们说要杀了你，我们就可以直接从这大牢里走出去了。”

独孤仲平微微讪笑。“这样你只能走到二道门，二道门外的广场，四面都是弓箭手，他们会射死你的。”

“我早想过了，二道门边有个拐弯，我们躲在那儿，刑部的傻瓜被我们当面跑了，一定脱不了干系，会追过来，我们就在那拐弯处再来他一下，两个司官在手，他们就不敢轻举妄动了，我们可以大摇大摆地走出去。”

独孤仲平问道:“你真想这么干?”

方驼子使劲地点点头。就在这时，狱卒已经引着两位刑部司官沿走廊而来，身后还有另两位狱卒相陪。独孤仲平冲方驼子眨了下眼睛，方驼子开始夸张地呻吟起来。

众人来到独孤仲平跟前。为首的刑部司官见方驼子一脸痛苦状，板着脸打起官腔:“方驼子病了?”

狱卒急忙应着:“是啊，一早上起来就喊肚子疼，也不知道是真是假，我们就请了位郎中来看看。”

“这位郎中我怎么没见过?”

“这位独孤先生是新近才来长安行医的。”

独孤仲平冲两位司官点点头。方驼子急忙呻吟得更高声些。独孤仲平脸色骤变，说道:“不好，脉弦暴起暴落，定是脏腑出血，必须马上平躺，用针法止血，不然……”独孤仲平说着摇摇头。

刑部司官见状，脸色也变了。“那——那赶快，方驼子是要犯，绝不能死。”

狱卒惊慌地摸钥匙开牢门，众人冲进去。狱卒又替方驼子打开拴住四肢的铁索，将他放平。方驼子边继续呻吟，边摸下了发簪，脸上划过一丝得意。只待独孤仲平俯下身来，就可实施他刚才设计好的双簧戏。谁知独孤仲平顽皮地冲他眨一下眼，突然捂住了自己的肚子。

“哎哟，不好，定是早晨吃的那三个羊肉大包子不干净，我——我得方便一下。狱官，茅厕在哪儿?快领我去。”

独孤仲平说着拉起狱卒的手就朝外走。方驼子又惊又怒，却说不出什么，只得狠狠地瞪了独孤仲平几眼，独孤仲平只当没看见。

独孤仲平对司官及另两个狱卒道："你们先按住他，我马上回来给他施针法，他要是痛得厉害，你们就照他肚子上狠狠地踢。"

刑部司官一脸惊讶。"什么？"

"没关系，紧急情况，这样止血是最好的办法。"

独孤仲平说着，又冲方驼子眨了下眼睛，偷偷坏笑着拉着狱卒跑开。直到过了走廊拐角，独孤仲平才放慢了脚步，嘿嘿笑起来。与此同时，方驼子的惨叫声也传了过来。

"哎哟！哎哟！别踢了，我肚子不疼了。哎哟！"

独孤仲平和狱卒相视一笑。狱卒谄媚地凑近些，正待要再说些甜乎话，独孤仲平突然把脸一绷，说："你想加钱？"

狱卒一愣，赶紧一脸堆笑，摇头道："独孤先生这说的哪里话，小的哪有这个意思？"

"是吗？"独孤仲平一脸漫不经心的神情，"想加钱就直说，何必故意挑一个司官们来巡查的日子？终究是担风险的事，也不怕把你这小心肝吓破了？"

狱卒顿时一脸窘色，嘴上还兀自辩解道："这司官老爷们说来就来，我怎么会知道……"

"你当然知道司官们会今天来！"独孤仲平注视着狱卒，神色严厉，"你看，你自己身上的衣服又脏又皱，给我准备的却洗得干干净净、叠得整整齐齐，而且他们刚到二道门你就捧着出来，你对我可真是不错啊！"

狱卒一时语塞，想了想，急忙摆出一副可怜兮兮的样子，道:“……独孤先生，不瞒您说，我实在是没有办法，我家老娘病了，急等钱用，我只好这样……”

狱卒边说边可怜巴巴看着独孤仲平，没想到对方这时突然笑了。

“急等钱用的确实是你家女人，不过不是你的老娘，而是你的两房美眷都在等着你拿钱出来把事情摆平吧？”

“啊？”狱卒手里的钥匙串一下子掉在地上，惊讶得声调都变了，“您怎么知道的？”

“你看看你自己，不都写在你脸上了吗？眼角被抓破了，一看就是指甲划的！”

正弯腰捡钥匙的狱卒下意识地用手捂住脸，独孤仲平看在眼中，却不动声色。

“男人打架肯定就动拳头了，所以抓你的是女人。什么女人敢这么放肆？当然是你的大老婆了。为什么事呢？就是为了这个……”独孤仲平指了指狱卒的脖子，“这可是一张樱桃小口留下的痕迹，颜色那么深，显然是刚刚亲热过，这不是你大老婆留下的，她不可能刚亲热完了就抓你，唯一的可能就是她看到了这个，确定了你在外面又养了一房，所以才……”

独孤仲平故意不再往下说，狱卒已经尴尬地低下头，喃喃道:“独孤先生，我……”

独孤仲平叹了口气，从袖子里摸出一串铜钱放进狱卒手里，道:“其实你何必多此一举？只要稍微琢磨一下我是什么人，你完全可以直接朝我张口。”

狱卒赶忙朝独孤仲平作揖。“谢谢独孤先生，您真厉害，别人想什么您都能猜到。”

一直一副好整以暇模样的独孤仲平听了这话却不禁露出有些茫然若失之色，摇了摇头，道：“这可不是什么有用的本事，麻烦太多了！”见狱卒一脸不解地看着他，独孤仲平再次叹了口气，“方驼子在牢里吃了不少苦头，今天过年，你替我好好照顾照顾他。”

狱卒连忙点头，道：“您放心吧，保管好酒好菜伺候着。”

独孤仲平轻轻拍了下狱卒的肩膀，突然一种他熟悉得不能再熟悉的剧烈头痛从后脑直冲上来，他几乎站立不住，急忙一把拉住了狱卒。

狱卒连忙扶住他，关切地问道：“怎么了？独孤先生？”

独孤仲平嘲讽地笑笑，他不想和狱卒解释什么，这个普通的狱卒怎么能懂得自己头疼病的来由和奥秘呢？多年来，他既为这头疼烦恼痛苦，又不得不依仗这个特殊的本事。每当他正着手的案子没有头绪的时候，他就不得不怀着不安，期待这个头疼时刻的到来，因为只要头剧烈地痛起来，他就能豁然间对凶犯作恶的思路有十分清晰的洞见，就好像能看到对手的心一样。这个特异的本事他也说不清是什么时候拥有的，也许就是从那仿若死去之后从头再活的时刻？他为什么对罪恶有这么优秀的直觉？这直觉的来临又为什么会让他头痛欲裂？答案只能是——他对罪恶太熟悉了，甚至根本就曾身陷罪恶之中！

就如现在，在大年三十，手头没有案子的时刻，他却会突然头痛起来。这只能是和方驼子，和他们刚才提到的千面佛的坟以及他和方驼子无限丰富的过去有关。又一阵剧烈的头痛袭来，他脸色惨白。狱卒手足无措地看着，刚才还镇定自若揭穿自己小把戏的独孤仲平，此刻似乎正承受着巨大痛苦。

“没事，我去吃点药就好了。”独孤仲平勉强挤出一丝微笑，对狱卒说。

独孤仲平匆匆出了刑部大狱，直奔最近的一处小酒馆，那里，有治他头痛的特效药。他不是把酗酒作为一种潇洒外套穿在身上的人，他对杯中物并无感情，也不靠那玩意寻找灵感，恰恰相反，他不得不靠酒来缓解灵感太多所带来的痛苦。在头不疼的时候他从不乱吃药，因为他怕药失灵。

这是他的宿命，酒就是他的药。他永不会喝醉，也就没有了借酒浇愁的权力。

二

今天是腊月的最后一日。

文宗皇帝改元太和已经整整七个年头。新年将至，大唐帝国的都城长安自然是张灯结彩喜气洋洋，大街小巷人来人往，人们忙着采办过节需要的吃穿用度，有钱的置酒席、点燎火，没钱的也供奉灶神、合家祷祝，一种欣欣然的气氛弥漫在整个城市上空，仿佛只消过了今夜，人世间所有的苦痛、不幸便将烟消云散。

从这一点上说，长安民众仿佛都生活在梦中。

右街使庾瓒扶着自己肥硕的肚子，走在西市大街上，也仿佛走在他的梦中。虽然他边走边煞有介事地朝身后以韩襄为首的捕快们询问诸如“今儿个追傩大典的安防是怎么布置的？”一类的问题，但打心眼里，他只是想享受在自己这块管界上，被街面上有求于他的各色人等反复问候新年好的快乐。这是他一年中最开心的时刻，只有这个时刻，他几乎忘了在这个有无数大脑袋的帝都中自己从六品身份带来的时时刻刻的咬噬感和时时怕出乱子的惶恐小心。

傩祭源自上古，本是驱逐疫鬼的祭祀，秦汉已降，历朝历代都将傩祭作为宫廷庆典，而本朝在历经显庆、开元两度改制之后，大傩已逐渐成为长安百姓迎接新年的重要活动，朝廷特地放宽夜禁，以供官民同乐。但自从几年前圣上取消了到承天门观礼的惯例，朝廷大佬们也就纷纷扯引子不来，愿意大除夕夜挤在大街上的也就是些没见过世面的平头百姓。而各路凶顽大盗辛苦了一年，也大多回老家猫冬去了，就算留在长安没走，也早早挣下了过年钱。总之，一年中没比这时候更太平的了！

“启禀大人，”韩襄一开口倒是字正腔圆，清脆利落，一听便知是长安土著，“朱雀大街上，小的已经加派了双岗，便衣探子们也都散下去了！就算有些个不老实的，冲咱这架势，谅他也没胆子乍翅儿！”

庾瓒点点头，伸手撣了撣官袍下摆的褶子，韩襄见状赶紧上前帮忙。庾瓒又想起了什么，嘱咐道：“还须找人盯着郭歪嘴！嘿，那老小子心术不正，须得防他一手，别叫他给算计了！”

庾瓒所说的郭歪嘴，是金吾卫左街使郭万贞的诨名。左右金吾卫以朱雀大街为界，虽然最上面归同一个大将军管辖，可两边的关系却颇是水火不相容。上到左右金吾卫将军，下到两边巡街的骑卒，挤兑、拆台，甚至互下绊子，十有八九。唐制尚左，城东一带又多为勋贵官僚宅第，郭万贞便自觉高庾瓒一等，而庾瓒当然不肯买账，两人各自想尽办法叫对方难堪。

听了庾瓒的话，韩襄当即露出深以为意的样子，道：“大人放心，老曹一早已经过去盯着了！”庾瓒这才露出笑容，点了点头，道：“那就好！那就好！”

庾瓒沿着熙熙攘攘的西市街道朝前走，韩襄并几个侍卫在后面跟着。不时有商户、摊贩以及行人朝庾瓒打招呼、施礼，庾瓒也都客气地一一回应。虽然他将袍袖甩得老高，故意把银銙腰带上的腰牌、玉钩弄得叮当乱响，但在面上他不会差了礼数，这是他的为官之道，也是他的为人之道，圆骨水滑，八面玲珑，绝不轻易得罪人。

一个人影就在这时突然从斜刺里冲出来，不偏不倚，恰好同庾瓒撞了个满怀。毫无防备的庾瓒"哎哟"一声被撞倒在地，韩襄等人赶紧围上来。

"妈的怎么走路呢，没长眼啊？"韩襄一边搀扶庾瓒，一边朝肇事者嚷嚷。

闯祸的是个一身麻衣的旅人，头上顶着个斗笠，檐子压得低低的看不清眉眼，露出的下巴倒是棱角分明得厉害。旅人一副恭谦姿态，不住地朝庾瓒拱手作揖，口中嘟嘟囔囔似是在道歉，口音却十分难懂。

韩襄依旧不依不饶，叫道："要是撞坏了我家大人，你担待得起吗？"

庾瓒这时已经在众人搀扶下站起来，见那旅人唯唯诺诺的寒酸模样只觉心烦，当即摆摆手，道："算了，算了，大过年的，走你的吧。"

旅人又朝庾瓒行了个礼，匆匆忙忙地走开。韩襄注视着旅人消失在人群中，犹自愤愤不平，狠狠骂了声"乡巴佬"。

一行人继续往前走，韩襄边走边帮着庾瓒掸官袍上的土，突然大叫一声，道："哎，庾大人，您背上有张纸！"

庾瓒一愣，赶紧扭头往背后看，道："什么？还不快给我揭下来？"

韩襄依言揭下庾瓒背上贴着的纸，递到庾瓒手中。庾瓒翻来覆去看了半天，却只见一张一尺见方的白纸，边缘裁得颇为整齐，纸上什么都没有，也看不出有任何异样。

庾瓒一脸不解，道："这什么时候贴上去的？我怎的一点都没察觉到啊？"

韩襄突然一副恍然大悟的样子，大叫起来，道："定是方才那乡巴佬给您贴的！我就说他不是好东西！小的这就带兄弟们去追他！"

庾瓒想了想，却摇头道："算了算了，定是哪个被咱们右金吾卫办过的，心怀怨恨，又不敢怎么样，恶作剧罢了。"庾瓒抬头看看天，"追傩的大队马上就要过来了，还是让弟兄们全力维持街面吧！大傩的安防才是重点，咱们辛苦一年可就看这一天啦！"

庾瓒随手将白纸一扔，继而在韩襄等人簇拥下离开。

白纸轻悠悠飘落在路边的一摊污水中，没有任何人注意到，一行细碎的小字就这样渐渐地浮现出来……

三

长安的槟榔真是太难吃了！

韦若昭从贩卖岭南特产的店铺里走出来，只恨不得当众一声大喊。长安是不产槟榔的，这家不起眼的小店是长安唯一能买到槟榔的地方，可这里的槟榔不酸不甜味同嚼蜡，价钱还贵得离谱！韦若昭摸了摸已经瘪下去的钱袋，懊恼归懊恼，可谁让她就好这口呢？尽管味道比起益州老家的差了许多，潇洒惯了的她还是忍不住要来挨宰。

说起来她来到长安也已经快一个月了，之前韦若昭曾经无数次设想长安到底会是什么模样。是不是书上写的那样“前直子午谷、后枕龙首原，左临灞岸、右抵沣水”？那些街衢里坊是不是诗歌描述的那样“百千家似围棋局，十二街如种菜畦”？这座世间最大的城池、唐帝国的中心，是不是人们口耳相传中那样繁华鼎盛、色彩斑斓？

然而，当韦若昭真的站在这座城市面前，却发现整座城市看上去灰蒙蒙的，全然没有想象中的色彩，无论高楼广厦还是蓬门荜户，无论权贵豪强还是升斗小民，一切都被灰色的氤氲之气笼罩了起来，浑浑噩噩，朦朦胧胧，仿佛一口巨大却沉寂的古井，空气中弥漫着的奢靡和颓丧早就不再能让人感到任何的刺激，好像已结了厚痂的伤口，轻轻抓挠既不觉疼又不解痒。

要是有什么能把这层灰蒙蒙的雾吹散就好了！

韦若昭对此自然深感失落，费了这么大周折，千里迢迢地从益州赶过来，谁也不会希望看到的是这样无趣的光景，但她毕竟还是个未满双十的年轻姑娘，爱冒险、不服输的血液在身体里沸腾，既然已经来了，总少不了要玩个痛快。韦若昭随手剥开一颗槟榔丢在嘴里，随着心情好转，槟榔似乎也变得没那么难以下咽。

天色已晚，街道两旁的商家、住户纷纷将门前的灯烛点亮，一声声的街鼓也跟着响了起来，但街上的行人却没有像往常一样返回家中，反倒成群结队地涌向朱雀大街的方向，欢声笑语，喜气洋洋，韦若昭知道这是因为一年一度的除夕追傩就要开始了。

反正闲来无事，索性过去瞧瞧热闹吧！

韦若昭漫不经心地摆弄着挂在脖子上的金项坠，随人潮向朱雀大街走去。

与此同时，位于太常寺太乐署的一处院落内，透过敞开的房门，可以看见师崇道正在几个徒弟的帮助下穿戴追傩祭奠中方相氏的服装。方相氏是大傩中的主舞。

两个徒弟利落地将玄衣朱裳替师崇道系好，又拿过一块硕大的熊皮披在他肩上，按说以师崇道高大的身材，穿上这身行头理应显得威武雄壮，可不知为何，师崇道从一开始就显得十分紧张，脸色煞白、身子僵硬，像是木偶一般，一只手还不住颤抖。

帮师崇道整理肩上熊皮的大徒弟察觉出异样，顿时疑惑地问道:“师父，您的手怎么了？”

师崇道低头看了一眼，急忙用另一只手握住这只发抖的手，掩饰道:“没……没什么。”

师崇道嘴上这样说着，可那只被按住的手却不争气地依然抖个不停。大徒弟见了更觉奇怪，问道:“师父，您是不是身子不舒坦啊？”

“我都说了没事！”师崇道骤然暴怒起来，一声大吼。

两个徒弟顿时吓得不敢出声了，而师崇道也瞬间意识到自己的失态，哼了一声算是掩饰。

要是让人看出来可不得了！幸好此时院子里乱哄哄的，伶人们正在为即将举行的祭祀大典做准备，他们有的互相帮助化妆穿戴，有的忙着检查道具，还有的吊嗓热身、活动腿脚，加之有不少杂役端茶倒水、来来去去，脚步声、说话声、吆喝声、东西碰撞声此起彼伏，不绝于耳。

到底是怎么了，为什么一早起来就觉得惴惴不安呢？还是这些花花绿绿的油彩，还是这些已经穿惯用惯了的袍服道具，这屋里屋外的，也还是这些平日里天天见到的学徒杂役。师崇道也说不清这不安到底源自何处又所为何事，他只知道一股想要赶紧离开这里的强烈冲动正在他心里酝酿。

乐官就在这时分开忙乱的众人，挤到师崇道身边。“哎呦，师先生，您怎么才扮上啊？”乐官的声音透着焦灼，“鼓吹那边都预备好了，这可就等您了！”

师崇道没说话，脸色却更白了些，细汗从额头上渗出来，身体也在微微地抖。

大徒弟见状赶紧向乐官拱手，道：“乐官大人，我师父今天早上起来，就不太好，您看，这手抖得……”

乐官赶紧低头去看，一脸惊讶，道：“啊，师先生是病了？”

师崇道定了定神，摇头道：“倒也不是，只是今天，今天忽然感觉有点不对……”

他一边说一边眼神直勾勾地望着远处，仿佛那里有什么令人恐惧的东西。乐官注意到师崇道的反应，忍不住好奇地扭头去看，目光所及之处正是那张被另一个徒弟捧在手中的黄金面具，四目眦裂的模样在满眼彩旗戏服中非但不显狰狞，甚至还颇有些滑稽。

乐官有些不解，见师崇道依然一副紧张的模样，赶紧劝道：“哎呀，师先生，求您了，就坚持一下吧，一年就这么一回追傩戏，可着全长安城算，除了您，方相氏这角儿，我还能找谁去啊！”

师崇道无奈地叹了口气。“好吧，我不来谁来呢？”

乐官脸上顿时堆出满脸笑。“嘿嘿，就等您这句话呢。您坚持下，回头我给您摆酒。”

乐官说着朝旁边一招手，二徒弟赶紧呈上锃亮的黄金四目面具，师崇道接过来，动作熟稔地系在头上。

“走吧！”师崇道的声音隔着面具显得瓮声瓮气的。

乐官赶紧转身朝外面走，师崇道跟在后面，边走边从一个小白瓷瓶里往嘴里倒了些药粉，随后又动作迅速地将小瓶放到旁边的柜子上。

两人随即来到门外，众伶人也已在院子里列队静候。

大徒弟从旁边的一口盛满清水的大缸中用水瓢舀了一满瓢水，倒在别的徒弟递过来的一只只碗里。师崇道郑重地接过，以手沾水，郑重其事地敬了敬天地，然后将整碗水一饮而尽。

在场众人都效仿师崇道的举动，个个神情敬畏。

师崇道将陶碗递给身后的侍从，又从大徒弟手中接过同样金灿灿的长戈、圆盾，再次定了定神，像是给自己鼓劲似的大喝一声：“出发！”

韦若昭随着观礼的人群来到朱雀大街，走着走着突然旁边一口槟榔渣吐过来，正落在韦若昭脚前。她吓了一跳，待定睛一看，忍不住笑出了声。

但见路边的一根木桩上，正坐着一只神态可爱的黄毛猴子，从体形看应该尚未成年，它脖子里戴着一个小项圈，上挂几个黄铜小铃铛，身背一个小布包，正在煞有介事地嚼着槟榔。

韦若昭当即笑着上前招呼：“嘿，小猴，你也爱吃槟榔吗，来长安多久了？”

猴子一副爱答不理的样子，继续飞快地嚼着槟榔。

韦若昭撇撇嘴，道：“哼！摆什么架子啊，交个朋友嘛！”

猴子突然又向韦若昭吐出一口槟榔渣，还险些落在她身上，韦若昭急忙向后一跳避开了。韦若昭故意装作生气地道：“好你个小猢狲！看你吃完了不求我才怪呢！”

韦若昭从自己兜里取出一枚新的槟榔，放到嘴里，谁想到那猴子竟也到它背在身上的小布包里摸出一枚新的，放到嘴里，动作、神态无不惟妙惟肖地模仿韦若昭。韦若昭忍不住气乐了，笑道:“原来你也有存货啊，说，是不是偷来的？”

韦若昭说着伸手摸摸那猴子的头，那猴子也颇友善地伸出爪子搭了搭韦若昭的手。韦若昭只觉这猴子甚是通人性，便和它玩耍起来。就在这时，一声清脆而短促的口哨自远处响起。

猴子听见口哨，立刻往前一蹿，在韦若昭肩头一踩，再三蹿两蹦，很快跳上了远处一个人的肩头。那人扛着那猴子，迅速消失在人群中。韦若昭目光紧追那人背影，颇有些不舍，张望许久，下意识地摸了一下自己的脖子，顿时大惊失色，她的脖颈间空荡荡的，原本挂在那儿的金吊坠不见了。

韦若昭嗔怪地一跺脚，慌忙分开行人，朝小猴远去的方向追去。

朱雀大街早已人头攒动，前来观礼的民众被金吾卫士兵拦在街道两侧，人们个个屏住呼吸，翘首企盼。而位于朱雀门两侧的甬道上搭起了临时看台，那是供朝廷命官享用的坐席，此时也已坐了不少人，虽不见三品以上服色，衣绯着绿的倒也不少。官员们三五成群、窃窃私语，但相较起来明显不如民众热切。

随着一阵激昂的鼓角声，一名赤帻赤衣的开道执事甩动麻鞭出现在街道尽头。百姓中顿时响起一片“来了来了”的欢呼。但见一群蒙兽面、衣毛角的随从手持桃弧棘矢，装扮成十二神兽的模样跳跃登场，再紧随其后的是亦步亦趋、缓缓行进的百人仪仗。场面的盛大隆重只引得围观百姓们赞叹连连，韦若昭原本在人群中挤来挤去试图寻找那只早已不见了踪影的猴子，见了此情此景，也忍不住不时将好奇的目光投向场中。

庾瓒这时才匆匆忙忙赶到看台下，一个官差装束、形貌清癯的中年人赶紧迎上来，此人正是方才韩襄提到的老曹，姓曹名十鹏，乃是庾瓒手下另一名捕役。

曹十鹏道："哎呀，庾大人，您可来了。"

庾瓒用袖子抹抹脸，刚才急着赶路出了一身汗，官袍里面的中衣已经湿透了，凉飕飕贴在身上说不出的难受。庾瓒朝台上张望，道："长史大人已经来了？"

曹十鹏点点头，道："可不？刚刚还遣人找庾大人呢！"

庾瓒压低声音问："东西准备好了？"

曹十鹏沉稳一笑，道："按您吩咐的数。"

庾瓒领着曹十鹏朝看台上走，这时又想起什么，边走边问，道："那边没搞什么小动作吧？"庾瓒说着朝隔着朱雀门遥遥相对的另一座看台努努嘴。曹十鹏当即摇头，道："那边拿着个吃小绺的，郭歪嘴叫他老大好一顿数落呢！"

庾瓒当即得意一笑。"这是合该那老小子倒霉啊！"

庾瓒、曹十鹏登上看台。金吾卫长史薛进贤就坐在前排，正抱着个黄铜袖炉东张西望。

庾瓒赶紧上前施礼，喊了一声："长史大人——"

薛进贤瞥了庾瓒一眼，有些不高兴，道："你怎么才来？追傩仪式都开始了！"

庾瓒一脸正色。"下官不放心，又去查了一遍警戒的卫士们到位了没有。"

薛进贤这才点点头，庾瓒在旁边的位置上坐下，环顾下四周，见周围没人注意，便朝曹十鹏一努嘴。曹十鹏从袖子里摸出个小包，往薛进贤手里一塞。

曹十鹏满脸堆笑，道："长史大人，这是我家庾大人的一点意思。"

薛进贤动作稔熟地掂了掂，微微一笑，却又故作姿态，一副训诫嘴脸，道："庾瓒，你这是干什么啊？成天净琢磨些歪门邪道的，把底下人都带坏了！"

庾瓒赶紧连连点头，谄媚地道："是是，大人教训的是！卑职知错！卑职知错！……嘿嘿,这些嘛就是过年的一点小意思！"

"难得你一片孝心，那就……下不为例啊！"薛进贤说着将贿赂收起来，"今年这追傩的安防是怎么安排的？"

庾瓒一脸自信，道："大人放心吧，沿街每二十步都是双岗，百姓中还放了不少我的暗探，保管万无一失！"

说话间，迤逦而来的追傩队伍已经走近，很快便来到观礼台脚下。由师崇道扮演的方相氏自然走在队伍正中，黄金四目的假面在火光的映照下熠熠生辉，狰狞而威武。围观人群都露出敬畏的神情。另有两人红衣假面充当小鬼，与方相氏闪转腾挪、戏作追逐。方相氏挥戈扬盾一番亮相。小鬼作势落荒而逃。胜利了的方相氏以戈击盾，百人仪仗齐作"喏"声。

看台上的官员们当即爆发一阵热烈的欢呼。台下的百姓也跟着骚动起来，纷纷往前涌。

鼓乐愈发激扬。

方相氏继而随乐起舞，而随着一阵奇异的哗哗声响，数不胜数的白色纸片就在这时没来由地从天而降，飘飘洒洒如同漫天飞雪。

在场众人一时间都有些瞠目结舌、不知所措。庾瓒却还算反应快，赶紧站起伸手接过一张，但见五寸见方的白纸上工工整整地写满了蝇头小楷，右手起一行“告长安士民书”。这时亦有不少人开始接过纸片来看，看着看着却忍不住纷纷变色，相顾骇然。

追傩的队伍也察觉到异常停了下来。

突然一阵刺耳的金属撞击声，却是方相氏握在手中的长戈、圆盾锵然落地。

周围的人见状自然是面面相觑，而方相氏却伸手扼住自己喉咙，踉跄着往前走了几步，随即一个趔趄扑倒地上，痛苦万状地抽搐呻吟，然后就一动不动了。

喧天鼓乐戛然而止，周围的伶人们急忙围上去。

黄金四目的假面已在剧烈挣扎中滑落到一旁，露出了师崇道七窍流血、死不瞑目的面孔。

朱雀大街上一时间死一般的寂静，继而一阵低沉断续、节奏古怪的钟声。伴随着这一声声丧钟，人们尖声惊叫、四散奔逃，街上一片大乱。

庾瓒眼睁睁看着眼前发生的一切，惊诧得大脑瞬间停转，全然不曾注意到薛进贤等上司愤怒、质问的眼神。

四

长安士庶，识浅性贪，诸恶作尽，谬托追傩之戏祈福，徒招苍天之怒降祸。今先取方相氏狗命，聊为警示，以俟尔等知罪悔过，否则天谴立至。

正一字一句、煞有介事念着传帖的，是个与庾瓒服色相同却嘴歪面恶的汉子，从那一张不自然地向上吊着的嘴角看来，此人就是被庾瓒称作"郭歪嘴"的金吾卫左街使郭万贞。

郭万贞一边念一边斜眼瞥旁边的庾瓒，语调、神气分明就是在向庾瓒挑衅。

"行了吧，郭大人？"庾瓒有些无可奈何，"有完没完啊？"

郭万贞嘿嘿一笑，道："我是怕这帖子写得半文不白的，庾大人瞧不明白嘛！"

庾瓒按捺着跳起来给对方一巴掌的冲动，只哼了一声。并不是他怕了郭歪嘴，实在是刚才他已经在自己缓过神来的第一刻，朝出事地点望了又望。师崇道的尸体横躺在街心，却偏偏靠向自己分管的城西这边数尺，这时现场周围已经被金吾卫的人控制起来，雪片似的传帖遍地都是，也还有不少民众聚在警戒线外好奇围观。

庚瓒暗暗叫苦，恨那凶犯杀人不挑地方，飞速地问候了他祖宗无数遍，尽管他还根本不知道凶犯是何方神圣，更没什么信心找到他。

薛进贤这时面色阴沉地走了过来，朝庚瓒嚷嚷道："你怎么还在这儿杵着？是不是差事不想干了？"

"不不，想干想干！"庚瓒又惊又惧，说了句废话，"……长史大人，这案子归咱们了？"

"可不！"薛进贤没好气地瞪了旁边的郭万贞一眼，将庚瓒拉到一旁，"好死不死，人倒下的地方离咱们这边近些，不归咱们归谁？"薛进贤越说越恼火，"你不是说万无一失吗？这大年下的，当着全京城的人出娄子，你这是存心要我好看啊！"

庚瓒已然额角冒汗，连连摇头，道："卑职不敢！卑职这就去查！长史大人尽管放心，卑职管保尽快破案！"

"我不光要这人命凶手，还要弄清这传帖的来历。这算什么，简直是给长安城下战书嘛！"

庚瓒赶紧跟着点头，道："是啊，太奇怪了，要说杀个人，何至于啊！卑职一定尽快查清，尽快查清！"

"赶紧的吧！"薛进贤哼了一声，将一叠告示往庚瓒手里重重一拍，"明儿早上元日朝会，上头的各位大老爷少不得要问我，但愿还没有人捅到宫里去，不然我也保不了你！"

庚瓒诚惶诚恐地目送薛进贤离开，郭万贞这时却又凑过来，幸灾乐祸地说道："庚大人要是把这案子破了，那可是大功一件，到时候升官发财，可别忘了我啊！”说完扬长而去。

好你个郭歪嘴，早晚找机会好好整治你！

庾瓒又在心里问候了几遍郭歪嘴的祖宗，朝远处的韩襄、曹十鹏招手。两人来到近前，庾瓒道：“这边的事交给老曹，凡是瞅着可疑的，统统带回去审问！韩襄，你赶紧到荣枯酒店走一趟！”

韩襄并不多问，骑上快马直朝光德坊奔去。他是庾瓒的体己人，他太清楚了，每逢这类棘手的突发案子，庾瓒第一个想到的就是独孤仲平。衙门的画师及时赶到现场无可厚非，但韩襄每回都参与机密，对独孤仲平在右金吾卫衙门里的真正角色，早就心知肚明。

沿途值守的金吾卫识得韩襄，自然不敢怠慢，赶紧驱散人群为其让路。

长安城有着严格的禁夜制度。一年里也只有正月十五上元节寥寥可数的三天会在夜间各坊门大开，百姓通行无忌。平日里一到夜间，百姓便不得过坊。官家出入，也需腰牌。今日除夕，夜禁放宽，此时坊门都还未关。韩襄一路飞驰，终于来到了位于光德坊十字街西北一隅一所兼具唐风与异域情调的建筑门前。门楣匾额上“荣枯酒店”四个飞白大字，刚劲中不失秀逸，虽无题款却颇具大家风范。韩襄跳下马，将缰绳丢给门前伙计，便急匆匆冲进大门。

正是生意兴隆的时刻，虽是除夕之日，本该回家过节，但这里装潢别致的大堂里坐满了饮酒作乐的客人。谈笑声、吆喝声、酒令声、乐曲声，以及从厨房方向传来的各种嘈杂交织在一起，吵闹而热烈。酒店大堂乃是个呈“回”字形的围廊，正中一方天井，一棵说不上是什么品种的高大树木矗立其中，最奇的是这大树一半枝繁叶茂、绿意葱茏，另一半却衰败枯萎，只剩下遒劲干枯的枝条，一把骨头似的，直刺头顶夜空。

此时，几个年轻女孩子正聚在这棵怪树下，其中一个站在梯子上，正忙着从同伴手中接过剪好的红纸花往枝子上挂。众女一边忙活一边说笑，梯子上的女孩眉目清秀，一袭水红调子的花间长裙，上身披着件暗红短襦，头上挽着双鬟，鬟边插了朵红绸花，从头到脚无不充满年节的喜庆。

“这花是只挂有枝叶的这边？还是连枯死的这边都挂？”女孩又将一串纸花挂上枝头，边端详着边问下面的同伴。

“哎呀翘翘，你怎么回事？”

“我们叫荣枯酒店的嘛，当然是荣的这边要挂，枯的这边也要挂，每年过年不都是这样的吗？”

众女七嘴八舌地嚷嚷，她们也都穿着盛装，但其中有几个是高鼻深目的胡姬。

翘翘顿时腼腆一笑，道：“姐姐们忘了，我去年过了年才来店里的嘛！”

韩襄这时匆匆走了过来，翘翘站得高先看见了，当即朝他招手。

“韩捕头来了！”

女孩子们纷纷围上去。

“给韩捕头拜年，过年吉祥！”

要在平时，韩襄对眼前的莺莺燕燕总要抓住机会，打情骂俏几句，但今天实在是没这心情，只不耐烦地高声问道:“吉祥吉祥！独孤先生呢？”

“谁知道那个死鬼跑去看哪个相好了，哪个找他？”一个放肆的女声从韩襄身后传来。

韩襄一听是老板娘的声音，急忙转身。“老板娘，出案子了，快请独孤先生跟我走一趟吧。”

随着一阵熏风扑面，一个身材高挑、肤色如雪的女子出现在韩襄眼前。从女子栗色的头发、绿色的眼珠看，她无疑是个胡人，五官精致，轮廓分明，鹅黄锦缎制成的郁金齐胸长裙，淡紫罗地蹙金绣的短襦，一条玄色披帛松垮垮搭在肩上，花钿、斜红并面靥俱全，高耸的发髻上斜插一支金步摇，却是艳而不妖，华而不俗。这女子就是荣枯酒店的胡人老板娘碧莲。

“哦，是韩捕头啊！”碧莲一口官话说得竟比韩襄还要流利，“大过年的，能出什么案子啊？”

众侍女听说出了案子，也都围上来，七嘴八舌地乱问。

“你们还不知道？”韩襄叹气，“人命！嗨，真是晦气，快把独孤先生请下来吧，庾大人还在朱雀大街那儿候着呢。”

众女听了好奇不已，更加不放过韩襄，拉住他东一句西一句地打听。

碧莲趁隙悄悄叫过自己的心腹伙计阿得，吩咐他到独孤仲平常去的小酒馆叫人，然后又故作姿态地说:“哎哟，那可是太不吉利了。不过，我只是开店的，又没义务替你看着住客。”

韩襄急忙堆出笑。“哎呀，老板娘，你就别拿我一把了，你不知道他在哪儿，谁还能知道？”

碧莲将头仰得更加高些。“少来，怎么见得我就得知道？”

韩襄凑上前，软语求助：“碧莲姐，好姐姐，你快帮个忙，庾大人已经火烧屁股了。这点意思，不成敬意，你先收着。”

韩襄说着，将一串铜钱放到了碧莲的手里，碧莲掂了掂，脸上露出笑容。像长安所有做生意的胡人一样，碧莲也是改不了见财心喜的毛病。她不再计较韩襄暗示自己和独孤仲平关系不一般的话，她心里还盼着自己和独孤仲平有什么不一般的关系呢。韩襄并不知道她和独孤仲平结识的特殊过程，以及独孤仲平为什么会住在她这里。

碧莲将铜钱落袋，道：“等着吧，差阿得给你叫去了。”

小酒馆内人声嘈杂，独孤仲平一人坐在角落里，面前一字排开一排酒盅，每个都盛了七分的量，独孤仲平急急地一杯杯喝过去，每喝一杯，就抚摸自己的头一下，使劲地咧咧嘴，全无好酒之人痛饮贪杯的样子。

酒就是他的药。

照着方驼子说的，今天他换了三勒浆，果然，剧烈的头痛被更快地压了下去，整个世界更加清晰地呈现在他的脑海里。方驼子到底要干什么呢？毫无疑问他想要越狱，但一定绝不仅仅如此。过完年出了正月他就要被终审完定刑了，如他自己所说，被判成斩刑死罪的可能很大。但他似乎特别地胸有城府，虽然没明说，但他肯定仍在计划着出狱之后大有作为。甚至这作为并不仅仅是独孤仲平熟悉的，他们曾经一起做过的那种勾当。那么要想搞清他到底要干什么，岂不是只有先让他越狱成功？自己要不要帮他一把？这个想法让独孤仲平不禁打了个冷战，如果这样做了，他到底是谁？是独孤仲平，还是原来的那个小爽子？一种本质的困惑升腾上来，这不是灵感四溢的头痛，独孤仲平对此毫无办法，他不想面对这种困惑，但又逃避不了，这又是他的一种宿命吧。

好在这时，独孤仲平看到阿得进得门来，焦急地四下寻找。他笑了，不用说，庾瓒遇到麻烦了，大过年的，庾瓒遇到麻烦也就是长安遇到麻烦了。他可以把自己埋到这麻烦里，暂时忘了自己的麻烦。但姿态还是得拿一把。

独孤仲平把一杯三勒浆浇到自己的头上，把从不会喝醉的自己弄成烂醉如泥的模样，趴在了桌上。

竹竿般瘦长的仵作许亮蹲在近前，皱着眉头打量眼前师崇道已经肿胀发黑、几乎看不出人形的尸体。薛进贤和庾瓒站在旁边稍远些的地方，薛进贤一脸的不耐烦，庾瓒旁边小心地赔着笑脸。

头上、身上还湿漉漉的独孤仲平身背画箱，踉跄地被韩襄扶着，来到现场。

独孤仲平摇摇晃晃地朝庾瓒施礼，道："小的来迟了一步，请——请大人赎罪。"独孤仲平边说边打了个酒嗝，庾瓒当即双眼圆瞪。

"怎么回事啊！这——这都多久了，小心我断了你的差事！还不见过长史大人？"

独孤仲平又朝薛进贤施礼，却故意又打了个酒嗝。薛进贤嫌恶地闪开，轻蔑地一摆手。

薛进贤道:“不就个画画的嘛，怎么你这衙门就用了这一个？”

庾瓒摇头，道:“卑职也没办法，这个人画工又好，又是出惯了案子的。换了别个，这么少的工钱，又总和死人打交道，哪个愿意啊？给我画仔细喽，一分一毫都不许差！下回再误了差事，看我怎么收拾你！”

“活见鬼了！”许亮突然爆出一句咒骂。众人顿时都吓了一跳。但见许亮脸上还是方才那副阴沉模样，两手揣在袖子里，显得不太相信。“这人真是刚死的？”

庾瓒点点头。

许亮没好气地哼了一声，道:“可瞅这样都快烂了，要说死了七八天还差不多！”众人各自一愣。

庾瓒道:“不可能不可能！好几百号人都看见了！啊，薛长史也在呢！”

独孤仲平拿着画笔凑到许亮近前。“老许啊，这人是怎么死的？”

“这么屁大点工夫，我哪儿知道！”许亮嘴上这么说，却已经从袖子里伸出双手，打开工具包，取出一根长达数寸的银针，插进尸体口中。只听得嗞一声响，银针瞬间附上一层又黑又黏的液体，甚至滴滴答答沿着死者口角流了下来。在场众人顿时傻了眼，面面相觑。

连见多识广的许亮也忍不住倒吸了口凉气，咬牙道:“杀才，真他娘的毒！”

众人闻听此言，更是顿时齐刷刷后撤一步。

正埋头绘图的独孤仲平这一下便成了除仵作之外距离尸体最近的人，他颇有些茫然地抬起头，这才发觉众人都以异样的眼光注视着自己。独孤仲平笑笑，道："那个……我听说这等中了剧毒之人，毒气逐渐发散到空中，非退出两三百步之外才能免受其害，可是真的？"

许亮不屑地扫视着身后众人，故意大声说："那是当然，只怕刚才靠得太近的已经毒气入脑了。"

独孤仲平作势手扶额头，道："哎呀，你这么一说，我确实觉得头有些痛。"

本就躲得远远的薛进贤更害怕了，登时道："……本官还有要事，你们赶紧调查吧！记着，每日向我呈报一次进展情况。"

庾瓒也巴不得薛进贤赶紧离开，当即深施一礼，道："是是，您慢走，卑职就不送了。"

薛进贤一离开，他急忙吩咐韩襄："叫上你的人，赶快把街上这些破玩意儿给我清了！"庾瓒指了指满大街的传帖。

韩襄有些不解，问："不就是些纸片吗，刮阵风就没，何必费这个劲儿啊？"

"这什么地方？朱雀大街！大过年的，白纸片撒得跟办丧事似的，缺心眼啊你！"庾瓒气哼哼一跺脚。韩襄不敢多说，急忙带着人走了。

另一边独孤仲平正边画边跟身边已经在收拾家伙的仵作老许磨嘴。"哎，你今儿脾气不小啊，昨晚上手气又不好吧？"

"没有的事！"许亮白了独孤仲平一眼。

"你眼带血丝，一看就是弄了通宵。要是赢了钱，你可是半夜就走的。”

“老子天亮才翻的本！”许亮有点不耐烦，“不行啊？”

独孤仲平顿时又摇头，道：“瞎话，你啃指甲了，你赢钱的时候哪回啃过指甲？”

许亮低头看了看自己参差不齐的指甲，突然恼怒起来，嚷嚷道：“闭上你的乌鸦嘴，大年下的，我说怎么会输了老子五缗，原来都是这个毒死鬼闹的，呸，开年就晦气！”

“怎么能怪他，除非是他赢了你的钱！”独孤仲平叹气，“那你可是有杀人嫌疑呀！”

许亮重重哼了一声。“呸，我要是会下这么厉害的毒，头一个毒死你。”

独孤仲平当即笑着摇了摇头，道：“你可舍不得毒死我，没了我，谁还会借钱给你？再说你一个人出案子，会怕死鬼勾魂的。”

“去去去，哪个要你多嘴？”许亮转头招呼旁边的金吾卫士兵，“抬回去吧！容老子慢慢地伺候他。”

独孤仲平手头的活计这时也完成得差不多了，他放下画笔站起身，环视整个现场。围观的百姓近处的正在被金吾卫的人赶走，远处的也早散去，朱雀大街和周围的店面街巷一下子都显得空荡起来，只有不少白色的传帖还在随风飞舞。韩襄正带人手忙脚乱地追逐这些传帖。

独孤仲平眯着双眼，一边转圈环视，一边用力吸气。

许亮一脸疑惑，问道：“你这是干吗？真想多吸几口毒气啊？”

独孤仲平慢慢睁大眼睛，面带笑容，道：“我在闻凶犯留下的气味，看看哪儿最浓，就从哪儿查起。”

“装蒜吧你就！”许亮一脸不相信，“真当自个儿是波斯猎犬呢！”

“你不信？那好——”韩襄这时恰好从独孤仲平旁边走过，独孤仲平拦住他，“哎，韩捕头，捡传帖的事就让别人去忙活吧。我看你倒是应该带人到那座塔上去瞧瞧！”

“塔？”韩襄、许亮几乎异口同声。

“不就在那儿嘛！”独孤仲平抬手一指，韩襄顺着他指的方向望去，但见稍靠街里的地方，一道院墙内，果然耸立着一座高塔。独孤仲平漫不经心地笑道：“要是有人向下撒传贴，没比那里更合适的地方了！”

五

坐落于布政坊东南一隅的右金吾卫衙门是座占地不过数顷的官署建筑，厅、堂、厩、库俱全，形制样貌也同诸司各部没什么区别，却因为被一条大街隔绝在皇城之外，仿佛天然就比旁人矮了一截。不知是哪朝哪位将军闲来无事，命人在署衙内广植树木，间杂百花，久而久之竟将单调的官署变成了风景佳处。

树影笼罩下的衙门大堂内，庾瓒端坐在一扇华丽的斧纹屏风前，看似一本正经地盘问着已经快被吓晕了的太乐署乐官。“这师崇道是你手底下的？”庾瓒故意拖长声音，摆出审案的威严架势。

“是是，师先生自打太和四年进入太常寺供奉，年年都在这年关追傩大典上担任方相氏之职，从未出现任何差错啊，谁承想，这……”

“他有仇家吗？”

乐官面露疑惑，道:“下官不知！”

“他平日和谁交好啊？”

“……下官也不知！”

庾瓒按捺不住失望神色，想了想，道：“那出事前有什么异常没有？”

“嗯，这个……”乐官一脸难色，“下官也不清楚……”

“啪”一声，庾瓒一巴掌拍在了面前的矮几上。他怒气冲冲地问道：“我说你这乐官怎么当的？一问三不知，找打是吧！”

乐官顿时扑通跪倒在地，磕头如捣蒜，口中连连求饶道：“大人，下官失职，可这，这师崇道也死得太奇怪了……”

庾瓒见此也有点没辙，皱着眉头，侧身凑近身后的屏风，干咳了一声。独孤仲平此时正半闭着眼睛、摊开四肢，以一种极其舒服的姿势半躺半坐在屏风后。听见屏风另一侧传来庾瓒的暗号，独孤仲平也不睁眼，只轻声道：“可以了，再吓唬他就更什么都不记得了。”

庾瓒一愣，忍不住轻声抱怨道：“哎呀，你早说啊，疼死我了！”庾瓒捂住刚刚拍在桌面上的手掌，却还有些不放心，“他真的没问题？

“没有！”独孤仲平摇头，“叫他把师崇道的徒弟们都领来。”

庾瓒赶紧坐直了身子，一脸威严。“你下去吧！马上把师崇道的徒弟们都带到这儿来，少一个，我就办你个渎职纵凶！”

如蒙大赦的乐官赶紧磕了个头，急忙起身奔出。

“真是废物！”庾瓒看着乐官逃也似的背影嘟囔着。

独孤仲平这时已经从屏风后走出来，边走边伸懒腰，道：“他若是知道那才奇怪！你们这些当官的哪儿来闲工夫管手下人到底在做什么？”

庾瓒一见独孤仲平顿时满面堆笑，站起来迎上前，将独孤仲平请到自己的位子坐下。“哎呀，仲平老弟啊，你觉得有没有头绪了？”

“急什么，这不才刚开始问嘛！”独孤仲平毫不客气地在屏风前盘膝而坐。

庾瓒跟着在下首席上坐下，显然已对两人这般主客倒置的情形轻车熟路了。“不能不急啊！这案子实在是惊动太大了！还有这传帖，你也看见了！当了这么些年的右街使，我还是头回碰到，杀了人唯恐天下不知，还出帖子四处昭告的！长史大人是怕这凶手有针对全城的意思。”庾瓒说着从袖中掏出张传帖，递给独孤仲平。独孤仲平却只扫了一眼，便随手放在桌上。

“还什么怕是，明明就是嘛，这上面都写了，他的意思是还要杀人。”

庾瓒一听就急了，差点跳起来。“啊，在哪儿？杀谁？”

独孤仲平颇有些不耐烦的样子，摇头道：“都说了才刚开始问，我现在怎么知道？”

庾瓒道：“仲平老弟，这回全仰仗你了，你可一定要救我啊，这种案子混不过去，一定要有个交代，弄不好上面会拿我当替罪羊的！”庾瓒可怜巴巴看着独孤仲平，一脸乞求之色。

独孤仲平心中暗自好笑，更要故意逗逗庾瓒，冷冷道：“好啊，现在求我了，刚才在现场，为什么对我那么凶？”

“那……那不是……那不是当着长史大人的面嘛，咱们都处这么久了，你老弟就不要计较面子了！你要心里别扭，哥哥我给你赔罪。”庾瓒说着竟真的侧过身，给独孤仲平施起礼来。

独孤仲平笑着拦住他，道：“面子倒也没什么要紧！不过，这案子既然关系到你的官帽前程，这破案的酬劳么，我要加倍，一锭金子。”

独孤仲平帮庾瓒破案，最初也没想过收取什么报酬，他平时没什么花费，有点钱买酒也就够了。但庾瓒很是担心自己好不容易找到的高参就这么跑了，所以每次有了案子都会给独孤仲平一笔酬劳。不过庾瓒本性爱财，独孤仲平这次张口就要一锭金子，还是把他吓到了。听了这话，他登时嘴张得老大，面露难色，道：“一锭金子？这……这也太多了吧？”

“舍不得？那好……”独孤仲平故意摆出一副冷脸，作势起身要走，“大人另请高明。”

庾瓒急忙拦住他。“哎，别别！”虽然惜财，庾瓒并不是鼠目寸光的人，他知道独孤仲平对自己官位仕途的价值，虽然这次他要价高了些，但好在这些年在老婆的帮助下自己利用右街使的职位广开财路，挣下一份大家业。就算是花钱保财路吧。庾瓒咬咬牙说：“一锭就一锭！”

“破案之前不许问东问西，叫你做什么就做什么，叫你说什么就说什么。”

“没问题！”

独孤仲平漫不经心地瞥了一眼屏风。“另外，把这屏风也换了。”

庾瓒顿觉诧异，道：“啊，又换？为什么？这扇不是你上个月才让换的吗？花了我小十缗呢！”

独孤仲平冷冷一哂，道：“我看腻了，可不可以？问案子的时候你在前面，嫌犯的表情你都看得到，我只能天天对着这屏风，还要去读他们的心，再好的画工我也看腻了。”独孤仲平又哼了一声，“要想破大案子，就得换更好的。”

“好好，换就换！”庾瓒点点头，“这回要谁画的？”

“嗯，我想想……”独孤仲平一副苦思冥想状，“杜岭的还勉强能看吧。”

庾瓒惊讶地瞪大眼睛，道：“他可是现下长安最贵的。”

“比起破不了案子的损失，一扇杜岭的画屏又算什么？”独孤仲平笑眯眯地看着庾瓒，他早拿捏准了庾瓒的心思，知道破案这一诱饵一定会让对方点头。

庾瓒果然一拍脑袋，道：“行，那你想要什么图样的？”

“自然得是美人图。”

“啊？”庾瓒这回终于坐不住了，“我一个堂堂金吾卫右街使，官衙里摆一个美人的画屏，这让上峰下属看了，像什么样子！”

“我说庾大人，比起破不了案子的损失，就让上峰下属笑话笑话，算得了什么？”独孤仲平懒洋洋地伸了伸腿，他知道玩笑也开得差不多了，语调渐渐严肃起来，“而且，这案子恐怕少不了死人，只有美人能冲冲晦气。”

庾瓒顿时一愣。“少不了死人？这话怎么说？”

不等独孤仲平回答，许亮已经急匆匆破门而入，但见他一手拎着只活蹦乱跳的兔子，另一手端着只粗瓷海碗。“你们看好了！”许亮边说边将那海碗放在矮几上，碗是常见的灰白地子，里头盛了半碗水，却呈现出诡异的黑灰色。

庾瓒第一反应是和独孤仲平换位子，却被独孤仲平一把按住。独孤仲平道：“老许不是外人。”

许亮哼了一声，并不理睬两人，他也是右金吾卫衙门内核心人士，职责所系使得他很早便知道庾瓒经手的案子其实都是独孤仲平勘破的，但他才懒得说破这一点呢，庾瓒对他不错，而独孤仲平更是唯一一个明知他好赌还会借钱给他的人。

“刚买的！”许亮将手里的兔子拎高些，兔子拼命挣扎着。“看着！”许亮将那碗黑灰色的水强行给兔子喂了些，然后将兔子扔在地上，那兔子甚至来不及挣扎便一头栽倒，抽搐死去，口鼻间皆流出红黑色的脓血。

庾瓒骇得向后一缩，独孤仲平虽然没动，脸上神色也是一凛。

许亮道："看见了吧，这还只不过是煮了我那根银针的水。"

"好家伙，这么毒，十个师崇道恐怕也毒死了。"庾瓒一脸惶恐地瞪着死去的兔子。

独孤仲平却皱起眉头。"这沾着就死的剧毒，师崇道又是怎么能坚持了那么久的？"

"要说根本就没可能，可就是发生了！"许亮瓮声瓮气道。

独孤仲平道："从太乐署出来到朱雀大街，追傩的队伍走了足有半个时辰，他如果是被人灌的药，不可能还继续扮方相氏。那就是他自己吃了，或者说自己误吃了，可他也不可能坚持到那时候。老许，你看这像什么毒？"

许亮没好气地哼了一声。"哼，具体我说不上，多半是岭南一带才有的，草药的底子，恐怕还加了毒虫，有淡腥味。"

"庾大人——"门外响起侍从的声音。独孤仲平当即起身和庾瓒对调了座位。庾瓒待坐稳了，才吩咐人进来。

侍从是来向庾瓒禀报师崇道的弟子已经被带到的消息，庾瓒当场便想将他们叫进来审问，却看见独孤仲平冲他使劲摇摇头。庾瓒只好让侍从先出去待命。“你不打算现在就审？”

独孤仲平笑着摇头。“我的美人画屏还没到位，现在问案恐怕难有收获，再说我忽然意识到还有一处现场没勘察呢。就让师崇道这些徒弟在衙门里候着，我们现在只带他大徒弟去太乐署看看。”独孤仲平说着起身，庾瓒和老许只得跟着起来。

庾瓒还没反应过来，他对案情的敏感天生比对官场人事差了许多。“去太乐署？为什么？”

“因为那才是真正的案发现场。”独孤仲平径自朝门外走去。

一行人走进太乐署的院子时，天已经黑得死死的。独孤仲平已经交代过不要惊动其他人，所以太乐署方面并没人出来迎接。师崇道大徒弟、老许各自提了盏风灯充当照明。

“你师父出事前都吃过些什么东西？”庾瓒似是对周遭的幽暗有些恐惧，故意大声问。

“回大人的话，我师父凡是演这等大戏之前，都是要断食一日的。”

庾瓒有些无奈地看独孤仲平，独孤仲平正忙于四下打量，似乎并不特别在意听庾瓒和大徒弟的对话。

“我说的不光吃食，”庾瓒想了想，“比如有没有药什么的？”

大徒弟摇头道：“药？除了他每天都吃的，今天也没吃什么特别的药啊。”

庾瓒闻听此言眼睛一亮，追问道：“你师父每天都要吃药？他吃的什么药？”

“是什么药我可不知道，只知道装在一个白色小瓶里，每天早晨他都会打开那小瓶吃一些，今天和平常也没有什么不同啊。”

独孤仲平听见了，望了望许亮，许亮却摇头。

许亮凑近独孤仲平，道：“我都找遍了，不在死人身上。”

庾瓒颇有些失望，生气道：“你这当徒弟的，怎么师父吃什么药都不知道？”

“我师父经常自己给自己配药吃，我们问他，却惹得师父老大不高兴！他叫我们不要管，也不让动他的东西，他说那些药的事复杂得很，我们只跟他学追傩戏就行了。我们平日就跟他在这太乐署里学戏练功，连他家住哪里都不知道。”

“那你们师父吃了药之后有没有不舒服？”

许亮听见了，顿时忍不住朝独孤仲平低声抱怨，道：“刚说了半个时辰之后才死的，还能更蠢点吗？”

独孤仲平不动声色地一笑。

“没有啊，倒是之前他说今天忽然感觉不好，手抖得厉害。”

“这位兄弟的意思是，你师父上场前就预感到要出事儿？”一直没说话的独孤仲平这时突然开了口。

大徒弟点点头，道：“师父好像很害怕的样子，他其实有点不想演了。可乐官大人来了，左劝右劝，再说也没人可替师父，他也就答应了。”

独孤仲平低头仔细看着脚下，突然弯下腰、掏出手绢，继而小心翼翼地从地上捡起什么东西。许亮赶紧提着灯笼凑上前。微弱的灯光下，可以看见那是一小块白瓷碎片。

许亮瞪大眼睛，道：“是那药瓶？当心！”

独孤仲平一笑："多谢关心，我就说你舍不得我死吧！"

许亮看着独孤仲平将包好的手绢揣进袖子里，皱起眉头，思量着："可为什么药瓶会打碎了？师崇道就算不随身带着，也不至于砸了它呀！"

独孤仲平略加思索，道："是凶手回来干的，他不想让我们知道他到底下的是什么毒。"

"那是不是只要查出那毒药的出处，也就能查出凶手是谁了？"许亮忍不住面露喜色，"能使出这般毒物的杀才，那可得是个人物，老子还真想会会他！"

"要是这么容易就好了！"独孤仲平言语淡然，显然他并不认为事情会如此简单。独孤仲平的目光突然扫到了旁边的那口水缸，"哎，这水缸是做什么用的？"

大徒弟："哦，是我们上场前敬天用的清水缸。"

庾瓒一愣，道："清水敬天？那是什么？"

"凡是演傩戏之前都要敬的，避邪！就是每人喝一瓢这缸里的清水。"

独孤仲平这时已走到那水缸边，隐约可见里面仍有大半缸的清水，一只浅瓢轻飘飘浮在水面上。独孤仲平伸手舀起一瓢，凑到嘴边。庾瓒、许亮大惊，一个大叫出声，另一个已直接上前想要阻止，却被独孤仲平拦住。

"喝不得！"庾瓒叫道。

许亮也显得气急败坏的，嚷嚷着："不要命了你！"

独孤仲平却一副置若罔闻的模样，径自从缸里舀了瓢清水，毫不犹豫地喝了一大口。

“既然他们每人都喝了一瓢，想来这水是毒不死人的，”独孤仲平笑了，“不过这水好甜啊……”独孤仲平喃喃自语道，显然若有所思，“再请教件事，追傩的时候，这院子里有什么人在吗？”

大徒弟摇头道：“照理说是没人的。我们师兄弟都在傩戏里有角色，我和二师弟扮的是那两个小鬼，其他入门晚的兄弟有的演侲子，有的演神兽。说实话每年演傩戏的时候都人手不足，就连把官衙里端茶倒水的杂役算进去，那仪仗还时常凑不够数呢！”

庾瓒见独孤仲平没事方才松了口气，趁大徒弟没注意凑过来，问道：“可有什么收获？”

“有不少，头一条，那些师崇道的徒弟都可以放了。追傩的时候师崇道所有的徒弟都上场了，而我可以肯定，凶犯那时出现在了这儿，正在毁掉他下毒的证据！”

“万一里头有那凶犯的内应呢？”庾瓒还不放心。

“不可能的。凶犯如果有内应，可以有足够的时间让内应把下了毒的药瓶偷走，不会自己冒险摸进来。”

庾瓒依然懵懂，还想再问。独孤仲平却已经有些不耐烦，道：“你刚才答应我什么了？案子没破之前不许问东问西。”

庾瓒只好无奈点头。“好好，那现在怎么办？”

独孤仲平遥望夜色，道：“先回衙门吧，韩襄那边应该有消息了。”

六

一行人回到右金吾卫衙门，韩襄匆匆迎上来。他带回了独孤仲平想要的消息，不过这消息的内容却多少有些出乎独孤仲平的意料。

“那座塔根本上不去？”

韩襄正色道：“是啊，我们过去看了，那地方是净胜寺的别院，那塔已经荒废不少年头了，平日里根本就没人去，塔里头原先倒是有梯子的，可也朽烂得厉害，和尚们怕有香客误入会出事，几年前就给拆了。”

“从里面上不去，那外面呢？”独孤仲平不死心，“以那塔的高度，要是用些梯子、长绳一类的工具，虽说有些困难，若是身手敏捷，倒也未必就不能上去。”

韩襄却连连摇头，道：“先生您是没亲眼见着那塔，真是破败得不行。就算有石火胡那样的轻身功夫，只怕一踩上去，那塔立时就得塌喽。而且，塔周围一圈都是松软的泥地，只要有人靠近那塔，一定会在地上留下脚印的，可我带着几个弟兄找了半天，愣是半个脚印都没见着！”

独孤仲平没有吭声，心道：“那可真是怪了，这凶手到底是怎么办到的呢？”

“寺里的和尚当时听见钟声也都吃惊得很，自打那塔废弃之后，那钟就从来没响过，平日他们都是用寺里的另一口钟。而且当时他们全都在膳堂吃饭，要想靠近那座塔，是必须要从膳堂门前经过的，可他们却说什么也没看见。”

独孤仲平想了想道：“哦，我知道了。”

庾瓒在一旁只听得一头雾水，终于忍不住插嘴问道：“我说，你们这叽叽咕咕的，到底说什么呢？”

韩襄赶紧将独孤仲平让他去调查制高点一事告诉庾瓒，庾瓒恍然大悟。虽然韩襄是他的手下，但自己和独孤仲平的关系已不避他，因此独孤仲平的差遣韩襄也乖乖遵命。韩襄本就是个乖巧玲珑的人，明白只要讨好着独孤仲平破了案，也就是讨好顶头上司庾瓒了。况且独孤仲平对自己十分客气，从不盛气凌人，每有差遣也是用商量的口吻，把自己当兄弟一般，让他很是受用。不过，他也注意着，在庾瓒面前，不要让庾瓒觉得自己太捧独孤仲平而不认正主，必须随时向庾瓒汇报请示，除非独孤仲平提前嘱咐过他的事，才会避而不报。

庾瓒试探地问独孤仲平：“要不要把那些和尚都弄来这儿问问？”

独孤仲平微笑着看看庾瓒，并不答话。每当这时，庾瓒就知道自己又犯傻了，但他每次总是不知道自己傻在何处，只得赔着笑看着独孤仲平。

就在这时，一阵嘈杂声从二进院门里传出来。

独孤仲平道："大人，怕是老曹他们把街上的疑犯都带来了，咱们还是先对付这些人吧？"

庾瓒忙道："好，好。"说着就朝二进院里匆匆走去。韩襄也急忙跟上，突然想起一事，回转身，从怀里摸出一枚细小的黄铜铃铛递给独孤仲平。"对了，一个弟兄在塔下找到了这个，上面没有灰，也不晓得是什么东西。"

独孤仲平接过仔细端详，这是一只很小的铃，熟黄铜打制，轻轻一摇，就发出悦耳的声音。独孤仲平将小铃放入袖中，和韩襄一起走进了衙门的二道门。

院子里，吵嚷声、嘈杂声乱成一片。但见一大片乌鸦鸦的人几乎挤满整个衙门大院。从衣着上看都是普通百姓，男女老少皆有，曹十鹏领着几个差役忙前跑后地维持秩序，弄得手忙脚乱却收效甚微。

庾瓒见此情景，不满地喝了一声："怎么回事这是，为何在此吵嚷？"

曹十鹏见了庾瓒，当即朝院子里的百姓嚷嚷："哎，都站好了，庾大人来了！这帮刁民，到了这儿还不老实，看我怎么收拾你们！"接着跑到庾瓒近前，满面堆笑地叫了声"庾大人"。

"怎么弄来这么些人？"庾瓒问道。

"不是您让我们把街上有嫌疑的人都抓来吗？"曹十鹏一脸无辜的样子。

独孤仲平差点笑出声，却兀自忍住。

庾瓒一愣，这才想起刚才在朱雀大街，自己确实命令老曹见着稍有嫌疑的就要抓，不怕没地方，便道："那——那谁让你弄来这么多啊？"

"这可不叫多啊，庾大人！"曹十鹏凑近庾瓒耳畔，"卑职本想把现场周边里坊的可疑分子全带回来的，可惜人手不够，跑了一大半！大人您快审吧，这些人从出了事到现在都没吃没喝，聚久了，怕是要闹事啊！"

庾瓒求助似的望向独孤仲平，独孤仲平心里暗暗发笑，却故意把头转向一侧。庾瓒只好凑近些，态度更加谦卑。

"你快给我想个主意啊，不然我这儿非炸了营不可！"

独孤仲平不假思索，道："放。"

"啊，都放了？"庾瓒不解，"这里面就不可能有一两个……"

"就算有，你也问不出来，只能放。"

"那在现场，我要抓人你为什么不拦我？"

独孤仲平终于忍不住笑出了声，道："我以为你想在长史大人面前演场戏，好好表现表现，怎么好拦？"

庾瓒哭丧着脸，叹了口气，道："我真是想抓两个嫌犯的……哎，罢了罢了！"庾瓒转向韩襄、曹十鹏，"把他们都放了吧！"

曹十鹏自然很惊讶。"都放了？可我们好不容易才——"

庾瓒摆摆手，道："本大人已经找着重要线索，用不着问了！再说，弄这么些不相干的人聚在衙门里，像什么样子！"

韩襄、曹十鹏遵命去遣散众人，可没想到众百姓听了这话反而更加吵嚷起来，个个脸上写满了无辜与愤怒。他们只因在街上看热闹走脱得慢了些，就被弄到这里，好几个时辰没见水米，这时都已到了忍耐的极限。

庾瓒见势不妙，赶紧摆出笑脸，打圆场道："诸位父老，本官这也是出于无奈，都是为了长安百姓的安全嘛！天色不早了，诸位就散了吧！"

"想抓就抓，想放就放，没那么容易！"

一个清脆的女声就在这时响起，庾瓒一愣，只见人群中继而走出个穿绿衫子的少女，眉眼俊俏，正是韦若昭。原来韦若昭事发当时被惊惶的人群裹挟着四处乱走，好不容易挣脱出来，却又被曹十鹏的手下当嫌疑人拦住盘问，本来韦若昭正在发愁该如何寻找丢失的吊坠，眼见金吾卫四下抓人，顿时心生一计，她几乎是要求老曹的手下把自己抓到这儿来的。

"你就是金吾卫的右街使？"

韦若昭大大咧咧地看着庾瓒，丝毫没有寻常女子面对生人的羞涩和胆怯。

"不错，正是本官，你有什么事？"

"我问你，在你的地界里被偷了东西，你管不管？"

敢情是来报案的，庾瓒松了口气，点头道："那是自然要管。"

韦若昭道："那好，我有一个很值钱的金吊坠，就在丰乐坊附近被一只猴子偷走了，请你一定帮我找回来！"

"什么，被猴子偷了？"庾瓒有点哭笑不得，"那到哪儿去找？"

韦若昭当即一撇嘴，道："啊呀，亏你还办案呢，那猴子肯定是人训好了专当偷儿的。哦，我听见一声呼哨，那猴子三蹿两蹿就跑不见了。肯定是被贼主叫回去了。"

庾瓒道："那你看见那贼主了？"

韦若昭却摇头。"没有，不过那猴子脖子上拴着一圈铃铛，我本来还循着那铃声追，可没一会儿追傩的仪仗就过来了……”

“那不和没说一样嘛！这样吧，”庾瓒打心眼里懒得过问，但当着众人又不能全然不管，于是朝韩襄招呼一声，“带她先去录事那里记个经过，等有了线索……”

韦若昭双手叉腰，瞪着庾瓒，道：“哎，你可不许敷衍我啊。不然，我就去你上司那里告你乱抓无辜！你们抓不到凶手，就把街上的人都带了来，不给东西吃，不给水喝，有这么办案的吗？别以为我不知道，你就是个从六品，能管你的多了去啦！”

庾瓒暗暗心惊，脸上却不服软，道：“嘿，你这小丫头好大的胆子，竟敢威胁本官？你就不怕——”

一直垂手一旁、不动声色的独孤仲平就在这时开了腔，问道：“这位姑娘，你肯定是一只猴子偷了你的吊坠？”

韦若昭看看独孤仲平又看看庾瓒，有些迟疑。“我和那小猴说了几句话，它还拉了我的手，搭了我的肩，后来，后来就发现吊坠不见了，不是它还有谁？告诉你们吧，你们不是想找那凶手的线索吗？那些看热闹的傻老百姓知道什么！本姑娘不才，正好发现了一条重要的线索！”

庾瓒一惊，道：“什么？你有线索？快说来听听。”

韦若昭却眼珠一转，笑眯眯地摇头，道：“那就要看你们能不能把我的吊坠找回来了。不然，我的忘性上来，多重要的事都会记不得。”

独孤仲平道：“既然这样，这位……？”

“本姑娘姓韦，名若昭！”韦若昭当即大方地自报家门。

“既然这位韦姑娘能提供重要线索，小人愿帮她去鬼市那边找找，兴许运气好……”

独孤仲平朝庾瓒使了个眼色，庾瓒会意，便说：“那好吧，就派你陪她去找找。不过，韦姑娘，你可不要忘记了，你说的线索……”

“东西找着了，我自然不会忘记！”韦若昭说着转向独孤仲平，“哎，那你是干什么的？”

独孤仲平微微一笑，道：“我是右金吾卫衙门的画师。”

韦若昭随独孤仲平离开布政坊的右金吾衙门。此时已是深夜，街上空荡荡的不见行人，夜色中弥漫着长安冬日特有的湿润而冷冽的气息。来到由金吾卫把守的坊门前，独孤仲平拿出一枚腰牌朝守卫晃了晃，守卫只扫了一眼便开了门放两人通过。

韦若昭很惊讶。“你一个画师居然能搞到过坊门的牌子？”

独孤仲平这时环顾四周，故作神秘地道：“……其实这是假的，是我照着他们那个自个儿画的！”

“什么？假的？”韦若昭顿时惊叫起来，“那会不会——”韦若昭下意识地朝背后的坊门看去。

“嘴张这么大干什么，你不一惊一乍的他们就不会发现。”独孤仲平心中暗道真是个好骗的小姑娘，嘴上却一副责备的口吻。

韦若昭有些不好意思地不吭声了，却不愿让独孤仲平占了上风，没走几步便又问：“我说，咱们这是要上哪儿去啊？”

“鬼市！”

“鬼市？”韦若昭忍不住再次大叫起来。

“韦姑娘，”独孤仲平面露苦笑，“拜托你小声些，我又不是聋子。”

韦若昭不好意思地笑笑。“你说的那个什么鬼市在哪儿啊？我只听说过东市、西市，从来没听说过什么鬼市。”

独孤仲平一笑。“刚来长安吧？”

韦若昭隐隐有些心慌，道：“谁说的，一年多了。”

“小小年纪，学着说谎可不好啊。”独孤仲平意味深长地看了韦若昭一眼。

韦若昭更是慌乱，还兀自掩饰，道：“谁——谁说谎了？就是一年多了！”

独孤仲平摇头道：“我看你到长安不到一个月，而且多半是从家里跑出来的。”

韦若昭顿时浑身一震，又努力稳住心神。

“胡说，怎么见得？”

“你身上的衣服质地不错，是官宦人家的小姐样，可你的鞋已经破了，说明你最近走了不少路，又没钱更换。”独孤仲平停下脚步，上下打量着韦若昭，“再看你身上，值钱的钗环佩挂一样也不见，丢了个金吊坠又这么急着找回来，多半是长安使费太贵，你出门又太急或者太秘密，没带什么现钱，这些东西都让你送到当铺去了。什么事出门急？自然是逃家了，年轻姑娘逃家为什么？不是逃婚就是和爹娘怄气……”

“才不是呢！”韦若昭急不可待地辩解，“你——你瞎猜！这鞋就是在长安买的，我家里还有好几双好的，我不喜欢穿而已。”

“是吗？”独孤仲平玩味地一笑，“这鞋的绣工纹样都是益州的，长安并不流行。你的口音嘛，虽然努力遮掩，也是益州的。

所以你来自哪儿并不难猜。益州的官宦人家虽多，可姓韦的并不多，若是再仔细问问谁家有二十上下的闺女，又长得不是麻子不是瘸子不是龅牙豁嘴，而是模样俊俏，只怕是……”

“行了行了！”韦若昭只听得又喜又怕。就像所有这个年纪的姑娘一样，听到有人夸赞自己的美貌总不免要沾沾自喜，但眼前这个头一次见面的男人竟然几句话就将她的出身来历猜了个十之八九，却让韦若昭又不由得心中一紧。难道自己的身上背负的那个秘密都已经让他猜到了？他到底是什么人？无论如何，自己不能示弱。想到这里，韦若昭道：“你到底是画画的还是看相的？我也来猜猜你吧，我看你不是画画的！”

独孤仲平眉毛一扬，道：“那你看我是干吗的？”

“你就是个大骗子，专门出来骗漂亮姑娘！”韦若昭大声嚷嚷着，“我不会上你当的！”

独孤仲平脸色骤然一变，竟像是被说中了的样子，但瞬间又恢复原状，嘴角挂出招牌似的嘲讽的笑。“姑娘好眼力！”

韦若昭也笑了，她终究是个年轻姑娘，没注意到独孤仲平脸上细微的表情变化，仍挂念着自己的事。韦若昭道：“嘿嘿，我瞎说的，你别介意。哎，刚才你说得这些，可不许告诉任何人！”

“那是自然。”独孤仲平点头。

“你还看出什么啦，说来听听！”韦若昭心中仍是惴惴不安。

独孤仲平莞尔一笑。“当然还有不少，不过……”

独孤仲平的笑容突然僵住，盯视着韦若昭身后不远处的地面。一条黑影从那里一闪，一转瞬又消失不见了。

“怎么了？”韦若昭问。

独孤仲平不由分说，一把捉住韦若昭的手，拉着她跑起来。韦若昭忍不住想要追问，却已经不由自主地跟着独孤仲平跑起来。说不上是为什么，心底一种本能的力量让她觉得这个才认识不久的画师是值得她信任的。这时，独孤仲平的声音也随着夜色传入她的耳鼓：“别作声，跟我来！”

韦若昭乖乖地点点头。两人左拐右拐转进了一条小巷。这巷子幽暗且逼仄，两旁俱是些在夜色中看上去十分古旧的建筑。空气中还浮着一层清冷的薄雾，将气氛衬得更加诡异。

独孤仲平拉着韦若昭闪进路边一所大宅的暗影里，贴着墙壁站定。独孤仲平伸出一根手指，示意韦若昭不要出声。韦若昭眼见他一脸严肃，顿时紧张得大气都不敢喘。

一阵细碎的脚步声就在这时自巷外响起。

韦若昭险些就要惊叫出声，却又硬生生忍住。独孤仲平看在眼中。倒还算有些自制力！他心里暗暗夸了韦若昭一句。

那脚步声这时又近了些，听上去有些犹疑，显然是在寻找两人的藏身之处。

韦若昭的身体不由自主地紧靠在独孤仲平身上。独孤仲平没作声，却沉稳地拍拍她的手，又指了指斜对面的一座砖墙。原来他选择的这处藏身地颇有些玄机，巷口的情形会被星光和街上的零星灯光映照于墙面上，形成了一处绝佳的观察地点。

韦若昭顺着独孤仲平手指的方向看去，却见那黑影一把拉出了佩刀，谨慎地向前挪，刀刃在星光下寒光灼灼。

韦若昭只觉得一颗心就要从胸腔里跳出来，不由自主地闭上眼睛，而独孤仲平却已然注意到黑影手中的佩刀刃口上有一处缺了一角。

独孤仲平面露冷笑，摸出一块小石头，抬手朝巷子口扔去。

啪的一声，石子落在地上，发出清脆的声音。黑影显然吃了一惊，急忙朝巷子口冲过去。

直到脚步声再也听不见了，独孤仲平这才拉着韦若昭从巷子里出来。韦若昭松了口气，这才发觉身上的衣裳几乎都已经被冷汗浸透了。

“啊，好悬！”韦若昭大口大口喘着粗气，“怎么会有人跟着我们？”

独孤仲平却注视着黑影消失的方向，喃喃自语：“没想到居然是他。”

七

那个黑影是谁？为什么要跟踪自己和独孤仲平？难道是打家劫舍的强盗？可为什么独孤仲平丢了块石子就能将他吓跑？而且独孤仲平还说了声“居然是他”，莫非那黑影是独孤仲平认识的人？

韦若昭满肚子问题，偏偏独孤仲平在其后的路程中忽然变得沉默了。无论韦若昭怎么问，他都只是一副若有所思的模样，不是支支吾吾，就是根本没听见她在说什么的样子。韦若昭自然很不高兴，她打从娘胎里出来就一直被人众星捧月似的围着，从没受过这样的冷遇。可奇怪的是，她并不讨厌独孤仲平，反倒觉得这个人实在是既古怪又有趣。

思忖之际，两人已经来到群贤坊一隅的一处武侯铺门前。两盏白色灯笼在夜风中轻轻摇晃，透过格子窗的缝隙，可以看见一个妇人正弓着腰坐在火盆旁边。所谓武侯铺又名街铺，乃是金吾卫于各里坊内驻兵之所，除了平日里的巡逻、禁夜，还承担着接受百姓报案、处理民间琐事之责。韦若昭琢磨着既然是去“鬼市”，自然得避开官方耳目，没料想独孤仲平到了门前竟轻车熟路地走了进去。韦若昭不解其意，也只好跟着。

逼仄的房间里烟熏火燎的，墙角摆着长长一溜折好的灯笼，还有不少水桶、梆哨之类的工具。一个妇人背向房门坐在火盆边烤火，从佝偻的身形、朴素的衣着来看已颇有了些年纪。

独孤仲平伸手敲了敲门板，三长两短，节奏颇有些古怪。而那老妇人却还在原地一动不动，甚至不曾转身看来人一眼。

“这是什么地方啊？她是干吗的？”韦若昭四下打量，一脸好奇。

独孤仲平一脸神秘，压低了声音，道：“可别小看了这老太太，长安城里大大小小的事就没她不知道的！想知道是谁偷了你的坠子，尽管问她就是！”

见独孤仲平忽然又开口答自己的问题，韦若昭心中一阵莫名欢喜，又问：“真的假的？”

“自然是真的，就连庾大人也时常……”独孤仲平讳莫如深地一笑，“对了，这老太太轻易是不与人讲话的，可只要开了口那便是金口玉言啊，你可得诚心诚意，多问几遍才是！”

韦若昭上前道：“老婆婆？老婆婆？”

老妇人一副置若罔闻的模样。韦若昭忍不住瞥了独孤仲平一眼，独孤仲平以眼神示意她继续。

“老婆婆，有只猴子把我的坠子偷走了，您知道它这会儿在哪儿吗？”

老妇人依然泥塑一般动也不动。韦若昭既疑惑又烦躁，声音也拔高了些，道：“老婆婆，您要是知道那只猴子的下落，就告诉我吧！”

老妇人还是不说话，气息一起一伏，很是平静，好像已经睡着了。

“老婆婆，我和你说话呢！”韦若昭彻底失去了耐心，上前一拍老妇人肩膀。

老妇人哆嗦了一下转过头，一副受到惊吓的神情瞪着韦若昭，发出一阵咿咿呀呀的声音，比划着示意自己又聋又哑。

“你不会说话？”韦若昭一愣，下意识地再看向独孤仲平，这才发现独孤仲平早已经不见了踪影。糟糕，让他给骗了！韦若昭气得一跺脚，急匆匆冲出武侯铺，昏暗的街道上依然不见半个人影，而原先挂在门前的白纸灯笼却只剩下了一盏。

想甩掉我？没那么容易！韦若昭心念一动，伸手摘下另一盏灯笼，她站在原地举目四望，很快便发现除了他们来时走过的大路，还有一条小巷自这武侯铺门前延伸出去，而这小巷入口的角度十分刁钻，若非定睛细看，在这幽暗的光线下很容易便会被忽略过去。看来这就是去往鬼市的路了！韦若昭想着，毫不犹豫地朝巷子里走去。

这巷子虽然十分幽暗，却远比方才两人遇险的那条来得宽阔。韦若昭走了不多远便看见前方一座小门之外，隐约有灯光闪动，身边陆续出现了和自己一样的行人，人们像是约定好一般个个提着一样的白纸灯笼，还有不少人用头巾、面纱遮住脸孔，来来往往，行色匆匆。

巷子渐渐走到尽头，出了那小门，韦若昭眼前豁然开朗，一座规模巨大的夜市就这样毫无征兆地出现在眼前。但见清朗的夜空下一个个摊位沿街排开，各支灯烛无数，将黑夜照得如同白昼。人们三五成群、游走于琳琅满目的商品之间，吆喝声、讨价还价声不绝于耳，这里的热闹程度不亚于东西两市，却又比白天多了几分神秘与梦幻的色彩。韦若昭看着眼前的景象，一时间惊讶得说不出话来。

而独孤仲平此时也正挑着灯笼，不疾不徐地走在鬼市的街道上。长安的贸易活动主要集中于东西两市，两市实行严格的定时贸易与夜禁制度，三百通暮鼓响过，家家商户都得闭门歇业，不得有违。而所谓鬼市却是深夜聚集、至晓而散的自发流动市集，地处城东曲江池和曲池坊间林地边，这里已在长安城墙之外，却因曲江池这个公共园林又联通着城里，是个特殊的所在。这地方按城东、城西分本是左金吾卫郭歪嘴的管区，但按已出城外论，又是应属南衙十六卫管。但都管，也就是都不管，更何况，郭歪嘴和南衙各卫的将军们也少不得从包庇操纵鬼市商家中捞好处。因此，这鬼市就在大唐朝廷眼皮底下红红火火地开了起来。不用说，这市上交易的往往是违禁品、赃物之类，至于帮会凶徒，鸡鸣狗盗之徒混迹出没，那是更不在话下。有时，官家也做做样子，抄禁几日，但过不了多久，就会重开，往往比之前更繁盛些。

独孤仲平信步来到一个摊位前，一个伙计装束的小伙子正巧舌如簧地向几个驻足其摊位前、有钱人家少爷打扮的客人推销他手中的货品，可以看见那是些珠宝首饰，真金白银在灯火映衬下熠熠生辉，却没有像样的盒子承载，显然都是来路不明的赃物。

“何安——”独孤仲平遥遥地喊了一声。

被称作何安的小伙子一眼瞅见独孤仲平，竟顾不得做生意，收起手上珠宝、转身就跑。而独孤仲平却早有防备，抄近路堵住了何安的去向，何安待要再转身，被独孤仲平一把捉住，将手拧到背后："你这滑头，怎的看见我就跑？"

"独孤先生，"何安手上吃痛，脸上却堆着笑，"这么巧，您可有日子没来鬼市了！"

独孤仲平也笑眯眯的，道："流年不利啊，我丢了东西，来找找看。"

何安赶紧点头，道："什么东西，小的帮您找找。"

"自然要问你啊！"独孤仲平看着何安。这何安年纪不大，却是长安有名的掮客，这鬼市里再找不到比他更有能耐的销赃老手了。独孤仲平相信韦若昭那吊坠只要在市场上出现，一定逃不过何安的耳目。独孤仲平道："今儿个在朱雀大街边上丢的，一个金的掐丝吊坠，给我交出来。"

何安听了当即喊冤，道："冤啊，小的一整天都在这边厮混，压根没往丰乐坊那儿去啊！"

"是吗？"独孤仲平一笑，"那你怎么晓得吊坠是在丰乐坊丢的？"

何安意识到自己说漏了嘴，赶紧掩饰道："小的全是瞎猜的！"

独孤仲平没说话，手上却加了把劲。何安疼得直咧嘴，赶紧讨饶，道："不是我！这……这多半是老五他们下的手！"

"老五？那和你还不是一回事？"独孤仲平掏出一串铜钱放到何安手中，随即放开他，"我买了！"

何安顿时露出惊讶神色，道："黑皮还是红点？"——此乃长安江湖中人的黑话，问的是买赃物还是报字号索要。

独孤仲平微微一笑，道："用买的自然是黑皮。"意即自己只买赃，不追究窃贼的责任。

"那您稍等！"何安眉开眼笑地着将铜钱收入怀里，转身要走，却再次被独孤仲平一把捉住。

独孤仲平一脸严肃地盯着他问："他们弄了只猴子当帮手？"

何安一愣，摇头道："没听说啊。"

独孤仲平这才松手。看来那猴子并不是老五一伙小偷豢养的，这样一来就全都说得通了！猴子可以肯定是那凶犯撒传帖的帮凶。独孤仲平注视着何安飞快跑走的背影，继而朝市场角落里一个毫不起眼的摊子走去。但见那货摊虽如周遭商贩一般在摊子前点着灯烛，但光线实在是太过昏暗，以至于走到近处都看不清货摊上摆的是什么。而摊主竟也一副无心生意的模样，借着鬼火似的微光与旁边人打双陆打发时间。

独孤仲平往货摊前一站，也没说话，摊主便爱答不理地扫了他一眼。"又要多少？"

"老规矩。"

独孤仲平边说边将一串铜钱和一个皮酒壶放到摊主面前。摊主这才不太情愿地站起来，从旁边的一个大酒瓮里用个木提勺向那皮酒壶里灌了些澄清的液体。

"这是原浆，不比那些浑酒，少喝点，不然醉死莫怪我！"摊主叮嘱道。

独孤仲平点点头，道："晓得了。还有件事，麻烦老兄把城里做毒物生意的人家给我写个单子吧。"

摊主顿时眉毛一扬，神色警觉，道："毒瘪子拐杖里，官家闲家两泪清。"这摊主所说又是江湖切口，意思是卖毒物的人也是为了混口饭吃，做官的没必要赶尽杀绝。

独孤仲平一笑，将又一串铜钱放到了摊主眼前。"打横顺北风，买剑不买棍。老兄不必多虑。"独孤仲平这是在告诉摊主，出了人命案子，只办凶犯，却不打压买卖毒物的生意。

摊主神色缓和下来，道："一会儿来拿吧！"

原来这不起眼的杂货摊主做的乃是传递消息、打探情报的生意，顺便卖些私酒。摊子看着不起眼，却是半个长安城各类地下信息的汇集地与中转站，宫政秘闻、商业情报、家长里短，只要肯付钱，就能买到需要的线索。虽说鬼市里不只他一家干这买卖，但数他消息最准最灵。独孤仲平之前也多次在此找到破案线索，因此当他知道连见多识广的许亮也无法判断师崇道死于何种毒物，便决定前来鬼市碰一碰运气。而且师崇道的徒弟说师崇道平时自己配药，那他应该也是个用药用毒的高手，说不准能从这个方向查到些线索。

何安这滑头也该回来了吧！独孤仲平想着便朝何安的摊子方向走，他刚一转身，竟正好迎上了韦若昭。韦若昭正兴高采烈四下闲逛，乍见独孤仲平出现在眼前，反倒是一惊。

"你怎么在这儿？"两人异口同声地问道。

"明明叫你在武侯铺好好等着，还是自己跟到这儿来了？"独孤仲平略带责备地看着韦若昭。

韦若昭却也气哼哼的，朝独孤仲平大声嚷嚷道："你刚才为什么骗我？"

独孤仲平故作无辜，问道：“我什么时候骗你了？”

“什么无所不知的老婆婆，你就是唬我，不想让我跟你到这么好玩的地方来！”

独孤仲平不禁莞尔，继而摇头叹气，道：“就算是这样，你不还是跟来了吗？这鬼市可比不得两市，原本就不是你这样的小姑娘可以随便乱逛的——”

韦若昭一撇嘴，一脸满不在乎，道：“我懂，有什么啊？不就是卖白天见不得人的东西吗，我怎么就来不得！早知道有这样好玩的地方，我早就来了！”

“独孤先生！”何安这时跑了过来，气喘吁吁的。

“拿来了？”独孤仲平问。

何安点头，一边喘着粗气一边从怀里摸出什么递过来。韦若昭眼尖，一眼便看见何安手中的正是自己的吊坠，当即一把抓过来。“我的吊坠！”韦若昭爱惜地抚摸着吊坠，接着又气呼呼瞪着何安，“好你个小贼，看我不——”韦若昭作势便要追打，却被独孤仲平拦住。

何安朝独孤仲平作了个揖，笑嘻嘻地说：“独孤先生，下回有生意一定还要照顾小的呀。”

韦若昭还不依不饶，大声道：“哎，你怎么把他放了？一定是他使猴子偷的。站住！”

周围的人顿时以异样的目光看向韦若昭和独孤仲平。

“我只是个画师，又不是正经衙门里做公的，拿不得人。”独孤仲平摇摇头，“再说，你不是已经找回了东西嘛，还管那些做什么？我们快走吧。”

独孤仲平拉着韦若昭便走，韦若昭虽然心有不甘，可何安早已经跑得不见了踪影，也只好悻悻作罢，她朝何安远去的方向撇撇嘴，道：“便宜了你！”

独孤仲平这时已回到那光线昏暗的杂货摊旁边，摊主将酒壶并一张折叠的纸条递给他，神情严肃地说道：“和尚庙不收道士！”——出了事他是不会承认的。

独孤仲平点点头，道了声“云游四方”，这是在向对方承诺，即使出事也不会有所牵连。

一旁的韦若昭看得懵懵懂懂，一个劲儿问：“他给你的是什么？你们说的是什么呀，我怎么听不懂？”

独孤仲平这时已将纸条揣进怀中，拉着韦若昭大步前行。“没什么，线索而已。”

“线索？”韦若昭更加好奇了，“哦，有关那个凶手的，到底是什么啊？”

独孤仲平摆出一副茫然神色，摇头道：“庾大人叫我来取，我怎么知道？”

八

韦若昭随独孤仲平离开鬼市，此时距离天亮尚有一段时间，清冷的夜雾笼罩着街道，正是一天中最冷的时刻，韦若昭忍不住打了个喷嚏。

“长安可比不得益州，若没有件冬装，小姑娘家家可要冻坏了。”独孤仲平本来嫌韦若昭好奇心太重，总是东问西问个没完，已故意减少了说话，这会儿见她穿得单薄，一副楚楚可怜的样子，又忍不住随口关心了一句。其实独孤仲平刚才已点破韦若昭阔小姐逃家，囊中定然羞涩，这话也有婉转地暗示她别在长安贪玩，早点回家的意思。

“要你管！”韦若昭嘴上嚷嚷着，心里却不知道为什么，觉得这话听着颇有些暖意，很是受用。

“好吧，”独孤仲平无奈摇头，步伐却加快了不少，“快点走暖和些，想来庾大人……”

提起庾瓒，韦若昭的心有些怦怦乱跳，她哪里知道什么线索，刚才不过为了骗这胖大人帮自己找金吊坠，顺嘴胡说罢了。

眼见得就要回到右金吾卫衙门，韦若昭心道反正东西到手，不如还是和这独孤仲平挑明，赶快溜之大吉，于是突然停下脚步，喊一声："哎，画画的！"

正径自朝前走的独孤仲平闻声回头。

"谢谢你帮我找回了吊坠，可我现在不能跟你回去见你们大人，"韦若昭知道自己的脸色有些发红，好在夜色中看不太出来，"……我不是有意骗你们的，实在是这个吊坠对我太重要了，我想让你们帮我努力查，就说我有凶手的线索，我其实……"

独孤仲平当即朗声一笑，道："你其实已经把你的线索告诉我们了。"

"我已经说了？"这回轮到韦若昭大吃一惊，"我说什么了？"

"猴子啊！虽然你的吊坠不是它偷的，可街上的传帖多半是它撒的。"

"是那小猴撒的传帖？"韦若昭好奇心又极大地被唤起了，"那，那它就是凶手训练好了的？这太有意思了……"

独孤仲平怕韦若昭又要问个没完没了，打断她道："这些事还是让庾大人他们去操心吧，我得回衙门复命了。姑娘也赶快回去吧。"

独孤仲平说着转身要走。韦若昭一瞬之间就有些后悔了，自己刚才如果不站下，就可以跟着回衙门去看热闹了。现在可眼瞧着没辙了。她从小聪明好动，敢作敢为，好奇心强，凡是能引起她兴趣的未知事物，她无论如何都要去弄个明白。今天以来，吊坠一失一得之间经历的这一切，特别是和独孤仲平到鬼市走的这一趟，让她对这些公人探案的生活已十分有兴趣。可眼下，韦若昭只得双手抱臂，显出一副害怕的样子，故意道："可我在朝华寺借铺，这会儿坊门都关着，叫我怎么回去啊！再说，天还没亮呢，你让我一个姑娘家一个人走，心也太狠了吧？！"

韦若昭一脸无辜的神情望着独孤仲平，独孤仲平想了想，从怀里掏出一张叠好的纸。"这样吧，你沿这条街往南，去光德坊，有一家酒店唤作荣枯的，你拿着我这幅画去找老板娘，就说是我说的，让你在我的房间歇一晚，等天亮了再走吧！"

韦若昭一愣，道："住店？可是我……"

独孤仲平自然明白韦若昭的顾虑，摇头道："住我的房间老板娘自然不会管你要钱。"

韦若昭又问："可我还是过不了坊门啊！"

独孤仲平一笑，道："光德坊门前的守卫也识得我的手笔，你尽管去，他们自会放行的。"

"那好吧！"韦若昭心想，不如就在这怪人的房间先住下，明日再找胖大人央告参与探案的事，就点点头，"反正我看你像好人，就让你好人做到底吧，等本姑娘发了财，一定还你！"

独孤仲平目送韦若昭挑着灯笼的背影逐渐消失不见，这才转身朝布政坊快步走去。回到衙门内，独孤仲平没有去大堂找庾瓒复命，而是到了后厢房韩襄的屋内。身为金吾卫，办起案子来没时没晌，赶上了圣上或朝中大脑袋交办的要案急案，更是得通宵达旦地连轴转。韩襄、曹十鹏等捕头虽说都已成家，在长安城内另置有私宅，但在衙门大院内都有一间自己的宿舍，以备随时留宿方便。

韩襄并没睡下，独孤仲平一敲门，急忙就迎了出来。他就是这点好，机灵，乖巧，会伺候人，日间这大案一出，他就知道今夜肯定不能歇不下了。

“独孤先生，”韩襄举着烛台凑近，“您里边说吧。”

“不了，”独孤仲平不紧不慢地从怀里摸出从鬼市拿到的纸条，递给韩襄，道：“这几个地方连夜查一查，看哪个是那师崇道的家。”

韩襄顿时睁大眼睛，又惊又喜。师崇道的徒弟都不知道他的家在哪儿，孤仲平居然有了线索。他忙道：“好好，我这就带人过去！”

韩襄说着带上门就要走，独孤仲平又拉住他，低声叮嘱道：“万万不要惊了邻居，看准了守在那儿，派人回来禀报。”

韩襄点头道了声“明白”，当即招呼了一小队人马，朝夜色中疾驰而去。

但愿此行能找到有用的线索，独孤仲平望着韩襄等人远去的背影，默默地想。一阵紧密的查访，他得到了不少有用的线索，特别是从韦若昭那儿意外地获得了第一个疑点的答案，满天飘落的传帖毫无疑问是凶犯利用训练好的猴子从那座早已上不去人的废弃寺塔上撒出的，一切都是早策划好的。他绝不会善罢甘休，师崇道的死只是开始。独孤仲平感到了对手的分量，而且知道，他离那令人痛苦又让人欣喜的头疼降临还远得很，也就是说，破案还远得很。但凶犯能给他多少时间呢？在下次杀人之前？

韦若昭来到荣枯酒店门前。下半夜，酒店早已没有了酒客，门前的灯笼也已经熄灭了，不过大门还是敞开的。

韦若昭一边往里走一边四下打量，这是一间颇为宽敞的大厅，错落放着不少张矮几，摆放得疏密适度，每个酒客都可以在酒兴正好时就地躺倒，丝毫不觉空间狭小，但整个大厅却又不显得太冷清。大厅中央靠左有一个小台，只稍稍高出地板，却清晰地表明了这家酒店的路数，这是典型的胡人所开酒店才有的专供歌舞的高台。而更让人不能忽略的，自然是天井正中那棵半枯半荣的树，几个胡姬忙着将从桌上收下的残酒倒到树根之下。

韦若昭看得惊奇异常，心想，真是间怪酒店，怪不得独孤仲平这个怪人会住在这儿。她忍不住走到那棵荣枯树前，抬手摸了摸，发现这树真是一半荣一半枯，她又摸摸树干，难以置信这树如何能将这些酒吸进体内。

“谁呀？”正就着火盆、斜靠在柜台后面算账的碧莲放下手中的算盘，懒洋洋抬起眼皮，打量着韦若昭，“这么晚了，喝酒可得等明天了，要是住店嘛……”碧莲眼波流转之际，已将韦若昭上下打量了个遍，显然是在盘算韦若昭的财力。

韦若昭急忙走到柜台前，将独孤仲平给她的画递给碧莲，道：“你是老板娘吧，是他让我来找你的，说让我在他的房间歇一晚。”

正在大堂里忙着的侍女和胡姬们听了这话，都转头偷望韦若昭，显然她们都明白这个他是谁。韦若昭一时间有些不好意思，却又搞不清楚其中的状况，只好故作镇定地看着碧莲。

碧莲微微一蹙眉，又仔细地看了看那幅画，确定是独孤仲平的真迹无疑，只得撇撇嘴，却没有多问什么，显然这种情况已不是第一次发生。碧莲挂出三分生意人的笑脸，起身道：“那随我来吧！”

韦若昭跟着碧莲转过大厅，来至与大厅相连的配楼，又上了楼梯，一直走到尽头。碧莲在一间小房门前停住，一手拿着作为信物的那幅画和一盏蜡烛，一手推开门。这里正是独孤仲平的阁楼。

“就是这儿了。”碧莲径自进了屋，将屋子里的烛火点亮。韦若昭也跟着踱进屋子，她好奇地打量着屋里的一切，房间不大，里面的摆设也十分清简，除了床榻、条案之类的家具，最引人注目的却是几乎占据了整整一面墙的高大书架，架子上堆满了小山似的卷轴，还有不少瓷人、琉璃瓶之类的小玩意。窗旁的矮几上放着一张琴，木色暗沉，是典型的伏羲式样，却有着明显地修补过的痕迹。

韦若昭一时兴起，好奇地拨了一下琴弦，没想到碧莲当即叫嚷起来，道：“哎，不能动他的琴！他没跟你说过啊！”

韦若昭摇头，道：“没有啊，他就给了我这张画，让我来找你。”

碧莲忍不住哼了一声，像是有些生气，道：“哼，也不知道是不是真的认识，拿了这么个放屁的鸡来，就要我伺候。”

“什么？”韦若昭一愣，“你说他画的是什么？”

“放屁的鸡嘛！”碧莲本是康国人，虽然从小就在长安生活，却没有唐人女子惯有的教养与矜持，说出粗鄙的话来也不觉得有丝毫不妥，“你看不是吗？”

碧莲说着摊开手里的画指给韦若昭看，却见那画纸上果然画了只水墨淡彩的芦花鸡，在寥寥几笔草就的背景中拔足狂奔，身后喷出气来，看上去十分滑稽。

韦若昭顿时哈哈大笑，道:“原来是这样，我说我怎么看不明白，他可真有意思！”她说着打了个哈欠，伸手拿过那幅画，“哎，我困了，先睡了，明天再聊吧，再见。”

不等碧莲反应过来，韦若昭已经将她推出门去，还径自从里面关上了门。碧莲自然更为不快，嚷嚷着:“哎，哎，哪来的野丫头，我——看我怎么收拾你！”

韦若昭一直将耳朵贴在门后听着，只听得碧莲咒骂了几句，无奈地下楼而去，脚步声渐行渐远，韦若昭噗嗤笑出了声。她早打定主意，要趁此机会好好在这个怪人屋里翻翻，看能不能发现什么秘密，刚才被独孤仲平险些说中全部身世，她既佩服又生气，很想也扳回一局，灭灭独孤仲平那股将自己当小孩的傲气。就算不行，如能找出些新奇好玩的东西，也是好的，韦若昭大摇大摆地在屋子里东摸西逛起来。

“这是什么？”韦若昭发现独孤仲平的桌上还有不少画纸，于是饶有兴致地拿起来看，而这些画作的内容竟也同样匪夷所思，没尾巴的狐狸、长着人脸的鲤鱼、跳舞的和尚……韦若昭看着看着忍不住笑出了声。——这个怪人还挺有趣儿的！韦若昭本想继续翻检，但忙碌了一天，她实在是困了，头一歪，就在榻上倒了下去，睡熟了，手里还捏着那些怪画。她毕竟只是个不满二十岁的年轻姑娘而已。

马蹄敲击着长安深夜僻静的路面，格外清脆响亮。独孤仲平与庾瓒以及众多金吾卫卫士策马一阵狂奔，来到一处坐落于里坊深处的民宅门前。民宅临街的大门敞开着，韩襄及其手下正在院子里等候。

庾瓒一跳下马便急不可耐地问韩襄，道：“你们进去过了？”

韩襄摇头，道：“还没有。不是独孤先生说……”

庾瓒慌忙一瞪眼，目视着身后的众卫士干咳了几声。韩襄顿时会意，除了他们几个庾瓒身边的人，独孤仲平的真正角色，衙门中的下级卫士们并不知道。韩襄赶紧改口，大声道：“啊，是画图的没到，怕动了屋里的东西，乱了次序。”

庾瓒问道：“那能肯定是那死鬼的窝？”

“能能，已经问过坊正了！”韩襄连连点头，“再说，院子里头有这个！”韩襄说着从一旁卫士的手中接过一柄长矛与一面圆盾，向庾瓒示意。韩襄道：“和追傩用的一模一样，错不了！”

众人这时都下了马，但见院子里只孤零零耸立着一间中堂，大门紧闭，黑夜中如一个巨大的紧闭的嘴。庾瓒将征询的眼光投向独孤仲平，独孤仲平扬一下手里的画板和毛笔，道：“小的准备好了。”

庾瓒点点头，道：“那好，咱们这就进去！都给我加点小心！”庾瓒虽然一派胸有成竹的口吻，实际上却根本不敢走在头里。众人以韩襄、曹十鹏为首，小心翼翼地摸向屋子。

大门紧闭的堂屋前，韩襄战战兢兢去推屋门，没想到刚一触碰，顿时有一阵奇怪的扑扑声从屋里传来。

众人不由得面面相觑，韩襄忍不住求助似的看向庾瓒和独孤仲平，庾瓒自是免不了一脸骇然，独孤仲平打量下四周，不动声色地朝韩襄点点头。韩襄于是壮起胆子再次上前。

吱一声，堂屋的门没有锁，一推之下开了条缝，众人刚要往里冲，一股黑烟就在这时从门缝里涌出，伴随着又一阵扑棱棱的异响，紧接着，一大群蝙蝠拍打着翅膀冲了出来！蝙蝠没头没脑地撞向院子里的人群，巨大的冲击力竟将站得靠前的韩襄等人撞得摔倒在地。后面的众人当即本能后退，继而一阵金属撞击的乱响，却是人们慌乱地抽出兵刃准备迎敌。

庾瓒早已吓得魂不附体，顾不上体面，抱着头趴在地上。独孤仲平虽然没有太惊慌失措，也随着众人急匆匆倒退几步，他抬头望着蝙蝠在院子里乱撞一气，继而成群结队地消失在熹微的晨光中。

众人中只有曹十鹏一人伫立在门侧，一动未动，只和众人一样抽出了自己的佩刀，这一来他独一个突出在前面，显得十分扎眼。见众人都以狐疑的眼神望着他，曹十鹏尴尬地笑笑，退回了几步，和大家站在一起。

独孤仲平打量了他一下，目光落到他手里的刀上，笑道："我说老曹，你也该换一把刀了，你看看，刃口都缺了。"

众人的目光顿时又集中在曹十鹏的刀上，果然，那刀的刃口有一处明显缺了个小口。

曹十鹏脸色骤变，赶紧讪讪一笑，垂下刀。庾瓒见那蝙蝠群散去，恢复了些精神，跳起来大声嚷嚷道："一群窝囊废！一个死鬼的窝看把给你们吓的，把家伙都收起来，给我进！"

众人依旧心存恐惧，但庾瓒的命令不敢不听，只好收起武器，小心翼翼地鱼贯进入。此时外面的天光已经有些放亮，大家却还是举着火把进了屋，好像这样才能胆子壮些。

随着火把逐渐照亮房间，众人发现他们竟然置身于一个巨大的铁笼之内！数十根铁质梁架交叉纵横，支撑起一个巨大框架，框架间蒙着细细的纱网，仔细看也全是金属打造。房间的窗户本就已被钉死，再加上这铁笼隔挡，屋子里显得十分阴森，而铁笼内只有几样简单的家具陈设，显然这就是师崇道日常起居之所。

韩襄忍不住嘟囔道："妈的，这个师崇道，是不是属鸟的，给自己打了这么大个笼子住！"

众人面对眼前的异象也啧啧称奇，神情却更显谨慎畏缩。

庾瓒眼尖，看见屋顶上还倒挂着几只未飞出去的蝙蝠，当即悄悄凑近独孤仲平，压低声音，道："你看那些蝙蝠会不会有毒啊？"

独孤仲平摇头，道："我看不像，大人家的水井里不是也养了几尾鱼吗，一样的道理，晚上如果有外人来，蝙蝠见了灯火，就会……"

"他他妈都住在笼子里了还怕？"庾瓒当即咋舌，忽然又若有所悟，"哦，他是觉出有人要……？"庾瓒说着做了个抹脖子的动作。

独孤仲平笑而点头，道："大人英明，位置图小的已经勾好了。"

独孤仲平将手中已勾好的位置图给庾瓒看了看，庾瓒随即朝众人一挥手，道："那还愣着干吗，快给我搜！"

眼看众人开始四下搜查，庾瓒还是不放心，摸出块手巾，悄悄掩住自己口鼻。独孤仲平看在眼中，心里只觉好笑，于是上前低声道："我说庾大人，这屋里养着蝙蝠，若是空气里真有毒，只怕你这手巾也是不管用的。"

庾瓒这才不好意思地将手巾放下，为了掩饰尴尬，招手将韩襄叫来。“哎，那坊正还说了什么？”

“回大人，坊正说这个师崇道平日里早出晚归的，从来不和街坊四邻来往，更不让人进他家门，也没见有什么人来找他。还有，坊正不知道他是演戏的，还以为他是卖药的呢。”

独孤仲平在一旁注意地听着，他继而收起画具，起身在屋子里转悠。差役们对他的态度不甚客气，不是让他走开别碍事，就是干脆视而不见。也难怪，他们只知道他是衙门的画师，许多人连他的名字都叫不来，他们只是习惯看到有个人捧着画箱在现场出现，坐下就画。而独孤仲平对此显然也已习以为常，他仔细地打量着周遭的一切。

笼子里的摆设大体上与一般长安民居没什么不同，只是更加简单，独孤仲平的目光扫到了角落里一张毫不起眼的三彩柜上。这三彩柜看似对称，但左侧的雕花处比右侧磨得圆了些，平时看不会很显眼，但在火把的高光照耀下却挺分明，像是一个总是被手摸到的地方。独孤仲平见没人注意自己，上前伸手往左侧雕花处虚摸了摸，正好合手。独孤仲平心中了然，于是又打开箱子，摆出一副准备作画的架势。

“哎呀，我还得在这儿画一张。”独孤仲平故意左顾右盼地像是找不到合适的位置，又朝庾瓒使个眼色，冲三彩柜努了下嘴。

庾瓒愣了片刻终于会意，故作一脸不耐烦，道：“那怎不早说？哎你们几个，帮画画的把那柜子挪开！”

当即有两个差役过来搬动三彩柜，只听见嗒一声轻响，随着三彩柜的移动，一个木制暗格便从柜子后面露出来。暗格内，分成左右相对的两个小格子，左边放着一溜白色小瓷瓶，右边则是一溜镀金小瓶。

众人惊讶地围上来，连连惊叹。庾瓒也上前看看，一脸欣喜。庾瓒道："我就看这个柜子有问题嘛，原来这还藏着个小药铺呢。都弄回去，让老许好好查查！"

"等等等等！"独孤仲平却又出言制止，"这些小瓶都一模一样，上面又没有字，不如我来编个号，大家再动手。"独孤仲平一边说一边用纸撕成多个小条，飞快地写上数字，又从画箱里拿出糨糊，顺着左右两排小瓶上挨个贴过去。

"这就好了！"独孤仲平朝韩襄使了个眼色。韩襄上前小心翼翼地将一个个小瓶移到一个方盒子里。而独孤仲平这时看见空出来的暗格正中，隐约刻着个图腾样的图案，形状繁复，看上去颇为怪异。独孤仲平想了想，迅速地在纸上将这图案画了下来。

对师崇道住所的检查很快便告一段落，除了那些暗格里的药瓶，也没再发现其他有价值的东西，不过庾瓒却对这一结果很是满意，至少等薛进贤从元日朝会上回来，自己手里已有能拿得出来的线索和物证，总算可以应付几天。

庾瓒招呼众人收拾东西离开，曹十鹏落在队伍的最后，显得有些心神不宁的样子。独孤仲平看在眼中，故意也走在后面，和他并肩而行。"金吾卫这差事也真是辛苦！"独孤仲平一副漫不经心的口吻，"出了这等大案子，这个年看来你们是过不好了。"

曹十鹏一愣，意识到独孤仲平是在和自己讲话，当即讪讪挤出笑脸，道："嗨，您不也一样嘛！嘿嘿，别人不知道，我眼睛可不瞎，您来衙门这两年，说实话，帮了大人大忙了，我看这案子也全仰仗您了。”

“那也得是你们大伙帮衬啊！”独孤仲平一笑，“不光白天得帮衬，晚上更得你们帮衬，免得……”

曹十鹏脸色一变，赶紧解释，道：“独孤先生，您可千万别误会啊，昨天晚上，跟在你后面的是我。可我是听说你们要去鬼市找线索，怕你们出事，才跟了去，想暗中保护你们，我真是一片好意，您千万别想岔了。”

独孤仲平微笑着轻轻拍拍曹十鹏的肩膀。“怎么会呢，我既然认出了你的这把刀，自然放心了。不过——”独孤仲平话锋一转，“你为什么会觉得我们要出事呢？”

“我——我——我是瞎猜的！”曹十鹏面色有些发青，“这凶犯看样子可不是等闲之辈，大庭广众之下杀人，一点痕迹都没留。要是他知道您找到了线索，对您起了歹意怎么办？只有您有可能把他抓住，要不然，嗨，真不知道下一个轮到谁呢。”

“哦，这么说，你认为一定有下一个？”独孤仲平开始步步紧逼。

曹十鹏按捺不住的慌乱，又急忙掩饰道：“啊，不不，其实我也说不准，可按那传帖上说的，不是还要——？”

独孤仲平已然打断他的话，道：“你觉得下一个会是你？”

“没有啊，独孤先生，您怎么会这么想？”曹十鹏大惊失色。

独孤仲平只淡然一笑，道：“我和你开玩笑呢，只是看你好像很害怕的样子。”

曹十鹏努力控制着自己的情绪，道：“嗨，案子办得多了，反而更谨慎些。遇到这等没由来的凶案，自然更觉得棘手。”说话间两人已随众人来到院外，曹十鹏准备翻身上马，却又被独孤仲平叫住。

“老曹啊，你认识师崇道？”

“不认识啊！”

“那你怎么会到过师崇道家？”

“没有啊！”曹十鹏下意识地拉紧了缰绳，“独孤先生又在开玩笑了……”

“老曹啊老曹，你既然很服气我的本事，就实在是不应当对我撒谎。”独孤仲平注视着曹十鹏的眼睛，笑眯眯地说，“方才我们所有人进了这院子都正对门站着，只有你低头站到了旁边，显然你知道一开门，他家养的蝙蝠会冲出来。而且，进了房间，我们所有人都对那个铁笼子大吃一惊，可唯独你表情平淡，好像早就见过似的。不是吗？”

曹十鹏一时间哑口无言，好半天才痛下决心似的开了口，道：“独孤先生，我，我……您能帮帮我吗？”

独孤仲平看着他几乎要哭出来的样子，叹了口气，道：“我可以帮你，但你必须把你知道的都告诉我！”

“好吧，”曹十鹏环顾左右，压低了声音，“不过这儿说话不方便，等回了衙门，请您到我那儿……”

独孤仲平点头，道：“一言为定。”

九

他静静地坐在角落里。

即使身处门窗紧闭的室内，他也依然没有摘下头上的斗笠。日光透过窗板的缝隙照在他的麻布衣衫上，泛着灰白色的光。而他的脸始终隐没在一片幽暗中，低垂着头，仿佛睡着了，又仿佛正凝神思索。

这是一处废弃了许久的房间，帘幄残破，蛛网密结，寥寥几件家具摆设也是歪歪斜斜，衰朽不堪，但从脚下已然褪色却依旧花纹精美的丝织茵毯看来，房子过去的主人不是王公贵族便是富商巨贾。然而现在，曾经富丽堂皇的房间却被一种强烈的不协调感所笼罩，除了满眼破败，最诡谲的莫过于屋子正中立着的那张木制胡床。

胡床不过是普通的胡床，上面坐着一个人，头上蒙着黑布看不清相貌，手足都被绳索紧紧绑住。从身形上看，这囚犯体型瘦长，一身金吾卫官差制服，正拼命扭动着想要挣脱绳索的束缚。

角落里的他注意到动静，抬起头。看来猎物已经醒了——

他隐藏在阴影中的脸上浮现出一丝笑意。于是他站了起来，上前掀开蒙在对方头上的黑布，露出来一张毫无血色的脸。正是曹十鹏。

曹十鹏的眼睛一时间还不能适应这突如其来的光线，他努力转动眼珠，被手巾裹住的口鼻发出一阵低沉的呻吟。

“好久不见了，曹捕头。”

他的声音平静悦耳，但对于被捆缚在胡床上的曹十鹏而言，听起来却比绑住他四肢的绳索还要粗粝刺痛。

这是什么地方？我怎么会在这儿？曹十鹏费力地回想着几个时辰前的事。他随同众人返回右金吾卫衙门，之前已经和独孤仲平约好了单独会面，他便独自回到自己的那间宿舍。和韩襄一样，身为捕头的曹十鹏在衙门大院内也有一间属于自己的房间，以便办案紧张时随时留宿。他避开众人进了屋，想到独孤仲平马上就要到来，他起身点起小炭炉，烧上了一壶水，准备一会儿给独孤仲平筛茶吃。想起马上要和独孤仲平展开的单独谈话，他不但不觉紧张，反而感到前所未有的轻松。说出来就好了，所有他知道的和他恐惧的，他曾经见独孤仲平勘破不少奇案疑案，这回把自己完全交给他，多半也能得救。可之前他就是鼓不起勇气向独孤仲平坦白，他已经在后悔了，好在还不是太晚。想到这儿，他本能地嘴角微微一翘，笑了。接着，他只听到脑后一股疾风……

对了！就是那股疾风，他是被带起那股风的凶器打伤的！回忆至此疼痛才鲜明起来，曹十鹏忍不住大声呻吟，同时朝他瞪大了眼睛。

“我知道你想说什么，”戴斗笠的人一笑，“怎么，这个地方都不认识了？”他说着环顾四周，“三年前……”

曹十鹏本就疼痛难忍的头顿时嗡的一声——是他！真的是他！看来自己最担心的事还是发生了。曹十鹏只觉得一股寒意在周身上下游走，忍不住颤抖起来，连带着身下的胡床发出咯咯声响。

“看来你已经想起来了，那也应该知道我是谁了。”他的声音依旧温和。曹十鹏啊曹十鹏，你为什么发抖呢？难道你不知道以自己的所作所为，这一天是迟早要来的吗？不过从他们看见自己时那惊悚的模样可想而知，师崇道没想到，曹十鹏也没想到。这样也好，他想，既然老天选择了由我来终结他们，也该由我来告诉他们将为何而死。

“师崇道一死恐怕你就知道了吧？这事瞒得了旁人可瞒不了你！你也知道寻常手段保护不了你，所以便想找个人商量对策，”他若有所思地打量着曹十鹏，“我倒是有点好奇，那个叫什么独孤仲平的就那么值得你信任？难道你真打算把那些见不得人的事都说出来？金吾卫那帮饭桶虽然笨，怕是也不会就这么轻易放过你，单是这一项……”他说着拿出一个包袱，往曹十鹏眼前一放，包裹里鼓鼓囊囊的显然放了不少重物，而曹十鹏一看见那包袱顿时又发出一阵呻吟。

“你还认得就好办了……”

他笑了，继而凑到曹十鹏身边一阵耳语。曹十鹏越听脸色越是苍白，豆大的汗珠顺着额角往下淌，浑身颤抖得几乎难以自制。

“你为什么要这样做？”曹十鹏忍不住大喊，可在旁人听来，却只是一阵歇斯底里、含混不清的呻吟。曹十鹏其实已知道没有活着离开的希望了，但求生的本能驱使他兀自挣扎不休。没有人会来救他了，甚至没有人知道他此刻身在何处。曹十鹏眼眶一湿，曾经的一幕幕经历开始在眼前飞速流转，他再次呻吟起来。

冰凉的绳索骤然搭在了曹十鹏的脖子上。

他凑近曹十鹏的耳朵，用轻得几乎听不见的声音说：“你猜猜，这个独孤仲平什么时候能找到你的尸体？一年，还是两年？”

曹十鹏突然就停止了挣扎和颤抖，像一只口袋般瘫软下来，绝望已经彻底吞噬了他的灵魂，在他的生命最终被剥夺之前，他的灵魂已经急不可待地先行离他而去，只剩下这堆死与不死都没什么区别的皮囊。

他继续道：“也许我该给这个画画的提个醒，看看他到底是聪明还是傻……”话音未落，他的手一紧。

一切戛然而止。

十

韦若昭是被飞扬的尘土从睡梦中呛醒的。

她一睁眼，看到碧莲正挥舞着鸡毛掸子，动作夸张地在屋子各处掸灰。韦若昭半梦半醒地坐起来，揉了揉眼睛。

韦若昭抱怨道："老板娘，你怎么现在就打扫啊，我还没起呢！"

碧莲自顾自在屋子里摔摔打打，没好气儿地说："凭那张破画，只能留宿一晚，现在太阳都晒屁股了。你赶紧给我起床，走人！"

韦若昭不满地撇撇嘴，道："是那个独孤仲平让我来的，又不是我自己来的。"

"他让你来的怎么样，他还欠我房钱呢！"碧莲不屑地哼了一声，"我告诉你吧，你要是聪明，还是赶紧走吧，他可不是什么好人，动不动就让小姑娘到这儿来住，结果嘛……"

韦若昭听言脸色骤变，一个激灵从床榻上跳起来，问道："啊？真的？他真是这样的？"

"可不是吗！"碧莲故作一脸惋惜之色，叹了口气，"唉，那些姑娘下场真惨啊，我可是见得太多了！”

韦若昭惊叫一声，道：“原来在打我的坏主意！哼，我早看他像骗子了，多谢你啊老板娘，后会有期。”

韦若昭匆匆奔出门去，碧莲稍待片刻，来到门口，见走廊里没了人影，料想韦若昭定被吓得一溜烟跑了，忍不住笑得前仰后合，边笑边嘟囔道：“这个傻姑娘真好骗！”

但没想到的是，韦若昭这时却突然又从门后闪身出来，盯着碧莲。碧莲的笑容顿时僵住。

“老板娘，”韦若昭笑嘻嘻地看着碧莲，“你长安话说得不错，可惜骗人的功夫还差点！”

碧莲脸上有点挂不住，索性直接来硬的，道：“少废话，一晚就是一晚，要想再住，容易，拿来啊！”

“哼，钱算什么，我家有的是！”韦若昭嘴上毫不示弱。

碧莲点头，伸手到韦若昭面前，道：“那好，拿来呀。”

碧莲早就算准了韦若昭拿不出钱来，韦若昭气得咬牙切齿，嘴上却还不肯服输，嚷嚷道：“好吧，你等着，我这就去取了来。”

韦若昭气呼呼地下了楼，出了荣枯酒店大门，她哪有钱可取呢？本来她并没有打算在荣枯酒店长住下去，但被碧莲这样一激，过惯了阔日子的她如何能咽下这口气，一路朝前走着一路骂骂咧咧：“呸！不就是个胡人女子开了个店嘛，有什么了不起，哼，看我不拿钱砸死你！死胡女！”

今天是元日，朝廷依制要举行盛大的朝会，而民间自然也少不了庆祝。大街小巷张灯结彩，人们身着节日盛装，喜气洋洋地互相拜年，放眼望去一派喜庆景象，显然昨夜的惨案已随着新年到来而被长安人抛于脑后。

看到这样处处喜气洋洋的大街和人流，韦若昭气消了一大半，脑子也忽然清醒了许多，那碧莲为何对自己这般鼻子不是鼻子脸不是脸的，独孤仲平不是说凭他的画，老板娘会给面子吗？想到这儿，韦若昭忽然意识到，老板娘确乎是给了面子的，不然怎么会允许自己昨晚住下，当然这面子也就是给独孤仲平，心中万分不情愿，也不得不如此，那原因还不就是明摆着的。韦若昭再年轻也是女人，碧莲对独孤仲平有意思！或者，本来人家两人就是……韦若昭突然又烦恼起来，可她实在想不明白自己为何烦恼，于是就强迫自己想点有意思的事。

也不知道独孤仲平和庾大人他们找没找到那个凶手。他会是个什么人？能做出下毒害人这么残酷的事，他究竟想干什么呢？要说这个凶手也挺有意思的，居然想出用猴子撒传帖这一招，不过还是被他们识破了，这么说还是衙门的人更厉害吧！说起来那个独孤仲平就更有意思了，要是能跟着他，一定能见识到更多更好玩的东西！

韦若昭又想到了独孤仲平，心情再次好起来，步子不自觉地放得慢了些，而一口鲜红的槟榔渣就在这时“噗”一声落下来，恰好掉在韦若昭脚边。韦若昭一愣，抬头便望见一只猴子正蹲在街边一所宅院门前的上马石上嚼着槟榔，那猴子脖子上挂着一串细细的黄铜铃铛，见了韦若昭抓耳挠腮的，显然也认出了她。

韦若昭又惊又喜，道：“好你个小猢狲，居然还敢出来，我知道了，昨天的传帖就是你撒的，你的主人呢？”

韦若昭边说边四下打量，这是一条比较繁华的街道，周围人来人往的，没有谁看上去特别可疑。想到杀死师崇道的凶手很可能就在左近，韦若昭心里不是不忐忑的，万一和凶手撞上了可是了不得！但这猴子实在可爱得紧！突然间，韦若昭心中生出一个念头，捉住这猴子，就有了抓凶手的线索，就可以向庾瓒、独孤仲平邀功，说不定他们一高兴，就把自己留下参与探案了！想到这儿，韦若昭壮着胆子慢慢地向那猴子靠近，想抓住它脖子上的项圈。

可一声呼哨就在这时响起，韦若昭下意识地一缩手，而那猴子当即扔下吃了一半的槟榔，动作敏捷地蹿上了街边的屋檐，再三蹦两跳，一眨眼的工夫，便又不见了踪影。

韦若昭颇为懊恼地一跺脚，多好的机会就这么白白溜走了！可当她低头看到被那猴子丢在地上的槟榔，却又瞬间露出笑容——槟榔在这长安城里可不是什么遍地都有的寻常事物，只要找到那卖槟榔的，就有可能找到买槟榔给猴子吃的主人！而她，感谢老天，正巧也爱吃槟榔，知道长安唯一一家卖槟榔的店铺所在！真是天助我也，韦若昭觉得自己完全可以当一代名捕了。她直奔右金吾卫衙门而去。

庾瓒这时正趴在金吾卫大堂的矮几上呼呼大睡，鼾声震天。忙了一整夜，他实在支撑不住了。他的旁边已经摆好了一张又长又宽的条案，许亮小心翼翼地把从师崇道家抄来的那些小罐中的药挑到小碗里，放上些水，再用银针一一试过。

那些小瓶也在桌上摆成一溜，还保持着暗格中的方位次序，左边是那些白瓷瓶，右边是那些镀金瓶，上面都贴着独孤仲平做的序号。从序号中可以看出，白瓷瓶比镀金瓶少一个。

门一响，独孤仲平走了进来。“验得如何了？”独孤仲平问。

许亮皱着眉头，瞥了一眼旁边鼾声如雷的庾瓒，厌恶地道：“没完没了，吵得人头大！”

独孤仲平想了想，促狭一笑，突然拔高嗓门、嚷了起来：“哎呀，夫人！您怎么来了？”

话音未落，庾瓒已经一个激灵跳了起来，动作迅猛，竟险些将矮几掀翻。他定睛四下望望，却只见独孤仲平和许亮冲着他一脸坏笑。庾瓒长吁一口气，平复了一下心情，道：“哎唷，早晚被你们吓死。我昨儿已经派人回去报信了，这个案子破不了，不掉脑袋也得丢官，还回什么家啊！”

许亮一边忙活一边说风凉话，阴阳怪气地道：“当心她到这儿来查你的岗！”

庾瓒当即讪笑，道：“我那浑家虽然脾气臭些，可不是不通情理的女人。”庾瓒嘴上这样说着，心里却忍不住有些打鼓。原来庾瓒在金吾卫上下乃是出了名的妻管严，妻子裴氏身为前朝宰相之女，虽然死去的爹不是现管，还是凭借着家族过去积下的人脉关系，让庾瓒坐上了右街使的位子。而这让裴夫人本就不小的脾气和妒性更是放大了许多倍，曾经一度因为怀疑庾瓒偷腥——当然这怀疑完全正确——而追打到衙门里，把庾瓒的脸都抓破了。从此以后，庾瓒因办案留宿衙门内，就得提防着裴夫人随时突袭查岗。

庾瓒为了缓解尴尬，便问独孤仲平道：“你去哪儿了？这半天都不见人影？”

独孤仲平道:“本来说好和老曹喝茶的，可去了他没在，等了半天也不见人回来。大概临时忙什么去了吧！”

“哦，”庾瓒漫不经心点点头，又转向许亮，“查验得怎么样了？”

许亮放下手中的银针，道:“好了，全验过了。这边的金瓶，一、三、五、七有毒，二、四、六、八没毒。这边的瓷瓶，二、四、六、七有毒，一、三、五没毒。”

独孤仲平皱着眉头盯着条案上的瓷瓶，半晌，伸出手将标有六、七的两个白瓷瓶分开，空出了一个瓶子的位置。庾瓒凑过来看看，却一脸懵懂，不知他是何意。

许亮突然恍然大悟，嚷道:“明白了！”他拿起桌上的毛笔，在七号白瓷瓶子上改写了个八字。

“这就对了。”独孤仲平点点头。

庾瓒却还一副丈二和尚摸不着头脑的模样，问:“什么对不对？这什么意思，我还是不懂啊。”

独孤仲平一笑，解释道:“真正的第七号瓶被师崇道拿走了，就是他吃的那瓶药。因为瓷瓶是单数无毒，双数有毒，而金瓶是单数有毒，双数无毒。师崇道是故意用一样的瓶子，不做标记，只以次序来区分有毒与无毒。”

庾瓒不解:“可他还是被毒死了？”

“因为有人知道了他这个规律，或者说秘密，把七号瓶里无毒的药换成了有毒的。”独孤仲平叹了口气，“这两种东西，一定外观味道都差不多，居然骗过了他这个使毒的高手。”

“可你说，那毒药吃下去，又怎能不马上发作呢？”许亮问道。

独孤仲平又一笑，道：“还记得太乐署院子里那一缸凉水吗？依照那追傩的仪式，师崇道上场前一定是要喝那敬天的凉水的。我想凶手定是在毒药里加了什么遇冷便能延迟发作的药物……”

许亮眼睛顿时一亮，大声道：“乌梢叶，一定是乌梢叶，这种叶子剧毒，不过遇冷毒性发作得慢，凶手全算计到了。哎，可乌梢叶没气味，师崇道中的毒有淡腥味啊？”

“多半是那无毒的药也有同样的腥气。”

庾瓒这时终于反应过来了，一拍大腿，道：“够狠，连腥气也假造了，铁了心，必取他性命啊。那这凶手一定是他身边的人啦？”

独孤仲平摇头，道：“他的徒弟、街坊四邻都不了解他，不可能是凶手。而且他已经意识到有人要杀他，那个大铁笼子是新近做的，蝙蝠恐怕也是新养的……

“等等，你怎知道是新做的？”庾瓒问。

“长安直到十月都是雨季，天气潮得很，那么大的铁器必然会生锈。可那笼子一点锈都没有。所以定是十月之后才装上的。”

庾瓒忍不住一脸钦佩，道：“有道理！有道理！老弟啊，我怎么就没有你这样的眼力？”

独孤仲平并不接庾瓒的话，继续分析道：“可惜师崇道只想着防备晚上有人偷袭，却不承想栽在了自己最擅长的下毒上。凶犯显然不是为谋财，他屋里值钱的东西并没有被拿走。”

“那为什么？不会真是为了开导长安人赎罪吧？”庾瓒只觉得想不通，难道真有人会因为这样的动机犯下杀人大罪？那可真是太奇怪了。

“也许他要的只是全长安的人都关注他，”独孤仲平想了想，“又或者他是想掩盖自己真正的意图。”

韩襄就在这时闯进来，大呼小叫着：“大人，大人，昨天那个韦姑娘又来了，说她能破了这个案子呢……”

独孤仲平听了微微发笑，庾瓒却不耐烦，道：“去去去，把她哄走，我们哪有工夫陪这样的富家小姐找乐子！”

“谁说我是找乐子来的！”韦若昭脆生生的嗓音已经自门口响起，接着一步跨了进来，“本姑娘能帮你们找到那猴子的主人！”

这下不但庾瓒、许亮，甚至独孤仲平都瞪大了眼睛。

在韦若昭领着众人纵马疾行前往西市的途中，庾瓒仍忍不住追问韦若昭是否真的掌握那猴子的线索。庾瓒道：“韦姑娘，你说的这些可都是真的？”

韦若昭道：“那当然！我正要一把抓住它呢，又是一声口哨，肯定是凶手在叫它，它一下子蹿上了房顶，跑没影了。不过没关系，去这家槟榔店，一定能问出线索来，或者就在那儿等，肯定能抓住他。”

“可是这猴子吃槟榔，也不见得就一定是在你认识的这家买的啊！”庾瓒依然不放心。

韦若昭一笑，道：“这你就不知道了吧！那位店主说了，全长安就只他一家卖槟榔的。槟榔这东西一吃就上瘾，猴子既然吃上了，多半离不了，它的主人能不管吗，他一定会再去买的。”

庾瓒听了不住地点头，显然已经被韦若昭说服了。

一直默默听着两人对话的独孤仲平这时开了腔："看来，韦姑娘这脑子不光会盘算着逃家啊。"

"哼，小瞧人！"韦若昭听出独孤仲平话中的讥诮之意，撇撇嘴，"你画的死人不怎样，那些怪画倒还有点意思。"

"什么怪画？"

"你昨天给我的，怎么忘了？还有你屋里那些，什么长着人脸的鱼，没尾巴的狐狸，你画这些是什么意思？"

"没什么意思，无聊嘛。案情想不出头绪的时候，就顺手勾画下。"

韦若昭顿时好奇道："想案情？你不说你只是画师吗？"

独孤仲平意识到自己说走了嘴，当即掩饰一笑，道："哦，我和你一样，好奇。"

"本姑娘才不光是好奇！"韦若昭露出得意的笑容，倒是并未注意到独孤仲平言语中的疏忽，"告诉你吧，我的本事还大着呢。等一会儿拿了凶犯，我就要让胖大人把我留在你们金吾卫当捕头，到时候，你可别怪我呛了你们的行。"

独孤仲平一愣，韦若昭已经调皮地眨了眨眼睛，猛地一提缰绳，纵马朝前奔去。

一行人很快便来到贩卖槟榔的商铺前。差役们气势汹汹闯进店里，在场的几个顾客自然吓跑了，店主是个黑瘦矮小的岭南人，见此情形又惊又惧，战战兢兢迎出来。

"大人，您这是……"店主操持着浓重的岭南口音，神色惊惶。

"少废话，本官问你，有没有带着个猴子的，来你店里买过槟榔？"

独孤仲平这时候也晃进了店铺里，东张西望。韩襄等人正四下乱搜乱查。

店主想了想，试探地问：“可是买给那猴子吃的？”

庾瓒顿时激动起来，一把揪住店主衣襟，连声追问：“正是！那人姓什么叫什么？长什么样子，你快说啊！”

店主吓坏了，有些磕磕巴巴道：“大……大人，小的只卖槟榔，哪里问得人家名姓呢！要说只因这人买这一百文一包的槟榔给他的猴子吃，实在阔气得邪乎，因此有些印象。”

众人闻言都是一愣，庾瓒惊讶道：“什么，就这东西，要一百文一包？”庾瓒说着望向旁边的韦若昭，独孤仲平也侧头打量着她。

韦若昭忍不住笑了，道：“这有什么，喜欢吃就买，没有钱就算，何必跟自己太计较。”

独孤仲平冲韦若昭眨眨眼睛，示意他已知道韦若昭其他那些首饰到底是干什么用了。韦若昭只得冲他撇撇嘴。

店主打量一下韦若昭，当即点头，道：“啊，这位姑娘也来买过，只因长得漂亮，小人也记得。”

韦若昭听言心中高兴，却努力做出不屑的样子，道：“算你还有些眼力。你快说说，他多久来一次，最近来是什么时候？”

“多久来一次说不准，不过他今天早上还刚刚来过，留下个地址，叫我送一大包槟榔到他家。”

庾瓒几乎不敢相信自己的耳朵。凶手居然留下了地址？这真是得来全不费工夫！庾瓒当即大声嚷嚷道：“那还不快拿来！”

店主急忙递上一张纸，庾瓒匆匆看看，随手递给手下众卫士:“还愣着干什么，马上去这里拿人！”

纸条上的地址乃是在城东的永宁坊境内，众人策马出了西市北门，沿金光门街一路向东，到了启夏门街再转向南行。因为节日的缘故，街上明显比平时拥挤，迫不及待的庾瓒驱使手下一路疾行，自然给街面上的交通造成了不小的麻烦。韦若昭心想这样大动干戈，岂不是早把凶手吓跑了吗？她忍不住将自己的疑虑告诉独孤仲平，可独孤仲平不知怎的竟又陷入了若有所思、不言不语的状态。这人到底在想什么啊？韦若昭不禁更加兴奋和好奇了。

不费什么周折，金吾卫众人就找到了纸条上的地址。众人在这所位于永宁坊十字街一隅的宅院前下了马，韩襄等人立刻带着手下将大门以及其他所有的方向团团围住。从外观上看这所宅院占地面积不小，门前甚至还安放有木制的行马，但已经残破得厉害，院墙、大门、屋顶看起来也一副饱经风霜、许久无人打理的模样，与附近装饰簇新的豪华宅第形成了鲜明的对照。

“给我砸！”庾瓒一声令下。当即有几个差役上前，以金吾卫标准的粗暴方式叫门。

门内却半天无人应声。

“开门！金吾卫！再不开放火了！”韩襄大喊。

然而宅院里依然静悄悄的，甚至什么动静都没有。韩襄忍不住看向庾瓒，只等庾瓒下令，便要动手砸门了。旁边的韦若昭突然叫了声:“你们听——”

一阵叮叮当当的铃声悠悠扬扬地飘来。

庾瓒等人急忙侧耳倾听，细碎悦耳的铃声由远及近，更加清晰，众人自然仰头寻找声源，唯有独孤仲平一副意兴阑珊之色，垂手立在一旁。

一个小小的棕黄色影子这时出现在旁边宅院那座高楼顶上，正是那只猴子！它看到众人望见了自己所在的方向，兴奋地上下跳跃，然后前爪伸向旁边一根不知通往何处的绳索，猛地一拉——

一面巨大的白幡随即从高楼顶骨碌碌向下打开，幡上墨迹淋漓，犹未干透：

凡长安有罪之人限明日午时三刻到右金吾衙门前自首，否则与此人同下场。

周围路过的百姓也注意到情势的异常，纷纷驻足观望，众人不约而同、仰面出声地念着白幡上的字。

同样的字迹、同样的措辞，又是他，又是那个凶手的杰作！独孤仲平暗暗叹息着，告示出现，紧接着就该是受害者了，而这一回的受害者——

恰在众人念完之际，高楼屋顶之上，由绳索牵着的一个沙包由于另一侧重物向下坠而向屋顶的攒尖顶滑去，直到被攒尖顶卡住。而另一侧的重物这时也落下，垂在白幡的旁边，晃动着，是个人！是个脖子上套着绳索，身上捆着个包袱的死人！

所有人都大惊失色，而让庾瓒等人更加惊诧的，是那人竟然穿着一身金吾卫士的制服。

在场众人一瞬间就像被施了定身法似的，没人出声，也没人动弹。周遭的百姓反应倒快，一见出了人命，当即尖叫着四散奔逃，但跑出一箭之地，又不再走，远远地聚拢来，指指点点地围观，甚至人还越聚越多。

庾瓒杵在原地几乎不知该说什么好，喃喃自语着：“怎么回事？是咱们金吾卫的人？谁啊？我看不清啊……”庾瓒努力地仰头，但死尸悬挂的高度和刺眼的阳光却让他一时间无法辨清死者的面目。

已经沉默许久的独孤仲平就在这时开了口，低沉的声音中略带伤感：“是老曹，曹十鹏。”

悬吊在半空中的尸体这时仿佛听见了召唤一般随风轻轻晃动着，绳索牵动木梁发出一阵吱吱扭扭的声响。而独孤仲平的话轻飘飘地落在长安正午的阳光里，同时却像一柄重锤狠狠地击中了在场的所有人。

就在大唐太和八年的第一天，这场连环杀戮的第二个受害者正式登场。

十一

庾瓒还没来得及在自己书房的软垫上坐下来，好好盘算盘算如何呈报这第二起凶案，就已经看见右金吾长史薛进贤气势汹汹地冲了进来，他硬着头皮堆出笑迎了上去，但脸上很快着了记火辣辣的耳光。

薛进贤实在有理由这样做，因为刚才新任右金吾卫大将军韦青也是这样对他做的。第二起凶案的消息已经在朝会上传开，惊动了圣上。只因凶犯选来挂曹十鹏尸体的高楼坐落在一户深宅大院内，大院的主人乃是当朝天子的亲姑妈岐阳长公主！圣上倒没有亲自请韦青吃耳光，而是让手下的太监代劳了。

龙颜震怒，韦青当即立下军令状，上元灯节之前，一定破案。于是这记带着军令状的耳光就逐级传了下来。庾瓒一听“限期破案”真是一个头两个大，他原以为师崇道的案子不过是简单的私仇，找到既熟悉死者又与其有过节的嫌疑人总不会太难，可现在师案毫无头绪，又出了一条人命，死者不但是金吾卫的同僚，更要命的是又有诏告全城的告示，简直就是公然挑衅朝廷，完全没把金吾卫放在眼里。

薛进贤说了些尽快破案之类冠冕堂皇的话，又乱骂了几句便匆匆离开。这老家伙，自己没本事破案，出了事跑得比谁都快，还净拿底下人顶缸！庾瓒心中愤愤，表面还得赔笑脸，恭敬地一路送到院子里。但一转回身，庾瓒就收了笑，在心里将薛进贤的各位祖宗问候了一个遍，这才平静下来。心道：要是老天开眼，独孤仲平给力，让我破了这个案子，升了官，有你姓薛的挨整治的那一天！正这么白日梦着，韦若昭突然出现在他面前，庾瓒完全没注意到她是如何混进衙门大门的。

韦若昭先是娇滴滴地说："胖大人——"

庾瓒道："好你个小丫头，还敢闯到这儿来了？"

韦若昭有点委屈，辩解道："哎，凶手要在那儿杀人我哪儿知道啊？再说了胖大人，我又不是故意引你们去那儿的，我只是早晨起来，看见那只猴子，就想帮你们个忙嘛！"

庾瓒哼了一声，道："行了，我们够忙的了！"

"可曹捕头不是你们金吾卫的人吗，怎么也给那凶手杀了呢？"韦若昭对庾瓒的不耐烦仿佛视而不见，还一个劲儿追问，"哎，胖大人，你这脸怎么肿了？"

庾瓒下意识地捂住脸，这才感觉到自己的脸火辣辣地疼。庾瓒顿觉很没面子，掩饰道："哎呀你这多事的黄毛丫头怎么还在这儿啊？没工夫理你，赶紧走赶紧走！"

庾瓒说着拔腿便往外走，韦若昭却紧追不舍，一路喋喋不休："胖大人，你把我留下帮你们探案吧，我很能找线索的。不管怎么说，今天这线索总是我找到的吧？"

庚瓒不理韦若昭，四下逡巡。一个差役迎面跑过来，道："庚大人，我家里老娘病了，和您告个假！"

庚瓒颇不耐烦，挥挥手道："好吧好吧，快去快回！"

又一个差役这时迎上前，讪笑道："大人大人，小的媳妇就快生了，小的得赶紧回家照应她去，跟您告个假！"

"好吧，"庚瓒话已出口，却又突然想起什么，"哎等等，这就要生了？嘿，才怀上几个月啊，这也太快了吧！把我当白痴了？不准！你去顶老曹的班。"

韦若昭看着那差役哭丧着离开，开口道："你看你看，这些人多不得力，贪生怕死的，能顶什么用啊？把我留下吧，我喜欢你们这行。"

庚瓒连连摇头，道："喜欢也不行！快走，要不我不客气了！"

"……胖大人，你就留下我吧！多个人多份力嘛！"韦若昭继续对庚瓒软磨硬泡。

"哎呀，不行不行，你别跟着我！"庚瓒穿过庭院的一道门。树影笼罩下的庭院深处，孤零零立着一排较矮的房子，那是右金吾卫衙门的殓房所在。老曹的尸身应该已经运回来了，这小丫头胆子再大总不敢跟到停放死人的地方吧？庚瓒想着，当即逃也似的朝殓房奔去。

正如庚瓒料想的一样，此时，曹十鹏的尸体已经被安置在殓房正中的条案上，身穿皮围裙的许亮在一旁摊开一个布包，里面却是一个个由生皮缝制成的格子，格子里依次插着短锯、剔骨刀、铁锥、铁钩之类的工具，奇形怪状，闪着令人畏惧的寒光，却是许亮验尸必备的利器。

独孤仲平、韩襄默默看着许亮做好了验尸的准备工作，许亮将要动手，却被独孤仲平拦住。独孤仲平平日里总挂着微笑的脸上此刻严肃下来，他双掌合十朝尸首拜了一拜，许亮和韩襄见了，也跟着他一起拜拜。

独孤仲平放下手，才道："开始吧。"

许亮于是先解下系在曹十鹏身上的包袱，韩襄上前与许亮合力将其展开，幽暗狭小的殓房内顿时一片金光闪耀，原来那包袱里裹着的竟是数十件金器。从女人的首饰头面、杯碟碗筷到香炉礼器，大大小小、种类不一，却无一不是做工精美、质量上乘的佳品。韩襄和许亮惊得目瞪口呆，连连叹息，独孤仲平却并不显得多么吃惊，只是拿起那包袱皮看了看。

许亮难以置信地朝独孤仲平道："喂，我的老天爷，老曹这是发的什么财？"

独孤仲平摇了摇头，道："干你的活吧，你愿意做个躺着的财主，还是站着的穷光蛋？"

许亮嘿嘿一笑，道："那自然是站着的财主好，也省得总和这些死人打交道了！"

许亮说着从布包里拎出剪刀将曹十鹏身上的衣物剪开，庚瓒就在这时匆匆忙忙进来，身后还跟着尾巴般紧追不舍的韦若昭。

庚瓒边走边道："你这个丫头好没有道理，再跟着我，就抓你去坐牢！"

独孤仲平等人顿时将视线投向庚瓒，韦若昭看见独孤仲平忍不住心中窃喜，不知怎的，她隐约觉得独孤仲平就好像是自己的靠山一般，有他在，自己所求之事，成功的希望定会大增。尽管独孤仲平从来没有答应过她什么，她就是有这样的感觉。于是她双手叉腰，毫不示弱地回敬庾瓒道："哈，你个死胖子，官威很大吗？别以为我不知道，刚才你的上司赏了你什么？"

见庾瓒不由自主地伸手摸脸，韦若昭又道："别想赖，你的脸虽然胖，也没有那么胖。"

独孤仲平见庾瓒被她噎得无话可说的窘状忍不住笑了。韦若昭进一步添油加醋，道："谁还不知道，你要是破不了这个案，轻则罢官，重则杀头。哼，还不如把我留下，多个脑袋多个主意嘛！"

庾瓒被她缠得很是崩溃，摇头道："好吧好吧，唉，我前世做了什么孽被你这丫头缠上！"庾瓒逃一般来到独孤仲平身边，对他低声耳语道："快想个办法，把这姑娘打发走。"

独孤仲平瞥了韦若昭一眼，韦若昭这时注意力已被桌上的那些金光灿灿的金器吸引了去。她惊叹道："哈，这就是老曹那包袱里的东西？他就是做一百年捕头也挣不下这些金器啊，我看多半他就是死在这上面了！"

独孤仲平朝庾瓒摊开手。庾瓒皱眉，道："什么？还要？"

"你总不想她出去乱说吧？"独孤仲平有些不耐烦地说。庾瓒无奈，解下自己鼓鼓的钱袋，想要拿些散钱交给独孤仲平，谁知却被独孤仲平一把夺过。独孤仲平来到韦若昭身边。

"韦姑娘，"独孤仲平边说边将韦若昭引到门口，"我家大人好面子，不好意思让别人知道他破案还要借重女流之辈。"他露出一脸亲切诚恳的笑容，道："不如这样，你先去查查老曹和那白幡是怎么被弄到那高楼上的。这些嘛——”他将钱袋放到韦若昭手里，“是这几天查案的使费，你有了消息，来知会一声就行。”

韦若昭眼睛一亮，道：“那我查清了这事，是不是就可以让我加入你们一起探案了？”独孤仲平淡然笑了笑，有些讳莫如深，道：“你立了功，我家大人自然不好再推阻。”

“那好，你们等我消息！”韦若昭兴奋地跑出门去。庾瓒看着她的背影消失在门外，这才长出一口气，道：“还是你老弟行，几句话就把这难缠的姑娘哄得服服帖帖的！”

独孤仲平苦笑笑，收敛神色，回到了停尸床旁边。庾瓒转向许亮，问道：“老许，看出什么了？老曹怎么死的？”

许亮重重叹一口气，有些愤懑地说：“嗨，被勒死的，两回。”

“什么意思？”庾瓒、韩襄连独孤仲平都露出了不解之色。

许亮用一根探针拨一下曹十鹏尸身的脖子处，道：“看这儿，这痕迹，他是先被人用细线勒死了一回，从高楼上挂下来的时候，又被这粗绳子勒断了椎骨，现在这颗又傻又大的脑袋，只不过是靠皮肉连着罢了。”许亮说着伸手替众人指点。

庾瓒倒吸了口凉气，咬牙道：“这也太狠了吧！”

韩襄突然一拍脑门，叫道：“我想起来了！老曹几年前办过的那个飞天大盗云里飞的案子，赃物一直没有起获，后来人关在咱们牢里，也不明不白地死了。这案子最后弄了个不了了之。我记得那赃物就是一批从官宦人家偷的金器！”

“你是说这些东西，是老曹吞的？不会吧？”庾瓒十分惊讶，一副难以置信的表情，“哎，也许是老曹发现了这些赃物的线索，被那大盗的同伙觉察了，杀人灭口呢。”

许亮顿时冷冷一笑，道:“哼，没见过杀人灭口还会送上赃物的！”

“那凶犯把这些绑在他身上，是想证明老曹罪有应得？”韩襄说着说着已忍不住变了语调，“老曹他不会真是……”

一直默然无语的独孤仲平就在这时开了口，语气有些沉重:“都怪我啊。老曹，我还是来晚了一步，没能帮上你。你昨晚到底想和我说什么呢？”

独孤仲平这口气倒好像是在跟死去的曹十鹏在说话。庾瓒、韩襄、许亮不由得面面相觑，庾瓒道:“老曹找你帮他？为什么——”

独孤仲平伸手制止他提问，并道:“过会儿再告诉你们。现在别打搅我和老曹说话。”独孤仲平说完，不再理睬众人，径自将耳朵凑到尸体嘴边，看上去就好像真的在倾听死者讲话。

许亮哼了一声，道:“别装神弄鬼的！死人还怎么说话？”

“死人也在说话，只不过不出声音而已，只要你用心就能听见。”独孤仲平朝许亮做了个噤声的手势，突然一手按住自己额角，皱着眉，“该死，我头开始疼了，谁有酒？”独孤仲平一脸痛苦神色，道:“老许，你这儿好像有个酒葫芦的。”

“那是浑酒，是老子碰死人之前洗手去晦气的。”许亮一个劲儿摇头。独孤仲平对此却不以为意，道:“是酒就行，我听死人说话之前得先整理一下自己的脑子！”独孤仲平的神色愈发扭曲，身体也跟着蜷曲起来，全身还不停地颤抖着，显然十分痛苦。

独孤仲平一直有头疼的毛病，一旦嗅出罪犯的气息，剧烈的疼痛便会在一瞬间迸发出来，而在这撕裂般的剧痛中，罪犯的企图、甚至心境便会清晰地出现在他的脑海之中。而这疼痛又是极其难忍的，每每发作起来十分痛苦，唯一缓解的方式就是大量饮酒。

合作经年，庾瓒对独孤仲平这一习惯已经习以为常，见状当即朝许亮叫道："快给他！"

许亮这才不太情愿地从停放尸体的条案下拖出一个大酒葫芦，递过去。独孤仲平迫不及待一把抢过，旋开盖子咕嘟咕嘟猛灌了几口，再次凑近曹十鹏尸体。

"你想告诉我有关凶手的事？"独孤仲平喃喃自语，"不，不会，你如果知道凶手是谁就会自己动手了，既不会去找师崇道，被他传染了恐惧，也不会暗中保护我，希望我能找出凶手……"

其他三人却是听得似懂非懂。庾瓒忍不住插嘴问道："老曹认识师崇道？"

独孤仲平点点头，庾瓒等人更是疑惑，但见他煞有介事的模样，谁也不敢出声打扰。

独孤仲平这时一脸热切、神情炯炯地望着曹十鹏苍白的尸身，道："……那就是有关被害人的？你、师崇道，以及下一个会是谁？"独孤仲平灼热的目光在尸体周身游走，他突然一把握住死者左手，举起来仔细摸索查看。庾瓒、韩襄看到独孤仲平这个举动，都不由自主地向后一缩，许亮却敏锐地意识到这是独孤仲平有所发现，当即凑上前。

"你看这是什么伤？"独孤仲平问道。

但见曹十鹏尸体的左手食指上有一处新近留下的伤口，不过指甲大小，外面的皮肤却已经烂掉了，露出里面红色的肉，裹在半翻着的白色溃皮内，不仔细看很容易就会被忽略过去。

许亮看了看，道:“看着像烫的。不过就是一根手指头，和他的死应该没什么关系吧？”

“那可未必，”独孤仲平脸上的痛苦此时已全然被兴奋取代，“一根指头是捏不住东西的，如果是不小心拿东西烫的，最少也会伤两根手指。只有有意烫自己，才会烫成这样。”

“烫自己？那为什么？”庾瓒也觉得独孤仲平所言有理，凑上来。

独孤仲平举着那手指仔细观察，道:“皮烫掉了，但还看得出来，这里原来有某种标记。”他说着伸手入怀，摸出一张画纸，画纸上正是他在师崇道家描下的那个图腾样的繁复图案。独孤仲平的神色更加明朗，道:“这就是死人说的话，他想提醒我们注意这个。”

庾瓒等人还是一脸懵懂，庾瓒道:“注意什么？哎呀，你能不能说得再清楚点儿？”

独孤仲平颇不耐烦，道:“当然是注意被害人共有的特征！天呢，你还不明白！算了，以后再解释，现在我们必须要抓紧时间了！”

“抓紧时间干什么？”庾瓒依旧丈二和尚摸不着头脑。

独孤仲平倏然站起，问许亮道:“师崇道的尸首在哪儿？”

“在冰窖里。”

独孤仲平当即将手中的画纸递给许亮，道:“这儿有个图样，你去看看师崇道的手上有没有这样或类似的标记，特别是左手。”他说着又转向韩襄，道：“韩捕头，你去找咱们衙门管牢的牢头查查，当年云里飞在牢里是怎么死的，再到永宁坊找坊正问问，今天我们去的那个无人的宅子是谁的。”

庾瓒颇为羡慕地注视着独孤仲平的一举一动，每当说起案情，这个平日看起来总那么潦倒的清瘦男人竟能变得这般神采奕奕，此刻他才是这里的主人，不仅如此，仿佛他已经是整个世界的主人！庾瓒知道自己和独孤仲平相比实在是差得太远，每到这种时刻，他总会忍不住羡慕起为什么自己不能拥有独孤仲平的本领，但同时他又为自己感到庆幸，至少不用承受独孤仲平每每承受的撕心裂肺的疼痛。

韩襄看了庾瓒一眼，见庾瓒并未表示反对，道：“我这就去。老曹要是有什么，查不查？”

“我们现在可没工夫治死人的罪，要紧的是弄清楚凶手要杀什么样的活人，怎么杀。”独孤仲平边说边在殓房里踱起了步，一脸若有所思，“我现在要把这些金器找个行家掌掌眼，再去一趟西市……”

“哎，等等，那我干什么呀？”庾瓒终于明白过来了，赶紧问。

独孤仲平不假思索，道：“我看你可以带着大家把咱们衙门口好好打扫打扫！”

“干什么？”

“那白幡上不是说了，明日午时三刻，全城自认有罪的人，都要到右金吾卫衙门前自首。我看他是认真的，而且我猜他多半会来，也许就在这儿杀第三个人。”

“什么？”庾瓒大惊，“你说他还要杀人？”

“我现在还不能确定，不过这种可能性很大。”

“那我们多布置人手不就行了？”

独孤仲平忍不住冷笑，道：“追傩那天你街上的人手还少吗？如果我们不知道他要杀谁，怎么杀，布置多少人都没用。”

许亮这时匆匆忙忙回到殓房，边走边说，道：“叫你说着了，真有！”

“在哪儿？”独孤仲平眼底闪着灼人的亮光。

“左手无名指。”

“这就对了！”独孤仲平露出自信的笑容，不等庾瓒发问，便匆忙将条案上的金器包起来，转身疾步出门。

十二

晌午刚过，荣枯酒店的大堂里便已经坐满了酒客，众人觥筹交错、笑语欢声，阿得、翘翘等伙计女侍自然是忙得不亦乐乎，老板娘碧莲也跟着在厅堂里四下招呼。碧莲今天特意穿了身描金绣银的艳色衫裙，又安排侍女们将一匹匹红绡缠在荣枯树的树干上，为的是冲一冲接连发生凶案带来的晦气。身为一个康国血统的胡女，碧莲心中对鬼神的敬畏并不比唐人来得多些，而作为一个精明的商人，碧莲其实是担心凶案的发生会影响到酒店的生意。

不过就眼下的情形看来，这担忧似乎是全然多余的了。

碧莲蝴蝶穿花似的从喧闹的人群中走过，边走边盘算着晚饭之前能有多少进账。不堪一握的纤细腰肢自罗纱衣摆间若隐若现，雪白的胸脯更是毫无畏惧地挺立在众人艳羡的目光中。碧莲对自己的美貌一直是很有信心的，也向来很享受这般让男人艳羡、女人嫉妒的快感。可就是有那么一个人，却似乎从来都没有在她面前有过任何的窘迫局促或激动，仿佛自己的魅力在他眼中就和一坛普通的浊酒无甚差别。

碧莲每每想到此处都觉得无比烦闷，说起来和独孤仲平在一个屋檐下生活已经快三年了，除了生活习惯和他的特殊身份，自己对他的了解却也没比旁人多出多少，碧莲甚至一度怀疑独孤仲平根本就不喜欢女人。虽然像碧莲这样的胡人女子，阅人无数，风流惯了，即便是再出色英俊讨人喜欢的小哥，也并不能让她过于挂怀，但独孤仲平总是有些特殊，毕竟没有他，就没有这家酒店，也没有碧莲今日的生活。但为什么他总是对自己若即若离呢？碧莲是懒得猜男人心思的女人，只有独孤仲平能让她时不时地琢磨下。除夕夜韦若昭的出现，碧莲一眼就能看出韦若昭对独孤仲平有意，独孤仲平这些年来还是头一次让一个姑娘在他的房里过夜，加之这个姑娘年轻漂亮，实在很难说他不会对她有什么想法。看来自己果断将她赶走是对的，碧莲心里想着，一抬头却看见韦若昭就站在自己面前。

"是你？"碧莲吓了一跳，没好气地嚷了一句，"你又来做什么？"

韦若昭却一笑，道："这儿明明是酒店，我当然是来住店的！"

碧莲以为韦若昭又是在虚张声势，便道："住店可以啊，钱拿来！"

碧莲满心以为这招能再次将韦若昭赶走，却没想到韦若昭竟拿出了个鼓鼓的钱袋，径自往碧莲面前一拍。碧莲一打眼便知道那钱袋是用上乘锦缎缝制成的，光钱袋本身只怕就值数十文钱。韦若昭还炫耀似的将钱袋抛起来把玩，听声音就不少钱。

碧莲的眼睛都要直了，看来这小姑娘还真有些本事，这半天的工夫竟弄来了这么一大笔的钱。就算她本能地对韦若昭有所排斥，但毕竟是生意人，有钱不赚岂不是傻子？碧莲于是瞬间换上一副笑脸，道："不知姑娘想住什么样的房间？"

韦若昭想了想道："我可不要住那种窄巴巴的阁楼，离灶间太近的也不好，乌烟瘴气的，我要住上等房。"

"没问题，"碧莲笑逐颜开，"上房一百文一天。"

"笑话，我自然知道是一百文一天，"韦若昭底气十足，一副老江湖口吻，"我还要包饭食，也要最上等的。"

"上等饭食一天五十文。"

"小意思，尽管挑好的来。"

碧莲只得领着韦若昭来到客房一楼，进了全酒店最好的一个房间。"那就是这间了，"碧莲伸手一指，"本店最好的上房，不知姑娘中意不？"

韦若昭走进这间房间，但见直通花园的窗户敞开着，她急忙来到窗口朝外看看。后园中枝繁叶茂的花木就在眼前，而抬起头，正好望见她那天住过的独孤仲平阁楼的窗户。

"那是不是就是那个画画的住的房间？"韦若昭兴奋地指着阁楼看来颇为陈旧的窗户问。

"没错！"

"那好，我就要这间！"韦若昭痛快地说。

碧莲这时已看明白韦若昭的心思，在心里抽了自己几个嘴巴，后悔带韦若昭来看这个能看到独孤仲平窗户的房间。但事情已经这样，她只得笑道："这间可是一楼，常有人出来进去的，姑娘要是嫌吵，不如……"

韦若昭却脑袋摇得像拨浪鼓，道：“我就要住这一间了！你先去吧，饭好了叫我一声！”她说着将钱袋直接丢给碧莲，“这个给你，花完了，再到我这儿拿！，现在我要休息了！”

韦若昭说着将气呼呼捧着钱袋愣在原地的碧莲推出门去，并随手关上了门。甚至顾不上看看房间里的摆设，韦若昭便急匆匆冲到窗前彻底推开窗，仰头观察着对面阁楼那扇窗户。而恰在这时，那扇窗竟被推开了，能够看到，里面独孤仲平正和一个秃头红脸的胖汉凭窗交谈，而两人手上一片金光闪烁，正是在曹十鹏尸首上找到的那些金器。

韦若昭忽然明白了，独孤仲平自始至终就是在敷衍她。原来，她刚才按照独孤仲平的指示前去公主府调查，结果不但吃了闭门羹，还被公主府看门的护卫好一番讥笑。她这才知道金吾卫根本就没有资格去那种权贵人家调查，而且如果没有发给她金吾卫的腰牌，光凭口头几句话，她什么身份也不能算。什么立了功就肯接纳自己，根本就是想把我哄走，故意让我去吃个瘪子！而独孤仲平这时明明在和人研究那些涉案金器。韦若昭气恼之下，决定到对面的阁楼去和独孤仲平理论清楚。待走到二楼走廊里，看到阁楼的门只虚掩着，韦若昭忽然又灵机一动，决定先在门外听听究竟。

“这可都是开门见山的好东西啊，”秃头红脸的胖汉谷大厨啧啧惊叹着，“能用上这些的不是王爷公主，也得是宰相节度，一般土财主可趁不上。”

独孤仲平忙问，道：“你看真不真？”

“真！绝对真！你看这手艺，这分两，绝对错不了！这是什么路上的生意？”谷大厨一件一件地把玩着那些金器，一副爱不释手的模样。

独孤仲平顿时板起脸，道:“不是生意，是赃物，案子里缴的。”

“哦，”谷大厨有些不好意思地点点头，借擦汗掩饰羞愧，“那多半是云里飞手下过的，除了他，谁还有这等本事？”

“你还记得云里飞？”独孤仲平眼睛一亮。

“当然了，那小子当年可是……”谷大厨说着挑起大拇指，“也是好几年前的事了，我现在只一门心思当我的厨子，不过那时候要不是他栽了，这些东西他想出手，嘿嘿，少不了还是得找我……”

“你就庆幸吧，”独孤仲平言语淡然，“为了这些东西，老曹已经送了命了。”

“老曹，庾大人手下的曹捕头？”谷大厨骇然变色。

独孤仲平点点头，道:“云里飞自已只怕也是死在这上面。”

韦若昭只听得更加疑惑，这胖厨子明明一副厨子打扮，为什么会对金器这么懂行？听他的语气，似乎以前并不是厨子。还有独孤仲平说的话，到底是什么意思呢？韦若昭再也按捺不住，当即推门而入，边走边道:“好啊，你们在这儿鬼鬼祟祟的，是不是想把这些值钱的赃物私分了？”

见韦若昭气势汹汹地闯进来，谷大厨只吓得手一抖，差点将手里的金器掉在地上。

独孤仲平看见韦若昭一时也是一惊，继而叹了口气，道:“我的天！你怎么又跟到这儿来了？”

“没想到吧？”韦若昭得意扬扬，“我现在就住你对面！”她说着朝窗外对面自己的房间指了下。

独孤仲平一脸无奈，道：“长安那么多地方，你为什么偏偏要住这儿呢？”

“是你举荐我来的啊，再说了，店钱也是你给的嘛。”

“什么？你把那些钱……”

“上房上等包饭，一百五十文一天，嘿嘿，不贵。哎，你挑的这个地方真不错，比我在朝华寺借铺强多了！”韦若昭突然意识到自己跑题了，赶紧一指眼前金器，“这些东西是怎么回事？是不是里头有重要线索？”

“我家大人差遣，你就莫乱问了，”独孤仲平边说边示意谷大厨将矮几上的金器包起来，“庾大人不是让你去查那高楼吗，这么快就回来了？”

“你还敢说？”韦若昭顿时柳眉倒竖，“哼，你倒是会打主意，和胖大人合起伙来唬我！是不是怕我本事比你们强，抢了你们的营生？”

独孤仲平还没说话，碧莲突然风风火火闯进来，刚推开门就开始嚷嚷，道：“你还知道回来啊，那个韦姑娘——”碧莲骤然看见韦若昭就站在自己眼前，而矮几上还摆着一溜没来得及收起的金器。碧莲忍不住惊讶地看看谷大厨，又看看独孤仲平。

谷大厨急忙尴尬一笑，道：“嘿嘿，老板娘，是独孤先生让我来帮着掌个眼，嘿嘿，我得去看看我炖的羊肉去。”谷大厨说完便溜了，独孤仲平于是将剩下的金器包裹好，整个端进了墙角的矮柜，又扣上锁。

碧莲几乎僵在原地，愣愣地道：“我是不是看错了？”

独孤仲平摇头：“你看是没看错，但想错了。老谷是我叫来的，给这些赃物掌个眼。”

“赃物？”碧莲按捺不住地朝挂了锁的矮柜瞟了一眼，“你真的没有瞒着我，和老谷他们做生意？”

独孤仲平叹了口气，道：“若有，天打雷劈行了吧？”

碧莲急忙靠过来，伸手去捂独孤仲平的嘴，娇嗔道：“哎呀，什么有的没的就瞎说！我还以为你心思活动了，打算放我们一条生路呢！”

独孤仲平不动声色地一闪身躲开碧莲，道：“你们现在就走在最好的生路上，别心思乱活动，又走回老路上去。”他说着又拉着碧莲朝门外走，道：“借一步说话。”

碧莲却不肯，嚷嚷道：“哎，有话就说嘛，韦姑娘不是你相好吗，又不是外人。”

独孤仲平还没说话，韦若昭已经跟上一步，气哼哼道：“谁是他相好？你瞎说什么啊！”

“不是？”碧莲盯着独孤仲平，“不是你怎么会给她钱来住店，还要我特别照顾着？”

“是他们家胖大人请我做暗探，出钱让我先在这儿住下。对不对，画画的？”

独孤仲平并不看韦若昭而是只盯着碧莲，板着脸道：“既然听明白了，那该我问你了，魏老板是怎么回事？”

“魏老板？”碧莲眼珠一转，开始装傻，“什么魏老板？”

“别跟我装傻，魏十三，昨天在你这儿喝酒，腰上原挂着块上好的羊脂玉佩，转眼就不见了。”

碧莲顿时哼了一声，道：“我怎么知道，他又没交给我看着。”

“你怎么会不知道？”独孤仲平看了一眼身后的韦若昭，压低声音，“又犯你的老毛病了吧？”

“说得真难听，什么老毛病，没有嘛！”碧莲一脸无辜。

“可别忘了我们的约法三章。”独孤仲平的语气严肃起来。

“真的没有！”碧莲再次摇头。

独孤仲平突然闪到碧莲的身前，手敏捷地在她腰间一抹，再一抖，一枚温润莹白的玉佩已经出现在独孤仲平掌中。韦若昭顿时兴奋地拍手叫好，道：“我明白了，这是你偷人家的？”

碧莲在经营荣枯酒店之前曾是个妙手空空的神偷，谷大厨也是她过去的手下，出赃作假无一不精，而直到三年前，碧莲机缘巧合之下遇见了独孤仲平，才在独孤仲平的约束下改邪归正，做起了正行生意。

碧莲有些尴尬，朝韦若昭嚷嚷了一句“你闭嘴”，又转向独孤仲平，道：“这可不能怪我，谁叫他吃我豆腐的！”

独孤仲平却不为所动，冷笑道：“笑话！全长安城哪个不知道，要说豆腐，谁有你荣枯酒店的胡人老板娘吃得多啊。”

“谁说的？”碧莲神情妩媚，伸手去勾独孤仲平脖子，笑眯眯地说，“你的豆腐人家就没吃过嘛……”碧莲伸手想去摸独孤仲平的脸，反倒被独孤仲平一把捉住，将那玉佩塞进她手里。独孤仲平轻轻推开碧莲，道：“魏十三现在就在大堂喝酒，趁他没发现，赶快。”

碧莲还想磨蹭，但见独孤仲平一脸严肃、毫不妥协，只好叹了口气，道：“好了好了，我一会儿还他。”

“现在就去！”

“你——”碧莲有点生气了，一跺脚，“真是的，早晚让你给逼死了！”

碧莲说着转身朝楼下走去，独孤仲平却不放心碧莲一定会将玉佩归还，跟在后面以示监督。韦若昭却好奇碧莲将如何把偷来的东西还给失主，也跟去瞧热闹。三个人陆续走进酒店大堂，喧闹顿时扑面而来，靠近舞台的座位上，一群酒客正大呼小叫地猜拳饮酒，领头的是个一身绫罗的小个子，正是魏十三。

碧莲笑意盈盈地迎上去，大声道：“哎唷，魏十三，你怎么才来，你看，我的树都快枯死了。”碧莲说着指指大堂中央那棵荣枯树。

魏十三痛快点头，道：“那好办，我请它也喝个痛快好了！”

碧莲一笑，道：“那我可就不客气了。”她说着从魏十三桌上拿起一坛酒，一股脑便朝荣枯树的树根倒下去。

韦若昭几乎不相信自己的眼睛，道：“这树会喝酒？”

“本来不会喝，酒客们天天拿酒浇它，不就学会了？”独孤仲平显然已经对碧莲以酒浇树之举习以为常，“没什么可大惊小怪的。”

而说话间碧莲已经被魏十三等酒客围在中间，魏十三贪婪的眼光直勾勾盯着碧莲的酥胸，道：“老板娘，我对你可是真心的，这以后嘛，就看你碧莲对我怎么样了。”

“放心吧，随时把你喝躺下。”

“那你可得扶着点我，不然我是死也不甘心啊。”

魏十三说着搂住碧莲的纤腰，手脚半真半假地不安分起来。众酒客哄笑着，碧莲也笑骂道：“你个死魏十三，青天白日的，脸皮竟比猪皮还厚！”碧莲半推半就间已经手法极快地将那玉佩挂回到魏十三腰里，而魏十三以及周围的人对此却根本毫无察觉。

韦若昭忍不住惊叹，道：“真新鲜，还有这么还东西的。”本以为身后的独孤仲平还会应一句，可等了半天却没听见，韦若昭一侧头，这才发现独孤仲平不知何时已经悄然离开了，她急忙追了出去。

独孤仲平悄悄离开酒店，径自去往一家位于西市的刺青店铺。

刺青在当时乃是个时髦玩意，有浪荡少年往背上刺鬼神猛兽，有妓女在肩头胸口刺上情人的姓名，甚至还有人全身上下刺满了名家的诗篇以显痴迷。光西市一条大街上便有大大小小好几家刺青店，大的门庭若市，小的也人来人往，而独孤仲平去的这家却是个坐落在街角的小门面，既没有醒目的招牌，也不见伙计门前招呼，屋子里只有店主一个人，孤零零坐在柜台后面。

“想刺什么这里有样子。”店主随手丢过来一本图册，一副百无聊赖、无心生意的模样。独孤仲平却是看也不看，径自掏出绘有那个图腾纹样的画纸。

“我想刺这个。”

店主漫不经心地一看，却顿时变了脸色，厉声道：“这我可刺不了，您往别家去吧。”店主说着将图纸归还，独孤仲平不接，反倒一把抓住对方手腕。

“敢问店家，是不会刺？还是不敢刺？”

店主一惊，颤声道：“这纹样，我既不会刺，也不敢刺！”

“不刺也可，只求店家指点一二。”独孤仲平将一串铜钱放进店主手中，“这可是那些不许人私自乱刺的江湖恶党的纹样？”

店主又一惊，道：“您是行家？”

“略知一二而已。”独孤仲平再次展开图纸，“具体是哪一路？”

店主看看图纸，又犹豫一阵，这才压低声音，道：“常山兄弟，只有他们兄弟伙的人才能刺。旁人要是刺了，让他们兄弟发现，不死即残，连帮忙刺青的师傅一块算在内。”店主停顿片刻，“我这常来往的也多是道上行家，可没听说谁敢犯他们的忌讳。”

“他们兄弟到底有多少人？”

“这外人就不知道了。总传了有不少代，才打下这名号，各地可能都有分舵。据说总舵就在长安。”

“那他们自己人一般刺在何处，怎样大小？”

“何处说不准，总不会太大，这是他们自己人辨认用的。”

看来从这里也问不出再多的线索了，独孤仲平于是点点头，朝店主道了声“多谢”。店主也跟着松了口气，又不忘在独孤仲平出门前补上一句，道：“先生，出了这个门，咱们就两清了，我不认识你，你不认识我。”

独孤仲平只一笑，道：“那是自然。”

刺青店门外是一条小巷，一旁墙边还靠着一领破苇席。独孤仲平记得自己进店之前并未见这苇席，仔细一看，还有绿色布料自苇席边角露出来。他忍不住叹了口气，上前一把将那席子掀开，道：“出来吧！”

韦若昭果然就藏在那席子后面，既然已经被识破了伪装，也只好站起来。但见她身上脸上都蹭了不少灰土泥痕，头发里也沾上了些干草苇条。韦若昭仰着一张小花脸，有点不好意思地笑笑，道：“你怎么知道我在这儿的？”

独孤仲平不理她，径直往前走。

韦若昭赶紧追上，边走边问：“嘿嘿，独孤先生，你又帮胖大人办差啊，有什么我可以帮忙的？哎，哎，这算什么？当不认识我啊？”

独孤仲平依然不言语，走得却更快了些。

韦若昭顿时很不高兴，站在原地，大声嚷嚷起来：“想甩了我？卸磨杀驴啊！要不是我找到了那小猴子，你们能有线索吗？我还没和你算账呢，让我去公主府吃闭门羹，你很聪明吗？喂，我可都听到了，常山兄弟，只有他们才有你手里那个图样的刺青，凶手一定是跟他们有瓜葛，你再不站住我要喊了，让全长安的人都听见，凶手一定会跑得远远的，你再也捉不到了！”

独孤仲平闻听此言突然回身，来到韦若昭面前，面色前所未有的严厉。

“你这姑娘，到底想要什么？”

“我喜欢你们这差事，只想让你们带上我。”韦若昭毫不示弱。

“喜欢？”独孤仲平不禁冷笑起来，“你以为喜欢就能干这个？知道我为什么让你去公主府碰壁吗？”

“为什么？”

“因为傻子也会想到，凶手根本不是从府里爬上那座楼的，他犯不着惊动府里那些卫士。至于把尸体放上去的办法，那就更简单了，好好想想吧，他既然有猴子，只要让猴子先拿着绳子上去，套到尖顶上，就可以拉着绳子爬上去，再把尸体拉上去易如反掌。这么简单的事猜都猜出来了，还用去查？”

韦若昭一愣，想了想，竟不觉得独孤仲平是在讥讽自己，言语依然欢快，道：“哦，是这样，有道理！哎呀，你真聪明，我就说嘛，你不像画画的，你一定是个暗探，为了不引人注意，假装画画的。”

独孤仲平却没想到韦若昭会是这样的反应，也是一愣，又道：“你怎么还不明白！你不适合也不应该干这个，别跟着我了！”

“我是不明白，因为我没学过嘛！你这么聪明，干脆我拜你为师，你教我探案好了。我看你们胖大人也不怎么聪明啊。我保证，一定会努力学的。”

独孤仲平几乎哭笑不得，无奈地叹了口气，道：“那好，我就再考你个问题，想出来了，再来找我吧。”

“好啊，你说！”

“酒店那棵荣枯树刚种下去是好的，为什么现在变成一半荣一半枯了？”

韦若昭还以为独孤仲平是在开玩笑，当即扑哧一笑，道：“你不是说它喝了很多酒？”

“不对，”独孤仲平当即厉声断喝，“它不会喝酒可以枯死，学会了喝酒可以枝繁叶茂，为什么要这样一半对一半？好好琢磨下吧，我要你说出它是怎么想的。”

韦若昭面露惊奇，道：“树也会想？”

“当然！世上的一切都会有自己的心思，没有读心的本事怎么探案子，想清楚了再来吧！”

屡被训斥，韦若昭眼泪的终于流了下来，独孤仲平一瞬间以为她定会朝自己大哭大闹一番，却没想到韦若昭却倔强地抹了抹眼泪，哽咽道：“那好，我回去想。”之后竟安静地转身离开。

是个好姑娘啊，那就更不能让她陷入这片泥潭。独孤仲平默默地注视着韦若昭的背影，努力平复了一阵自己的心情，喃喃自语道：“以后你会明白我的苦心的……”

十三

韩襄急匆匆走进庾瓒的书房，打算向庾瓒汇报自己刚刚查得的云里飞的情况，正赶上裴氏来给庾瓒送护身用的锁子软甲。金吾卫官差被杀之事已经在长安迅速传开，裴氏虽然人丑脾气坏却是护夫心切，当即从娘家寻来护身甲亲自送到衙门。韩襄进门时庾瓒正光着上身、平伸双手，身上的锁子甲明显比庾瓒的身材小了一号，裴氏只得用力勒紧，以便将搭扣系上。

庾瓒忍不住轻声呻吟:“唉哟，喘不过气来了！”

裴氏是个又黑又瘦的妇人，裹着身明艳的绫罗绸缎便越发显得细脚伶仃。裴氏拍了庾瓒一巴掌，厉声道:“喘不过气，也比叫人勒死了强。你别动！手抬好，吸气。”

庾瓒只好苦着脸深吸一口气，而乍进来的韩襄见此情形却是一愣，急忙背过身去，手足无措地道:“唉，大人，小的不知……小的一会儿再来。”

韩襄说着就要走，却被裴氏叫住。裴氏识得韩襄，便道:“韩兄弟吧，没事，我这儿给你家大人穿软甲呢。”

韩襄这才转身进来，庾瓒道："怎么样，可是云里飞的案子查到了？"

"查到了！"韩襄点头，"牢头告诉我，云里飞当年是自己吊死在牢里的。就是不知他怎么弄到的绳子，吊死时没旁人看见，所以也说不准是不是自杀。还有，今日我们被引着去的那宅子，是前朝哪个大脑袋问斩后留下的，叫老曹瞒着旁人私下里买了下来，屋里有个大洞，估计，那些金器就是从里面……"

庾瓒顿时皱眉，道："啊，还真是老曹干的！那这么说这凶手是云里飞的同党，要替他报仇？可为什么杀了师崇道呢？"庾瓒越想越烦躁，"独孤仲平回来了没有？"

"还没见人。"

"见鬼，这时候跑哪儿闲逛去了？"庾瓒说着忍不住烦躁起来，裴氏这时将软甲最后一道搭扣系上，庾瓒顿时倒吸一口凉气，"我说夫人，这实在太紧了，不舒服啊。"

"你少废话吧！有本事今晚上抓了那个凶犯，我就给你脱下来。"裴氏说着又特意紧了紧那系带，"好歹挺过明日午时三刻，你出去打听打听，全城的人都知道了，他到时要到你们衙门口找麻烦！"

庾瓒想到那凶手的厉害也就不再吭声，想了想，转向韩襄，道："让你的人穿上便衣，现在就伏到衙门口各处，见到可疑的，先抓了再说！"

韩襄应了声"是"转身便走，到得门前又被庾瓒叫住。庾瓒道："得空找找独孤仲平，叫他来见我，鉴定个金器去了这么久！"

独孤仲平这时确实不想让庾瓒知道他身在何处，不但庾瓒，长安所有相识的人他也是能瞒就瞒。每次来刑部大狱，他都是独来独往。倒不为别的，他只是觉得，方驼子属于他的过去，那个叫小爽子的人，他不想让方驼子和现在的独孤仲平有什么关联。

“常山兄弟？知道知道，这可不是帮善茬子，卸一条腿能办成的事，他们一定会要你两条腿。怎么，你招惹他们了？”每次和独孤仲平说话，虽然少不了斗嘴，方驼子还是很兴奋。

独孤仲平笑而摇头，道：“怎么会？我是在想，你躲到这么个清静地方，会不会是因为招惹了这类惹不起的江湖恶党。”

“哼，你小子不帮我想法子出去，还要取笑我！”方驼子冷冷一哂，“等等，你不会无缘无故来问我这个的。让我想想，哦，是为了那个预先昭告的杀手……对不对？”

“你在这里面消息也挺灵通的嘛！”独孤仲平漫不经心地瞥了眼正在远处望风的牢头。

方驼子却哼了一声，道：“你想怎么样？让我烂在这里？哼！全城谁还不知道？明日午时三刻，长安罪人自首的最后期限，不过，看来那杀手可以赦免我了，”方驼子一阵干笑，颇有些吃力地抖了抖手足上的铁链，“又不是我自己不想去的。”

“你知道怎么找他们？哪怕其中一个也行。”

方驼子当即摇头，道：“你想让他们出卖兄弟？那是不可能的。他们最厉害的就是一个兄弟做恶事，大家一起出主意帮衬，这样所有人都互相知道底细，也都沾了荤腥，谁也别想害谁。”

独孤仲平又一笑，道：“那他们这回走狗屎运了，我不是要他们出首兄弟，而是要保护他们。”

“什么？”方驼子一脸惊讶，“你是说死的人是……”

“已经死了两个，我不希望常山兄弟这样一个个消失。”

“我的天，这个杀手是个人物！”方驼子忍不住连连点头，扯得身上械具一阵乱响。

“那你可知道，在长安怎么找他们？”

方驼子一笑，道：“常山兄弟可是都是些渣滓，恶棍，这样的人让人杀了不是最好？你管那些闲事干吗？”独孤仲平没说话，方驼子却又点头，道：“哦，我忘了，你现在是好人了。得干所有好人干的那些蠢事。”

独孤仲平明白方驼子言语中的讥诮之意，淡淡地道：“看来你也不知道啊。”

“谁说的！”方驼子当即出言反驳，“常山兄弟在各地有很多分舵，总舵在长安，找到这个总舵的所在，也就找到了他们所有的人。嘿嘿……”方驼子说着突然计上心头，笑道：“有一味药叫夏银花，和在胡饼里吃了，会立刻大汗淋漓，脸色发白，不出半个时辰就和死人无甚差别……”

“你想装死？”独孤仲平顿时警觉起来，“我劝你还是不要打什么歪主意。”

方驼子见自己的心思被独孤仲平识破却也不着恼，一脸坏笑，道：“嘿嘿，不是装死是暂时真死，肚子也会痛的，不过比让人家踢好受。怎么样？长安总舵的地址换一张胡饼，想想吧！”

独孤仲平当然明白方驼子的目的是装死越狱，刑部大狱看管甚严，凭方驼子之力想要冲出这铜墙铁壁显然并非易事，可暴毙而亡却又另当别论，无论刑部、金吾卫、京兆府还是各州各县，监狱向来唯恐疫病蔓延，一旦有人暴毙，狱卒便会在最短时间内将尸体处理掉，到时只要安排好人手接应，便可以安安稳稳脱狱而去。

独孤仲平沉默片刻，摇摇头，站起身朝外去。

方驼子反倒一愣，望着独孤仲平的背影，嚷道："你可想好了！"

独孤仲平却不回头，道："我改日再来看你。"

牢头见独孤仲平要走，当即迎上前，独孤仲平给了他一串铜钱，随口问道："这几日可有什么人来看过方驼子？"

"没有啊。"牢头不假思索地回答。

独孤仲平想了想便没再多问，就算方驼子计划着什么，一时半刻也难有什么行动，而眼下还有更重要的事需要他尽快解决。

独孤仲平从刑部大狱出来便直奔布政坊而去，韩襄那边对曹十鹏的调查应该有了结果，加上自己的了解，已经可以断定这个凶手的目标是常山兄弟中人，而常山兄弟本身个个都是厉害角色，这凶手却还比他们技高一筹。他会是什么人？铲除常山兄弟的目的又是什么？

如果是私仇，那很可能是过去吃过常山兄弟亏的人了，可普通人有可能比常山兄弟还要厉害吗？这么说来倒可能也是道上的行家里手，但这样一来那些传帖却又说不通了，凶手的语气、措辞分明凌驾于世人之上，这意味着凶手认为自己的所作所为是绝对正确的，到底会是什么人才会这样想呢？

独孤仲平只觉得自己的头又开始疼了，他一边思忖着一边朝右金吾卫衙门走去，可刚拐进布政坊，便发现眼前有些不对，平日里根本没什么行人的街巷旁突然凭空多了不少推车挑担的商贩，再往里走，就看见金吾卫衙门前的空地上，三三两两的游民或蹲或站聚在街边，个个目光闪烁，有的甚至能够看见有短棍、匕首之类的武器从衣服下露出来。

真是一群蠢货！

独孤仲平只一眼便知道这些都是金吾卫的暗探、便衣，看来庾瓒那个胖子又在自作聪明了。独孤仲平气愤地直奔官衙大门，韩襄恰好从里面出来，两人撞个满怀。

韩襄道："独孤先生，您可回来了……"

"谁让在这里布了这么多便衣的？"独孤仲平没好气地质问。

"庾大人啊，怎么了？"

"太蠢了！明天才是正日子，现在着什么急啊？再说这些人除了脑门上没写，一看就是金吾卫的。本来凶犯很可能提前来踩场子，我也许还有机会闻出他的味道。现在好了，这些傻瓜戳在这儿，人早跑得没影了。"

韩襄一愣，道："那……那我这就去禀报大人，把人撤了。"

韩襄说完转身要走，却又被独孤仲平叫住。

"你知道那凶犯什么时候出现？搞不好他已经来过了，再折腾有什么用？"独孤仲平哼了一声，径自踏上衙门前的台阶，这时他突然想起了什么，顿时又警觉起来，转身环视着眼前这片广场。

"没有高楼，也没有塔，连个旗杆都没有……"独孤仲平喃喃自语道，"不对，我怎么能把这个忘了！不是这儿！"

韩襄自然听得一头雾水，道："什么，什么不是这儿？"

独孤仲平自嘲地一笑，道："他选中的杀人的地方不是这儿，撤不撤人都不重要了。"

"为什么？"

"没有制高点。他的告示啊、传帖啊，怎么弄？"

"也许这次他并没打算……"

"不可能，"独孤仲平说得斩钉截铁，"虽然我还不清楚为什么他一定要昭告天下，但这是他一个乐子，他不会罢手的。"

韩襄这时突然想起一事，道："独孤先生，有件事，我忽然想起来，也不知道会不会跟这案子有关。追傩那天，师崇道出事之前，有个戴斗笠的小个子，在朱雀大街上撞了庾大人一下，现在想来，他是故意的，他朝庾大人背上贴了张纸。那纸上什么都没写，可您刚才提起传帖，我忽然想起，那纸的大小、质地和那天后来满天乱飘的传帖是一样的。"

独孤仲平有些意外，道："哦？那人呢？"

韩襄却摇头，道："人没拿住，那张纸也让庾大人给扔了。"

独孤仲平不禁有些失望，但转念一想，这凶手为什么敢冒着这么大的风险直接找上金吾卫的右街使？难道他不怕还没动手就被抓起来吗？还有，韦若昭怎么能一出门就恰好撞见了那只猴子？要知道长安城表演猢狲戏的就得有好几百人，还不算那些私家豢养的，就算刻意寻找某只怕也没这么容易。还有那个槟榔的线索，简直是特意将众人引到那座楼前去的！

"我明白了，他每次杀人之后，都在故意提醒我们，给我们留下线索。"

"这……为什么呀？"韩襄却没弄懂。

独孤仲平眼睛闪闪发光，道:“他喜欢牵着我们鼻子走，喜欢看着我们永远比他晚一步。喜欢把我们当他的另一只猴子耍，他喜欢这种感觉。”

韩襄还是将信将疑，又问:“那这回他也应该留下了下一次杀人的线索啊？”

“不会那么早的。他会在明天午时三刻过了的时候，才提示我们他真正打算杀人的地方。那时候什么都晚了！”独孤仲平确定地说，“你以为长安人真的会争先恐后地来悔罪？不会的！过了他规定的时刻，没人出来，第三个死人就能证明他言出必行。”

韩襄倒吸一口凉气，骂道:“妈的，他以为他是老天爷呢。”

“会有越来越多的人相信的。”独孤仲平叹口气。

“那我马上带人去把全城戴斗笠的小个子都抓来！”韩襄也来了劲儿头，转身就要去调兵遣将，却被独孤仲平一把拉住。独孤仲平道:“没用的。这个特征恐怕也是他故意留下的线索。”独孤仲平说着却突然灵机一动，“不过，也许这样可以麻痹他一下，去干吧，干脆弄得动静大点。”

韩襄点头道:“明白！”

“还有，这事不要报告庾大人了，免得他又叽叽歪歪吃不住劲儿。也不要跟他说我回来了，今晚我要一个人好好琢磨一下。你的手下查一下咱们那些档案，整理一份长安所有的帮会会馆和曾经做过帮会会馆的名单要多久？”

韩襄想了想，道:“怎么也得七八天吧。”

“太慢了，”独孤仲平摇头，“这事再说吧！”

“那，那明天这儿怎么办？”

独孤仲平一笑，道："只能顺其自然，不管庾大人如何着急，你都说没见着我。"

新年的第一天很快便过去了。随着一声声连绵的街鼓，城门、坊门将陆续关闭，而夜色中，金吾卫士们还三五成群，四下巡查，只要见着戴斗笠的人，便不问青红皂白一律逮捕。

金光门一隅有个粗茶摊子，摊主是个老汉，也是个老长安，对金吾卫这般胡乱抓人算得上是司空见惯了，远远瞅见路上不少戴斗笠的行人都遭了池鱼之殃，而自己摊子前还坐着几个客人，其中有头戴斗笠的，摊主于是上前好言相劝，道："几位客爷，听老汉一句，赶紧把您这斗笠收了吧！"

"为什么？"有人好奇询问。

摊主朝远处一努嘴，道："您没瞧见，那些官差见着戴斗笠的就抓呢！"

戴斗笠的听了这话赶紧将斗笠摘下来放在一旁，而独自坐在远处的一个精壮汉子就在这时开了口："怎么，长安城竟不许人戴斗笠吗？"

摊主循声望去，但见那汉子一张岩石般棱角分明的脸，看起来三十岁上下，同样一身行旅装束，风尘仆仆的，腰里却醒目地插着一柄长刀。

摊主一惊，却又觉得这汉子眉目不似恶人，便壮着胆子，道："唉，许是哪个戴斗笠的犯了事吧！"

汉子冷冷一笑，伸手摩挲着下巴上的胡茬，道："有人犯了事就不许旁人戴斗笠了？这算哪门子规矩？"

汉子的语调亦如刀锋般坚硬冰冷，摊主心里忍不住哆嗦了一下，又劝道：“这位大爷，有些话可不兴乱讲，要是让那伙浑不讲理的黑皮听了去……”

说话间，两个金吾卫士已经朝茶摊方向走来，摊主也不敢再说，转身收拾摊子准备回家，几个客人见状也掏了茶资各自散去，而那汉子却在这时站起来，拿起旁人丢下的斗笠扣在头上，迎着两个金吾卫士走上前。

“干什么的？”两个金吾卫顿时一愣，“坊门就要关了，闲杂人等速回本坊！”

汉子拦住两人去路，一动不动，道：“我不是闲杂人等，是戴斗笠的，你们不抓吗？”

对方不禁面面相觑，其中一个打量了汉子几眼，便道：“去去去，捣什么乱？”

“戴斗笠的不都是嫌犯吗？你们不怕放跑了我，上峰怪罪？”汉子冷笑。

另一个金吾卫士很不耐烦，道：“老子要抓的是戴斗笠的小个子，你那么大个人在这儿瞎晃什么，快滚！”

那人说着上前推搡了汉子一把，汉子退了一步，却再次横在两人面前。

“你想干什么？”推搡汉子的金吾卫喝道。

“打劫。”汉子冷冷吐出两个字。

“什么？”两人顿时气乐了，“你想劫谁啊？”

汉子依旧惜字如金，道：“你们。”

两个金吾卫几乎笑得前仰后合，道：“我们？我们是金吾卫的。”

“就劫你们，钱袋，佩玉，腰牌，都拿出来！”

“哪儿来的疯子？快滚，不然老子不客气了……”其中一人伸手去摸腰间佩刀，他本想吓唬吓唬对方，却没料到电光火石的一闪，自己的手甚至没来得及触到刀柄，便已被什么击中。他当即哎呀一声坐倒在地，身旁的同伴吓了一跳，下意识地便要拔刀迎敌，却也同样被汉子以迅雷不及掩耳之势击中。两人各自捂着手腕呻吟起来，汉子却好整以暇地将自己的长刀收回腰里，动作迅捷到几乎没有人能看清。

两个金吾卫士急忙忍痛将身上的钱袋掏出来，颤声道：“都在这儿了，你快走吧，我们——我们不和你为难了。”

汉子却看也不看被丢在地上的钱袋，冷冷地道：“你们走，我不走。”

两人相互看看，几乎不相信自己的耳朵。

“还不快滚？”汉子的手再次伸向腰间的刀柄。两人这才吓得撒腿就跑，汉子脸上浮现出满意的微笑。他伸出足尖踢了踢地上的钱袋，便又回转身来到茶摊前。摊主与其他客人早已吓得躲到远处，汉子径自拿起自己没喝完的茶，不紧不慢地饮了起来。

仓皇逃跑的两个金吾卫士到了远处便开始大喊“打劫”，很快便有一群金吾卫闻声而至，众人朝汉子围拢过来，个个手持尖刀，如临大敌。

汉子这时已经将杯中残茶喝干，他饶有兴致地打量着围拢过来的金吾卫士。适才被抢的两名卫士指着汉子大喊道：“就是他，就是这小子！”

汉子听了这话陡然站起，一只手再次滑下腰间的长刀。对面众人忍不住齐齐倒退，就在众人都以为一场恶战在所难免之际，只听得哐啷一声，汉子竟出人意料地将长刀扔在地上，继而举起双手，竟是一副彻底投降的架势。

众金吾卫士一时间也不知该如何是好，犹豫许久，见那汉子一直没有反抗的迹象，这才蜂拥上前，七手八脚将他捆了。

“这小子忒狂，敢抢我们，看我一会儿怎么收拾他。”

“他别是脑子有毛病吧？”

“谁知道啊，这两天怪事太多，先押回去再说！”

众人七嘴八舌议论纷纷，汉子一声不吭，任由众人摆布，脸上却始终挂着神秘而自信的微笑。

十四

庾瓒慢吞吞走出屋子，明朗的日光顿时照得他睁不开眼。

长安冬日多阴霾，今天算是正月里难得一见的好天气。庾瓒想起妻子裴氏曾说过今日要回娘家，自己也本该跟着去拜年的。虽说裴宰相已经去世，再也不能在官场上照拂自己，但丈母娘还在，他不是忘恩负义的人，哪年也没缺了礼数。但就眼下这情形，只怕一时半刻是脱不了身了。再有半个时辰，就到了那凶犯约定全城人前来自首认罪的时间，也不知是哪个缺德的给起了个“认罪大会”的诨名，不但在衙门里叫开了，甚至以讹传讹成此会乃是右金吾卫下令举行的。

虽然金吾卫平日里的风评不怎么好，但如此被凶犯胁迫的名声也实在是太丢人，而且谁也说不准待会儿会出什么事，要真像独孤仲平所说，再出一条人命，整个右金吾卫都将难辞其咎，而最先遭殃的肯定就是直接负责此案的自己。

庾瓒边走边整理脑袋上歪歪斜斜的幞头，身上的袍子也是皱巴巴的，他昨晚几乎彻夜未眠，这一方面是因为韩襄自作主张捉回来一大群戴斗笠的小个子，吵吵嚷嚷不得安宁；而另一方面，庾瓒对即将到来的一天充满了恐惧。其实这并不是他第一次面对如此棘手的案情，就算真的破不了案子也没什么大不了，庾瓒害怕的是那个不知是谁，也不知在哪儿的凶犯。已经死了两个人，没有人知道下一个被杀的会是谁，万一这倒霉事轮到自己头上……

杀人就杀人，这么神神鬼鬼地搞什么！

庾瓒想起那些“诸恶作尽”、“知罪悔过”的言辞就觉得烦躁，他气冲冲来到紧闭的官衙门前，正打算吩咐手下开门，转瞬又改了主意，吩咐差役搬了架梯子过来靠在院墙上。庾瓒肥胖的身躯费力地登上摇摇欲坠的梯子，伸着脖子朝官衙外张望。

眼前的小广场上已经聚集了不少围观的人，男女老少、贫富贵贱，乘车的、骑马的、步行的，有人在附近搭起茵褥凉棚，还有精明的小贩穿梭其中叫卖起茶水吃食，白花花的日光下，人人脸上洋溢着兴奋、好奇，显然在他们眼中，即将到来的“认罪大会”就和东西两市的百戏表演没什么不同。

庾瓒一愣，众人愉悦轻松的神情并没有让他感觉轻松一些，反倒是因为来的人比预想中的多，庾瓒忍不住又开始担忧起现场的秩序与安全。韩襄正在身后的院子里布置金吾卫士的岗哨，庾瓒赶紧向他招手。韩襄跑过来。

“怎么来了这么多人？”

“这……消息散得太快，小的也没想到啊……”隔着院墙也能听见外面的嘈杂，韩襄却不敢告诉庾瓒是按照独孤仲平的意思故意把动静弄大的，只好找借口搪塞。

“那咱们的人都布置好了吗？”

“回大人，明的暗的都到位了，没发现什么可疑的。”

庾瓒想了想，道：“独孤仲平说了，这凶犯肯定会来的……唉，他人在哪儿？”

“没见呢，”韩襄当即摇头，“都找了，哪儿都没有啊。荣枯酒店也去问了，说他一直就没回去！”

“算了，”庾瓒有些没好气地哼了一声，小心翼翼地从梯子上下来，“不等他，时辰就到了，咱们出去看看。”

独孤仲平此刻就在荣枯酒店，他从昨晚开始就一直把自己关在房间里。独孤仲平让碧莲弄来一套粗麻布衣裳和一顶竹编斗笠，完全按照韩襄描述的那小个子的模样穿戴起来，又将展开的长安地图挂在墙上，仔细端详。

这是他遇到难解的案情时的一个习惯，尽力地靠近罪犯，揣摩他的心理。

如果我是他，接下来该干什么了呢？独孤仲平拿起笔随手勾画出师崇道、曹十鹏两起命案发生的位置，抽丝剥茧般整理着思路——右金吾卫衙门前已经被他所否定，理由很充分，这里没有制高点，没发法撒传帖挂告示，而这是凶犯杀人的主要特征，他一定不会放弃这一点，所以他指定众人到右金吾卫衙门前悔罪只是声东击西加挑衅，他一定已经找好了真正下手的地点！这个地点应该是这样一个地方：有制高点，能够撒传帖、挂条幅；足够宽裕，且通行便利，这样有助于在混乱中脱身；还须得离右金吾卫衙门不远，否则就达不到震慑众人、造成百姓心理恐慌的目的了。

独孤仲平在地图上圈圈点点，却发现符合上述要求的地方远比预想中的多，光是金吾卫官署所在的布政坊周围便有不下五六处。这也难怪，长安城的格局便是北密南疏、西富东贵，城西北一带多是富商巨贾的豪宅，这些宅邸占地广阔，又往往高楼林立，符合条件者甚众。不知道他最后会选中哪一个。

如果有了地点，凶犯一定也找好了下手的对象，独孤仲平只知道会是另一个常山兄弟，具体是谁，在哪儿，却一点儿头绪都没有，而时间就快到了！常山兄弟们都隐蔽得太好了，这现在反成了他们的噩梦。就像老曹，这么多年了，谁能想到衙门里那个看起来老实巴交的老好人捕头会是那江湖恶党的一员？一瞬间，独孤仲平又想起了方驼子和他谈的条件，但他马上掐灭了这个想法。并不是他认为方驼子说能找到常山兄弟的长安总舵所在是吹牛，而是他隐隐觉得，方驼子想从自己这儿要的远不只是协助越狱这一点儿，那又会走上一条不归路，他不想再和过去有任何牵连了。这条路不能走。独孤仲平想着，摘下了斗笠。

依凶犯的习惯，他会在最后一刻给出提示，不过那只是一种戏弄，按照那提示赶过去，得到的一定只是一具死尸。

独孤仲平努力地控制着自己的烦躁，就像把一杯开水逐渐吹凉，不动声色地喝下去，他知道自己能做到，也就真的做到了。凶犯要的就是让官府和整个长安城烦躁起来，能悟到这一点的人不少，但真能控制住情绪和思路的人不多，而像独孤仲平这样有超强控制力的人，全长安不做第二人想。这不光是有多年探案经验就能具备的能力，独孤仲平所经历的太特殊了，一个人也许只有像他这样在生与死、爱与恨、善与恶的两极之间反复跨越多次而没有被死神掠走，才能做到。但是这样的人活着，会有怎样的内心世界呢？也许已是生不如死？也许已是麻木如行尸走肉？没有人知道，外人看到的，只是他有略显神奇的头疼病。

酒店后园中传来一阵嘈杂的音乐和欢闹，这家胡人酒店里整天奏响那些喧闹欢快的胡乐，龟兹歌、西凉乐、胡旋舞、浑脱戏……上至宫廷下到民间，凡是带有异域风情的便一律会受到来这里的酒客的追捧。他们只要随便几杯黄汤下肚，就会围着荣枯树又唱又跳，碧莲、阿得等人也随时可借着酒劲和那些酒客舞在一处。独孤仲平早就习惯了。但此刻的声音好像有些异样，独孤仲平来到窗户前望了望，从这里他可以看到后园的全貌。

只见众胡姬伙计以及韦若昭正在园中奏乐乱舞，而打鼓的却不是平时常操鼓的阿得，而是一只黄毛猢狲。

猴子？又是猴子！

独孤仲平脑海中骤然灵光一现，如果这是……独孤仲平转身便朝楼下冲去，甚至顾不上脱下那身模仿凶犯的麻布行头。

独孤仲平来到后园，不由分说拨开人群挤到近前。

“这猴子哪儿来的？”独孤仲平拉住韦若昭询问。

韦若昭正随着鼓点手舞足蹈，独孤仲平突然出现自然吓了她一跳。韦若昭想起独孤仲平之前赶她离开的态度顿觉有气，于是只哼了一声没理他。

“我问你，这猴子哪儿来的？”独孤仲平气势汹汹重复自己的问题。周围的人不知发生了什么，乍见独孤仲平披着古怪麻衣冲出来拉住韦姑娘大喊大叫，都有些不知所措，音乐停了下来。

“我带来的，”韦若昭本就有气，见独孤仲平这般态度更不高兴了，“你管得着吗？”

独孤仲平却对韦若昭的愤怒置若罔闻，目光灼灼地盯着那猴子。猴子也仿佛察觉到独孤仲平的敌意，停下打鼓的动作，发出一阵示威似的吱吱叫声。

“韦姑娘，你是在哪儿找到它的？”

“在哪儿，还不是你们金吾卫！”韦若昭怒气冲冲地嚷嚷，“你们也太没良心了，不管怎么说它也给你们提供了线索，就这么把人家拴在你们衙门大院里，没吃没喝的，还说过两天就要扔了，我气不过，就给领回来了，怎么样？”

“你又去衙门里了？”

“去了，怎么样？我是去找胖大人，不是找你。”

“猴子为什么会打鼓呢？”独孤仲平死死地盯住猴子。

韦若昭不解地问：“会打鼓怎么了？”

独孤仲平突然伸手，一把揪住那猴子脖颈，将其凌空提了起来。

“你干什么？”韦若昭顿时尖叫，“不许伤害它！”

韦若昭说着便要上前抢，却被独孤仲平轻轻推开。独孤仲平不顾猴子的挣扎，仔细观察它颈上的项圈，果然发现那一串细碎的黄铜铃铛中少了几个，和之前在现场发现的一模一样。

原来如此！独孤仲平大笑起来，不顾众人异样的眼光，甩下身上的麻袍便往外走。

“哎，你去哪儿？”韦若昭虽然不明白到底发生了什么，但聪颖的她还是敏锐地察觉出独孤仲平一定是发现了什么有价值的线索。她本能地想要跟上去看个究竟，但想到昨日独孤仲平对她说过的决绝的话，又有些踟蹰不前。

而独孤仲平这时候却又做出了一个出乎她意料的举动，他竟转身回来，对她说：“想跟我一起去吗，想的话，就快来，别多话。”

话音未落，独孤仲平人已经又走出去。韦若昭急忙跟上，回头冲翘翘说：“帮我照顾小猴！”

猴子为什么会打鼓？这里面一定包含着线索！韦若昭一路都在琢磨这句话的意思，此时她已随着独孤仲平匆匆走在西市大街上了。摩肩接踵的人群中，独孤仲平行色匆匆，韦若昭几乎小跑才能跟上他的步伐。

“这儿不是西市吗？到这儿来干什么？全长安没比这儿人更多的地方了，凶手再傻也不至于要在这儿杀人吧？”

独孤仲平却不理她，一边走一边不停地左右打量道旁正进行表演的各色百戏班子。韦若昭只得有样学样地也往两边不住地扫视。

东西两市每逢年节都要延请百戏散乐入城表演，而双方多年来始终有些彼此较量的意思，由于去年盂兰法会被东市占了上风，西市今年不仅砸重金请来众多知名戏班，更特意辟出一大块空地作为百戏场，以方便百姓娱乐。拜西市自来就是胡人居住之地的便利，西市的百戏总以胡风洋调取胜。

“啊！我明白了，”跟在身后的韦若昭突然叫出声来，她看见不远处有几个胡人正合着羯鼓的节拍踩球，“小猴儿会打鼓，说明它常到演百戏的地方来，那么它的主人也一定常在这儿出没的，对不对？”

韦若昭一脸恍然大悟的欣喜，独孤仲平不禁回眸瞥了她一眼。这姑娘的头脑着实不赖，不得不说，比庾瓒的右金吾卫强得多了。只是她还不知道，这信息指向的地点，无疑就是下一桩命案的发生地！凶犯在杀老曹的时候就算计好了，让小猴落到金吾卫手里，不然他有的是办法安排小猴逃走或杀死它。这就是他的提示！只看金吾卫的人有没有本事从小猴身上读出下一个杀人地点。抽搐似的头痛再度袭来，这让独孤仲平更加确信自己的判断是正确的。现在就看谁快了，但愿他还没有下手！

他一定就在附近！

独孤仲平焦灼的目光从人群中迅速掠过，他迫切地希望那个披麻衣戴斗笠的身影即刻出现在自己面前。然而，周围的人实在是太多了，且不说如织的游人，光是受邀参演的百戏班子就有数十家之多。顶竿的，走绳的，弄丸跳剑的，踩球旋盘的，驯禽斗兽的，还有广受欢迎的各类幻术，此刻的西市仿佛一锅沸腾的水，鼓乐与人声交织在一起，嘈杂而热烈。

独孤仲平只觉得头越来越疼了，离开酒店之时他曾让碧莲赶紧派人去给庾瓒报信，但愿他们也能及时赶来。

独孤仲平快步走过人群，而韦若昭还在身后喋喋不休。独孤仲平没心情听她发表那些幼稚的猜想，他甚至根本没听见韦若昭具体说了什么，转头便是一声怒吼。

“想跟着我，就别多话！”

韦若昭被独孤仲平陡然暴怒的样子吓坏了，她瞪大眼睛望着他，半是惊恐半是委屈地点点头。而独孤仲平话一出口便已后悔，正犹豫是否该说些什么安慰她，一阵带着强烈异域风情的笛声就在这时随风飘来。独孤仲平下意识地循声望去，却顿时脸色大变。

韦若昭见独孤仲平突然一脸如遭雷击的神情，觉得好奇便转头去看。

啊！——韦若昭也忍不住惊叫起来。

此时他们已经来到了百戏场正中的位置，而不远处正耸立着一座巨大的帐篷，神秘的天竺笛曲便是从这帐篷里传出来的。这帐篷的占地十分广阔，高度亦能赶上二层楼高，而最让人惊诧的，却是那色彩绚烂、装饰豪华的帐篷帷布上绘着的巨型图案——

那正是常山兄弟的标志！

十五

独孤仲平疾步来到那帐篷近前，几个脸上涂了油彩、天竺人装扮的小厮正挥舞着绘有同样图案的彩绸，大声吆喝着招揽生意。一场盛大的幻术表演即将开始，而表演的恰是西市众商家重金延请的知名天竺幻戏班子。

“怎么办？”韦若昭跃跃欲试地看向独孤仲平，帐篷上的常山兄弟标志让她也终于明白了迫在眉睫的凶险，下一个受害人肯定就在眼前这顶帐篷里！

“要不要等胖大人他们过来？”

独孤仲平摇头，他眼见小厮们开始催促观众进场，幻术演出就要开演了。不能再等，下一个被杀的就在这场子中。

独孤仲平道：“没时间等了，先进去看看！”

为了避免打草惊蛇，独孤仲平并未亮出金吾卫的腰牌，而是与普通民众一般，往立在帐篷外的箱子里投了几枚铜钱。

两人随即走进帐篷，这帐篷宽敞得足以容纳近百人，帐篷三面搭起了供人观看演出的临时座席，中间的空地上则耸立着一座高大的方形舞台，重重叠叠的帷幕从顶棚垂下，密密麻麻的金线将本就艳丽的帷幕装点得更加斑斓夺目，更奇妙的是，那些帘幕后面竟有循环不息的风正流动着，帷幕上那些本就稀奇古怪的图案看上去就好像是活动着的，更为浓郁的异域风情增添了几分神秘色彩。

靠近舞台的座席上此时已坐满了观众，独孤仲平、韦若昭只能在门边找了位置坐下。伴随着欢快热烈的音乐，身着艳丽天竺服饰的演员们正在舞台周围的空地上表演攀绳踩球、弄丸跳剑之类的杂技，只引得看客们叫好连连。

“这熏香也太呛了……”韦若昭同样看得一脸兴奋，却忍不住低声抱怨。

四下里确实弥漫着极其浓烈的香气，独孤仲平知道这是幻戏班子常用的手段，香气来自同样隐藏于幔帐之后的熏炉，循环的风足以将香气源源不断地送到观众席上，为表演增色。

独孤仲平的目光警觉而不动声色地从周遭众人脸上一一掠过，交头接耳的观众、穿梭于座席间叫卖茶水的小贩、表演杂耍的伶人……凶手一定就在这些人之中，独孤仲平对此十分确信，但哪一个才是他？目光所及之处看不见有谁头戴斗笠身着麻衣；他很自信，因此不太可能装扮成女人；他行事向来独来独往，观众中结伴前来的也大致可以排除出去；除非他从前也是戏班成员，否则短时间内决计不可能将杂技耍得如此娴熟。

看来比较可疑的还是那几个小贩，以及三五个孤身前来的观众，就在独孤仲平密切关注着这些人的动向之际，突然一声惊雷般的锣鼓，热烈的音乐戛然而止，正演得起劲的演员们默契地停下、退场，满场火烛也随之陆续熄灭。观众们知道正式的演出就要开始了，观众席上顿时响起一片兴奋的窃窃私语。

伴着一阵宛如深渊鬼泣般的笛声，舞台顶上的天棚徐徐展开，午后的日光倾泻而下，一个身材高大的男人出现在光束里，但见他一身金灿灿、华丽丽的天竺式样长袍，手里握着同样金光闪烁的手杖，他的肤色是唐人罕有的深棕色，脸上手上绘着绚丽而繁复的花纹，威风凛凛的模样仿若天神。

观众们顿时报以热烈的欢呼与掌声，韦若昭从旁边观众口中得知这便是人称婆罗多的戏班班主，几年前曾在东都洛阳一带蹿红，掀起了好一阵幻戏热潮。

婆罗多朝满场观众微微施礼，煞有介事地挥舞手杖——

一团白烟瞬间涌起，烟雾中渐渐显出了两个女子交叠在一起的身影。一个穿红，一个着绿，同样是天竺人装束，身上披着仅能遮体的薄纱衣裳，绘满花纹的胴体在日光下若隐若现。

随着婆罗多手杖的指挥，两个女子开始跳跃、扭动，合着笛曲的节奏，围绕在婆罗多周围跳起舞来。舞姿动作之妩媚、大胆，即便在民风放宽的大唐也是相当令人震惊的，台下的女客纷纷羞红了脸不敢看，男人们贪婪艳羡的目光却牢牢盯着她们不肯离开。

女子跳舞的同时，小厮们已经将两个大肚窄口的酒瓮推上舞台。婆罗多一声令下，两个女子停下舞步，各自来到一只酒瓮近前。二女又在酒瓮前搔首弄姿一阵，接着便打开酒瓮的盖子，朝里面钻去。众人顿觉惊讶，那酒瓮尚不及孩童高度，而两个女子分明都是成人，况且瓮口窄小，最多是头颅宽度，怎么看都无法容纳这两个女人。

而令人瞠目结舌的是，在婆罗多手杖驱使之下，两个天竺女子竟真的钻进了酒瓮，她们的腰、腿、手、足以一种灵蛇般的姿态扭动着，仿佛身上的每一个骨节都可以肆意挪移。

更难得的是，两个女子的步调竟完全保持着同步，严丝合缝、不错一拍，加之两人一模一样又相互对称的动作，诡异却充满魅惑，只看着台下观众如痴如醉，欲罢不能。

很快，二女的大半身子都已经钻进了酒瓮，最后便只剩下头颅露在外面。

噗的一声，婆罗多手杖顶端陡然冒出一团青色火焰。

毫无心理准备的观众们自然吓了一跳，而随着婆罗多手杖挥舞，越来越多的青色火焰冒了出来，在婆罗多指挥下满场飞舞。

笛曲的节奏越来越快，原本伫立台上不动的婆罗多也跟着舞动起来。但见大袖翻飞、火焰狂舞，数不清的青色火苗在婆罗多周身游走，一时间恍若天河倒泻，绚烂而迷幻。

台下观众已经眼花缭乱、目不暇接，当婆罗多终于随着逐渐停歇的笛声停下脚步，现场顿时爆发出一阵雷鸣般的掌声。

“好厉害！”韦若昭也忍不住惊叹出声，此时她的注意力已经完全被眼前这充满异域、魔幻情调的表演吸引住了。而独孤仲平虽然同样注视着舞台，目光却不住地四下来回扫视，希望发现可疑的人或细节。

舞台上的婆罗多显然并没有因观众的喝彩而沾沾自喜，反倒朝观众做了个噤声的手势。众人果然被他这故弄玄虚的举动吸引，嘈杂声渐渐平息。婆罗多这才露出满意的神情，继而挥舞手杖，口中一阵念念有词。

又是噗的一声，而这回冒出来的却是一团白色的烟雾。婆罗多一直拿在手中的手杖已然消失不见，取而代之的竟是一把雪亮、锋利的弯刀。

观众们顿时倒吸了凉气，看来接下去要上演的就是天竺幻戏最拿手的残虐之术了。凄厉的笛曲这时再次响起，仿佛为了应和众人情绪似的，鼓声也加了进来，婆罗多拿着弯刀在舞台上逡巡，很快便将目光投向舞台上那两只酒瓮。

婆罗多手持弯刀，气势汹汹地朝位于舞台左侧的酒瓮走去，酒瓮里的红衣女子忍不住露出恐惧的神情，露出酒瓮的头摇晃个不停，仿佛在向婆罗多求饶。观众们也跟着紧张起来，而婆罗多绘满花纹的脸上却浮现出狰狞而残酷的冷笑，踮着脚绕着酒瓮转了一圈，继而疾步上前，手起刀落——

女子的头倏一声飞了出去，大量鲜血从断颈的切口上喷涌而出，失去生命的头颅在舞台上接连滚了好几圈才停下来，凌乱的黑发与苍白的面庞沾满了血水，而圆睁的双眼凝结着对突如其来的死亡的恐惧。

观众席上顿时一片惨呼，韦若昭惊诧得当时便要站起来，却被独孤仲平一把拉住。韦若昭意识到这些其实都是表演的一部分，这才慢慢地坐了下来。

这时婆罗多已经提着滴血的弯刀大踏步奔向另一只酒瓮，如法炮制，顷刻间又将绿衣女子的头颅硬生生砍了下来。

愈发血腥残酷的场面刺激得众人已然发不出任何声音，人们只能睁大眼睛，惊恐却又不乏兴奋地注视着眼前这个天竺人在舞台上继续疯狂。

婆罗多将沾满血的弯刀丢到一旁，随手将滚落在地的两颗头颅抓起来，揪着湿漉漉、乱蓬蓬的长发，一脸睥睨神色朝观众展示，继而又回到酒瓮前，将被砍下的头放到依然血流不止的断颈上，而在他完成这些之前曾将两颗头颅互换了位置，相当于绿衣女子的头被放置在红衣女子的身上，而绿衣女子的脖颈上放着的是红衣女子的头。

金色手杖不知何时已经回到婆罗多手上，他再一次挥舞手杖，念念有词。

观众们屏住呼吸，翘首期盼着接下来将要发生什么。

一阵咯噔咯噔的异响传来，起初人们不知道发生了什么，随后才发现竟是两只酒瓮发出的颤动，两个已然身首异处的女子竟渐渐活了起来，两人仿佛是在确认头颅已经安好似的摇头、眨眼，继而以与之前一样齐整、对称的姿态从酒瓮里钻了出来。

二女再一次围绕婆罗多翩翩起舞，热烈的掌声顿时自台下潮水般涌起。韦若昭自然跟着兴奋地鼓掌，只觉得能欣赏到如此精彩的表演也算不虚此行，已经把查案的事情暂时给忘却了。独孤仲平虽然向来不喜这些血淋淋的残虐之术，但也不得不承认婆罗多这杂糅了“缸遁”、“截头”、“移形”等多门幻术的表演确实是独具匠心、引人入胜。人的本性果然奇妙，居然能毫无愧疚地从这等残酷血腥的事物中获得快感。独孤仲平不禁冷笑了一声。

舞台上，幻术表演仍在继续。

一只棺材样的黑色木箱已经被小厮们推上舞台，常山兄弟的刺青图案就赫然以红色油彩画在木箱中央。婆罗多指挥两个天竺女子将木箱打开，原来这箱子除了底部之外的剩余五面都是可以活动的，箱内空间则恰好足够容纳一个成年人的身长。

随着一阵哗哗的铰链声响，一口巨大的利刃出现在舞台正上方。这利刃乃是斧钺的形状，月牙形的刃口在日光照耀下闪闪发亮，显然被打磨得十分锐利。

还会有比刚才更精彩的幻术？韦若昭兴奋得满脸通红，在场的其他观众也多是像她一样的反应，适才的一系列表演已经将众人的胃口十足吊了起来，人们期待着更大更惊险的刺激。

只见婆罗多将手杖交给其中一个天竺女子，自己则躺进了舞台中央那口木箱里。观众们这才看见那木箱两端还各有一个圆洞，却是让箱子里的人手脚伸出来预留的空间。婆罗多在木箱里躺好，一个天竺女子随即拿出早已准备好的枷锁，将其双手双足各自绑住。婆罗多使劲晃动手足但已然无法挣脱出来，二女随即合拢了木箱剩余几面的盖子，接着又用一条更长更粗的铁链，将整个木箱捆了个结实。

观众们早已是惊叹连连，原来这便是婆罗多最为人称道的拿手好戏了。

激越的鼓声响起，两个天竺女子再次跳起撩人的舞蹈，但此时观众们的注意力显然都不在她们身上，因为更令人心跳的一幕已经出现在舞台上——

由铰链牵引的利刃被旋转到与木箱垂直的位置，且正对着木箱中部，一旦刃口落下，下面的木箱将会被巨大的冲击力从中斩断，而里面的人显然也将被一截为二。

“你说，他能逃得出去吗？”韦若昭压低声音，既像是在问独孤仲平，又像是在自言自语。她想看又不敢看，用手捂着眼睛却时不时透过指缝张望，显然紧张得不得了。就算知道一切都是演戏，看的人还是抑制不住紧张的情绪，在这份为困境中人的安危担忧的情绪之中，却又无可避免地隐藏着对某些意料之外的期待。

而独孤仲平始终心不在焉，因为他这时正一动不动地注视着舞台上方那口正缓缓下落的利刃。

——莫非他的计划是……

幻术、铰链、木箱、利刃……

婆罗多的拿手好戏……

满场的观众……

不会错了！这就是他的计划，而能制止他的唯一方式就是——

独孤仲平拔身而起，快步朝舞台方向奔去。

“怎么了……”

正看得兴起的韦若昭自然十分疑惑，而独孤仲平却根本无暇对她解释。

两个天竺女子这时已经停止舞蹈，退至舞台两侧，显然是要将全场的注意力集中在婆罗多的表演上。刺耳的铰链摩擦声越来越响，利刃下落的速度也越来越快，伴随着越来越激越的鼓点，婆罗多露在木箱之外的手脚拼命晃动着，连带着木箱一阵颤动。

“停下！”

独孤仲平边喊边奋力奔向舞台，剧烈的头痛让他全身颤抖不止，步伐跌跌撞撞，在不明就里的人看来就好像是个醉汉闯了过来。他来不及喊出全部危险的内容，让这些蒙在鼓里的观众甚至戏班的小厮瞬间明白这利刃将夺走一条人命而不是带来一场惊险的表演要费太多时间，他已没有时间！他只想尽可能阻止惨案再次发生。

“出什么事了？”韦若昭跟着独孤仲平奔过来，但她并不知道危险来自哪里。

“停下！快停下！”

独孤仲平几乎声嘶力竭地大喊，然而他的声音却完全被激昂的鼓点淹没了。此时舞台上的表演也到了最惊险慑人之处，几乎所有人都目不转睛地盯着那距离木箱越来越近的利刃。婆罗多手足颤动得近乎痉挛，显然是在拼命地想要从箱子里逃出去。

来不及了！独孤仲平痛苦地想，却仍旧竭尽全力冲到台下。

然而——

锋锐的利刃已在此时轰然落下，不偏不倚，直直切入木箱正中。

一声凄厉的惨叫，被锁链紧紧捆住的木箱发出一阵令人难以置信的剧烈颤动。那叫声凄惨得让在场所有人都不寒而栗，而很快，颤动停止，婆罗多露在箱外的手脚也停止了痉挛、瘫软下去，一切归于平静。

鸦雀无声，观众们咽着口水，恐惧与兴奋交织的情绪在现场弥漫，压抑得令人窒息。

随着一阵刺耳的金属摩擦声，却是小厮们依照表演惯例将切入木箱的利刃拉起。而当利刃重新回到半空的一瞬，一幅巨大而狭长的卷轴从天而降，哗啦啦展开，奇怪的是那卷轴上面却一片空白，什么都没有。

卷轴的出现显然出乎戏班众人的预料，非但小厮们面面相觑，甚至守在舞台两侧的两名女子都像是被施了定身法一般，怔怔站在原地不知如何是好。

独孤仲平全身脱力，跌坐在台阶上。他突然感觉十分平静，翻江倒海的疼痛早已消失无踪，挫败之余却有一丝解脱油然而生。一旁的韦若昭却不知发生了什么，目光在独孤仲平与舞台之间来回游走，显然十分好奇。

看台上的观众也渐渐察觉出气氛不对，如果这是在为接下来的表演铺垫，这铺垫的时间也未免太长了。

又过了一阵，两个天竺女子终于战战兢兢，上前打开木箱顶部的盖子——

殷红的鲜血喷涌而出，仿佛泉水涌出地面，而红色的浊流瞬间直冲到半空中，接着又骤雨般倾泻而下。

血水飞溅到前排观众的身上、脸上，起初没有人意识到发生了什么，直到两行血红的大字毫无征兆地出现在原本雪白的卷轴上：

犯罪者死，认罪者生。

长安士民，思之戒之。

“这是……真的……”韦若昭忍不住惊叫。

婆罗多拦腰断作两截的尸体滚了出来，血液、内脏、骨肉……这些丑陋而污秽的东西一股脑从那齐整得不真实的断面流出来，浓郁的香料也根本无法掩盖空气中弥漫的血腥。

终于反应过来的众人四散奔逃，哭泣声、尖叫声、怒吼声响成一片，没有人再顾及身份贵贱，争先恐后地朝帐篷外涌去。

独孤仲平这时已经在韦若昭的搀扶下慢慢站了起来。

明亮依旧的日光下，鲜血淋漓的卷轴正被微风吹得轻轻摇曳。

这才是这场表演的真正高潮！

十六

就差一点点！独孤仲平让懊丧和痛苦只在自己头脑中停留了一瞬间，就冷静了下来。

凶犯应该还没有走远，他在哪儿？独孤仲平飞快地思索着。他一定会很欣赏自己这精心策划的杰作，特别是这血淋淋的条幅，所以他应该就混在台下的观众中。独孤仲平急忙向观众席扫视过去，疯狂奔逃的观众中，也颇有几位呆愣愣不知所措在原地乱转的，但没有神态可疑的。哦不！现在观众面阳，正面仰头看横幅应该很难睁开眼，所以，凶犯应该是在台侧阴凉处，又隐蔽，观察全场又方便！独孤仲平马上调整了视角，果然，在舞台右侧的一片阴影里，推搡外涌的人流中，一个小个子正从容地仰头观望那横幅，而且他居然戴着斗笠！

独孤仲平毫不犹豫地朝他冲去，韦若昭见了，也急忙跟上，她知道，这就是目标。但与此同时，小个子也看见了他们，他立刻转身汇进了往外涌的人群。由于斗笠的遮挡，独孤仲平和韦若昭始终没有看清他的面容。

一冲出幻术表演的大帐，独孤仲平就暗暗叫苦，庾瓒和金吾卫的人并没有如他期望的出现在门口。看来是指望不上了，即使他们随后出现也太晚了。无论在右金吾卫当差，还是过去那行走在罪恶边缘的日子里，他都不是靠身上功夫吃饭的人，更不擅长的就是追逐。他不算手无缚鸡之力的文弱书生，但他是按照鹞鹰培养的，养成了从心底里鄙视靠体力吃饭的习惯。

独孤仲平甚至眼看着韦若昭冲到了他的前面，他干脆停了下来，大口地喘着粗气。好在动作敏捷的小个子被西市百戏场的拥挤人群所阻，始终无法拉开和他们的距离。

韦若昭见独孤仲平掉队，灵机一动，弯腰抄起路边一块不大不小的石头朝小个子掷去，居然正打中了他的腰部。小个子身子一歪，速度慢了一下，显然吃了痛。韦若昭兴奋地大叫起来，冲身后的独孤仲平得意地挥了挥拳头。

谁知，这招也提醒了小个子，他竟回身随手抓住身边的路人，朝韦若昭掷过来，这骇人的功夫和毒辣的手段，让所有街上的人都心惊胆战，急忙闪避。路空了出来，小个子立刻跑了起来，韦若昭和他的距离一下子拉远了。

接着，小个子一纵身，竟然蹿上了路边一座颇不低的店铺的屋顶，这一手轻功，连远处的独孤仲平看了都暗暗心惊。但小个子不知怎的，站在屋顶上，正欲向另一座屋顶跃去，却又突然返身回来，看那意思，似乎又打算从屋顶上下来。

就在这时，韦若昭又赶了上来。小个子犹豫一下，一跺脚，纵身跃开，几个起落，已消失在重重的长安屋顶之间。

韦若昭弯下腰，在地上寻找，终于发现了小个子欲回身下来的原因，地面上，有一把黄铜质地的钥匙，在阳光的照射下，闪闪发光。

韦若昭好奇地抚摸着这把钥匙，正想揣到自己兜里，就被已经呼吸平顺、走上前来的独孤仲平一把抄去。

韦若昭噘起嘴，说道："哎，这是我找到的。"

独孤仲平并不理她，转身而去。

"你起码应该说声谢谢的。"韦若昭嘟囔道。连她自己也不太明白，放在平时早已大嚷大叫起来的自己，这时怎么会只用这般谁也听不见的声音抱怨一下就了事。

姗姗来迟的庾瓒乍见现场情形，惊恐得许久说不出话。对这血腥场面的恐惧甚至压过了因这桩连环命案继续发展而丢官杀头的恐惧。

"这……这人怎么死成了这样？"

庾瓒支吾了半天，终于憋出这一句感叹。

一具被拦腰斩断、满是血污的尸体就躺在舞台正中，两截尸体还各自与木箱相连，歪歪斜斜倒在地上，血肉模糊的尸体断面与光滑齐整的木箱切口形成鲜明的对照。

四下弥漫着刺鼻的血腥，庾瓒出于右街使的颜面还强忍着呕吐的冲动，而跟在后面的韩襄等人可就没这么多顾忌了，一时间翻江倒海之声不绝于耳。

"要吐的都上外面去，"许亮这时拎着工具箱走过来，"别妨碍老子干活！"

从舞台到前排看台，地面几乎完全被鲜血浸没了，血块、肉块、内脏遍地都是，许亮踮着脚尖、小心翼翼，却也无可避免地踩到了血污。

“这双靴子又要不得了……”许亮只轻声嘟囔了一句，连眉头都没有皱一下就打开自己的工具包，开始操练。多年的仵作生涯，他对血肉横陈已经彻底习惯了，当然也许嗜赌如命也是他平衡自己神经的一种方式。

老许看了看地上的尸体，又抬头打量悬在半空、犹自滴血的利刃。“他是叫这玩意儿切成两半的？”

韩襄苍白着脸点点头，道：“是，满场观众都瞧见了，哦，当时独孤先生和韦姑娘也在。”

“这天竺人是怎么回事？底细可查清楚了？”庾瓒用衣袖捂住鼻子，瓮声瓮气地问。

“回大人，这人是西市请来演百戏的，叫婆罗多，他们这戏班子听说可有名了，那年在洛阳……”

“什么天竺人，”许亮突然嘿嘿一笑，“冒牌货！”

但见他拿了块手巾在尸体脸上一抹，一层混着污血的深色油彩便掉了下来，露出下面苍白的底色。而随着油彩被逐渐擦去，一张肤色青白的唐人面孔显现出来。庾瓒、韩襄不禁面面相觑，这时又有另外的金吾卫士将婆罗多表演时那两个天竺女助手领了过来。

这两个女子其实也是唐人，她们被带到庾瓒面前，其中一个吓得几乎站立不稳，另一个同样也是战战兢兢，谁都不敢瞟一眼地上的尸体。

“独孤仲平呢？”庾瓒不禁左顾右盼，韩襄也跟着张望，两人的目光在往来忙碌的人群中搜寻许久，才看见独孤仲平正远远地站在看台上。

独孤仲平所在的地方正是不久前那个小个子所在的位子，他有些漫不经心地四下打量，又索性直接坐在那座位上，想象着他在这里欣赏死者被拦腰斩断以及卷轴落下的全过程，同时将全场观众的反应尽收眼底的得意。

这确实是个不错的位子，以凶手的严谨、自信，相信这一定是他事先精心布置下的。

独孤仲平心念一动，伸手将那钥匙举起，放到眼前细细端详。

“你说这钥匙是开什么锁的？”韦若昭又凑过来，好奇心已经让她忘记了独孤仲平一把抓走钥匙连句谢也没说的不快。

“不知道。”独孤仲平心不在焉地摇头，这钥匙的形制与寻常锁具颇为不同，上面也不见任何标识。

韦若昭还想细问，一阵金属铰链的哗哗声突然自舞台方向响起，却是庾瓒命人将那一直高悬空中的血字卷轴取下来。

“看来老许那边完事了！”独孤仲平说着不动声色地将钥匙收进怀中，转身朝看台下走去。韦若昭自然紧随其后，两人来到舞台前，死者的尸首已经被许亮搭在一处，许亮远远瞧见独孤仲平，当即伸右手点一下自己左手的中指。

韦若昭顿时一副恍然大悟的神情，凑到独孤仲平耳畔，道：“哦，我明白了，他手上也有刺青，在左手的中指，所以他也是那个常山兄弟的一员，怪不得他的戏班子里到处都是那个标志。哎，我猜得对吧？”

“他手上是不是有，你去看看不就知道了？”独孤仲平有些不耐烦。

“你当我不敢啊，不就是死人吗？”韦若昭毫不示弱，她回头看看老许的方向，却更紧地跟上独孤仲平。

“你总跟着我干什么，庾大人正在问案，你要想学探案，应该去缠着他！”

韦若昭看着不远处庾瓒按捺恐惧、故作威风的模样，吐了吐舌头。

“我觉得胖大人这脑子……”她说着敲了敲自己的头，笑嘻嘻地看着独孤仲平，“我还是跟着你吧，你有本事，心也好。是不是？”

“心好？”独孤仲平稍一错愕，他实在不知该如何回应，只好无奈地转头不看她。

尸体很快被金吾卫士收殓了抬走，而残破的木箱依然歪斜着留在原地。独孤仲平上前仔细打量了半天，索性动手将它们拼合在一处。常山兄弟那已然被劈成两半的巨型标志此时再度合拢在一起，本就繁复古怪的图案正中多出一道巨大的裂隙，只显得更加诡异。

独孤仲平将手伸到木箱里，使劲按了按，察觉到底下的木板有些不自然的松动。这一定是暗门所在，独孤仲平对这类幻术表演的伎俩虽然不十分明确，但知道一定是有表演器材上特别机关的配合才能成功。他使劲按了一下，这暗门竟无法从箱子内部打开。于是，他已经心中有了数，忙低下头去，查看暗门底部，果然，只见暗门底部和横档相连处被插上了一根硬木条。

独孤仲平伸手握住木条，使了不小的力气才将其拔了下来。这时再去推那暗门，只轻轻一碰，箱子底部的木板便轻松地向下翻转，直到几乎贴到箱子壁上，而当独孤仲平松开手，钉在暗门两侧的两根弹簧回弹，活动门板便瞬间弹回原位。

“这是个活门？”一旁看得目瞪口呆的韦若昭几乎跳了起来，“我明白了，凶手在这个活门上做了手脚，门打不开，表演的人就没法下来缩到这箱子里，所以真的被……嘿！真是太狠毒了！”

韦若昭说得眉飞色舞一脸兴奋，独孤仲平忍不住惊讶地看了她一眼。不得不说，这姑娘小小年纪，对凶险命案还真是有不错的悟性，是块探案的料。可越是这样，越是不应引她入这行了。独孤仲平暗暗对自己说。

而韦若昭很快察觉独孤仲平眼神中的惊讶，以为是独孤仲平嫌她话多，赶紧咬了咬嘴唇，道：“哦，我又多嘴了！”

独孤仲平望望另一侧的庾瓒，庾瓒还在冲那两个女助手发威。

“……还敢狡辩，当时台上除了你家师父就你们俩人，那么多人看着呢，不是你就是你，要不就是你们合谋！不然既是你家师父演熟了的，他为何这回脱身不了？你们总不能说他是自杀吧？”

独孤仲平看见两个女子跪在庾瓒面前忙不迭叩头喊冤，心知庾瓒又在迁怒无辜，不由得露出嘲讽的冷笑。韦若昭看在眼中，突然灵机一动，以一副漫不经心的口吻嘟囔：“胖大人也真是胡来，光凭吓唬有什么用啊？”

独孤仲平不禁看向韦若昭，韦若昭见自己的小伎俩起了作用，心中窃喜，表面上却还得装得不动声色。韦若昭道："就算是凶犯和他们中的一个串通好了，这样也问不出来。我要是胖大人啊，我就……"

"不可能和死者的助手串通，那不合凶犯的心思。"独孤仲平顿时冷笑摇头。

"怎么不合？"

"他认为自己很厉害，不会找帮手。"

韦若昭一愣，道："你怎么知道凶犯是这么想的？"

"我能感觉到。"

"你又不是他，怎么可能呢？"韦若昭睁大眼睛，好奇地瞪着独孤仲平。

独孤仲平刚要回答，突然间意识到自己中了韦若昭的"圈套"，不由得又好气又好笑。独孤仲平道："你这姑娘，怎么我说过的话都忘了？"

"我知道，我又多嘴了，可你什么都不说明白嘛。我知道，我还没有回答上你的问题，那棵怪树是怎么想的，为什么要把自己弄得半死不活，可我已经很努力地在想了。"韦若昭一脸真诚地看着独孤仲平，"你让我先学起来嘛。我真的很想干你们这一行！"

"也罢，"独孤仲平无奈地叹了口气，"给你找个事做，把庾大人请过来，给他演示演示这箱子里的窍门！"

"好啊好啊！"韦若昭得了独孤仲平指派，欢喜地跑过去找庾瓒。韩襄这时捧着那幅刚取下来、由血书写成的卷轴，来到独孤仲平身边。

“独孤先生，您看这……”

“不过是个小伎俩，先将那纸上涂了蜡，唯独空出写了字的地方，等血水喷溅上去，没涂蜡的地方就成了你看见的血字。”

韩襄不由得啧啧称奇。等周围的人都走了，独孤仲平这才又拿出那铜钥匙看了看，这是凶犯留下的唯一线索，也是最有希望抓住的线索，因为他是凶犯逃跑中不小心掉出的，而不是早就精心策划好故意留下的杀人线索，对于这样心思缜密的人，意外往往就是最大的破绽。当务之急是找到这枚钥匙的出处！

十七

“这是柜坊用的，”碧莲只漫不经心地瞟了一眼独孤仲平递过来的钥匙，便接着打算盘算账，“专开仓库门。”

所谓柜坊就是唐时的钱庄，承兑收付，异地贴现，无有不可，只不似后世钱庄开出的钱票到处通用，而是各家只认自家的。这时的长安城里，十家柜坊倒有七家是胡人开的。

“你能确定？”独孤仲平就着油灯仔细打量手里的钥匙，“事关重大，可别弄错了！”

碧莲撇撇嘴道：“我是干什么的，怎么会弄错？这钥匙配的是那种嵌进石头里的锁，柜坊的库房为了防火防盗一般都是石头砌的，门也是石头的，最是戒备森严的所在，钥匙只老板一个人收着，很难弄到手。”

独孤仲平一边把玩铜钥匙，一边听碧莲讲解。

“不过你拿的这把看着像翻拓货，就是把真的偷出来，弄个模子翻拓一下搞出来的。”

“哦，那翻拓货能用吗？”

“拓得好自然能用。”

独孤仲平点点头，又问：“那就是说有了它，可以神不知鬼不觉，把柜坊的仓库搬空了，主家还不一定知道？”

碧莲摇头，道：“想得倒美！仓库都是有人守的，你就是有了钥匙，混了进去，也绝不可能搬了人家的东西还出得来，十有八九偷鸡不着蚀把米，太不划算！”

“看得严难不住他，”独孤仲平若有所思，“问题是他为什么会对柜坊下手？”

“见钱眼开呗，哪个杀人只一心杀人，别的都不沾？”

碧莲说到此处一脸不屑，独孤仲平并未出言反驳，心中却认定那个凶手这么做的目的一定不是简单的求财，或许是那柜坊仓库里有什么别的东西让他感兴趣。

“柜坊的库房是不是还会帮人存一些值钱的东西？”

“当然，只要出得起价，”碧莲点头，“不过谁存的，存的什么，就只有柜坊管事的几个人知道。”

“你能看出这是哪家柜坊的吗？”

“哎哟，我可没这个本事，”碧莲摇头，接着却故意往独孤仲平旁边凑了凑，身子几乎贴在独孤仲平身上，“不过这要是你开的口，我倒也不是不能帮你想办法……”

独孤仲平却轻轻将碧莲推开，不动声色地道：“既然做了正路生意，就别老想着歪主意。”

碧莲当即哼了声“没劲”，气哼哼扭着腰走了。独孤仲平再次举起钥匙对着油灯晃了晃，无论藏在这钥匙背后的是什么，无疑都将指向凶手的下一个目标。

庾瓒垂头丧气回到衙门，刚一进门就发现院子里乱哄哄的，一群金吾卫士正没头苍蝇似的乱窜。庾瓒叫住手下一问，这才知道是大牢里走脱了两个犯人，其中一个武功高强，逃遁之前还打伤了数名官差。

认罪大会毫无收获，西市又出了这么大的乱子，庾瓒本就窝了一肚子火，得知此事更是大发雷霆，韩襄这才不得不告诉他按照独孤仲平吩咐抓捕嫌犯一事，庾瓒自是惊讶不已，对韩襄好一顿埋怨，再想找独孤仲平问个究竟，却到处都找不到独孤仲平的踪影。

那两个自右金吾大牢走脱的犯人，其中一个正是昨日傍晚那个主动挑衅金吾卫的汉子。这汉子名叫李秀一，原先是东都洛阳金吾卫官差，因故去职后成了专门追逃领赏的私探，此番出动乃是为了追捕一个名唤宋崇的盗墓贼。李秀一追踪宋崇一路自洛阳来到长安，几次几乎得手却都被狡猾的宋崇以诡计逃脱。而李秀一此人虽然年纪不大，头脑却极是灵活，数次寻访不着宋崇的踪迹，便想到这宋崇很可能是随便顶了个罪名躲进了大牢。

正所谓越危险的地方越是安全，在长安这座拥有百万人口的大都市，下到长安、万年两县，上到刑部、大理寺，大大小小的监狱总共有数十所之多，而李秀一竟耐着性子想办法一处处寻访，最终发现宋崇正躲在右金吾卫的大牢之内。

李秀一自少年时起便在洛阳金吾卫供职，他知道最好的办法便是自己也想办法混进犯人之中。恰好金吾卫沿街搜捕戴斗笠的小个子，李秀一便故意找茬，让金吾卫士将自己当嫌犯逮捕。

如同他预料到的一样，李秀一当晚便被关进专门关押凶悍之辈的甲字号牢房，这是金吾卫惯用的手段，凡是难缠的、新入监的，头一晚都要先被送进去煞一煞威风，等翌日提审便会老实许多。因而当李秀一被几个差役推进牢房，一群凶神恶煞似的囚犯顿时涌上来将他团团围住，好似铁桶一般牢不可破。

李秀一当着差役的面装作一副挨打认怂的模样，但当差役离开，却立刻换了嘴脸，跳起来打得一众囚犯哭爹喊娘，更将那又高又壮、一脸刀疤的囚犯老大狠狠踩在脚下。

“你这甲字号的老大，怎么这般没用？”

囚犯老大被李秀一钳制得几乎喘不过气来，声音也跟着打战，道：“……爷爷，你要问什么尽管问就是，小的绝不隐瞒啊！”

要知道这甲字号里关的不是杀人的就是打劫的，全是狠角色，而老大的位置更是全凭争勇斗狠方能得来，而李秀一三拳两脚便将这老大治得服服帖帖，其他犯人自然害怕地躲在一旁。

“有个叫宋崇的，洛阳口音，到底关在哪间牢里？”李秀一粗声粗气喝问。

“宋崇？这名字不熟。洛阳口音倒有一个。可是那个偷儿？”

李秀一却一瞪眼，道：“谁知道他给自己编了个什么罪名！”

这时有另一个囚犯从人群中怯生生地探出头来，道：“大爷问的，可是个小矬个儿，刀把子脸？”

“就是他！”李秀一凶狠的目光顿时落在说话人脸上，“他在哪儿？”

“好像是在丙字号……”

“丙字号？”

“是是，那人是个怂包，不禁打，看着又病病怏怏的，在这儿一晚上都没待住。”

众囚犯也跟着点头附和，李秀一转了转眼珠，脚下更加使劲，道：“既然这样，我派你们个差事，怎么样？”

吃痛的囚犯老大忙不迭点头，哀号道：“爷爷尽管吩咐！”

李秀一这才松开脚，睥睨地扫了一圈胆战心惊的众人，接着却说出了一句令所有人都不能相信的话。

李秀一指着自己，道：“打我，重重地打，谁也不许偷懒，要拳拳到肉！拳拳见血！”

众人吓得直往后缩，脸色全变，哪个敢动手？谁知李秀一继续道：“哪个敢不打，或者下手轻了，我要他好看。”见鬼！天下竟有这样逼人打自己的怪人！

几个时辰之后，几个金吾卫士架着被打得满脸挂伤的李秀一从甲字号牢房里出来。

“这小子不是挺横吗，怎的也这般不禁打？”其中一个金吾卫士问道。

此时的李秀一一副奄奄一息的模样，求饶道：“求各位官爷，小的知道深浅了，你们再不来，小的性命怕是也断送了，求你们开恩，把小的放那丙字号吧。”

“你他妈倒不傻，还知道有个丙字号！”

金吾卫士们顿时哄笑起来。“看你小子还敢嚣张！”

众人又趁机对李秀一一通拳打脚踢，这才粗暴地将其拖曳到与甲字号牢房相隔甚远的一间牢房门前，这牢房形制、大小与那甲字号几乎一模一样，而守卫程度却根本赶不上甲字号的十之一二。

金吾卫士将李秀一推搡进去，李秀一起初趴在地上，哼哼唧唧仿佛疼痛难忍，而待牢房外的众卫士走远，却一跃而起，眼中精光四射，显然之前的一切都是在演戏。

李秀一在牢里走来走去，盯着这牢里明显瘦弱萎缩了许多的囚徒看，还放肆地用手扳过几个人的脸来端详。众人见这新来的家伙如凶神恶煞一般，大多垂着头不敢动，只一个不起眼的小个儿不待李秀一近身，就起来欲朝另一个屋角缩去，李秀一眼明手快，突然抢身过去，将他一把按住。

“宋兄弟，别来无恙啊？”

小个子正是宋崇，见自己被认了出来，惊慌不已却还故意嘴硬，摇头道：“你认错了人了，我不姓……”

李秀一铁钳般的手已经紧紧掐住他的脖子，宋崇忍不住一声惨嚎却又发不出声音。他知道自己要是不承认很可能会被李秀一当场掐死，好汉不吃眼前亏，只好换了语气，笑容谄媚。

“秀……秀一大哥，这么巧……”

“秀一大哥也是你叫的？”李秀一恶狠狠一瞪眼，“你小子本事见长，居然躲到金吾卫大牢里来了！”

宋崇赶紧满脸赔笑，道：“李捕头，你松手啊，一切好说。”

李秀一抬另一只手，劈头盖脸地朝宋崇的脸上乱打，边打边道：“跟你说了多少次了，老子现在是私探，不混衙门了。别捕头捕头的瞎叫！”

宋崇心下暗暗叫苦，连连求饶，李秀一打了一阵也觉得够了，便停下来，道："走，跟我回去归案！"

"归案？"宋崇眼珠狡猾一转，"我……我已经在长安归案了啊！"

李秀一露出嘲讽的笑容，道："你小子倒真不傻，扒了本朝王爷的坟，得了那么多宝贝，想弄个小偷小摸的罪销账，天下哪有这样的便宜！"

宋崇闻听此言也跟着变了脸色，心想是福不是祸，是祸躲不过，反正落到了他的手里，回去归案死路一条，万万不能走，索性咬咬牙硬气起来，道："李秀一！你有种就把老子打死在这儿！不然，哼，我是人犯，你也是人犯，我看你有什么本事把我弄出去。"

李秀一没说话，嘿嘿一笑。他进来时早就想好了将人犯从牢中带出去的办法。只见他空着的手一扬，已然将几枚闪亮的绣花针举到宋崇的眼前，宋崇不明就里，只本能地向后一缩。李秀一另一只手捏住宋崇后脖子猛地加力，宋崇的嘴不得不一下子张开，他瞬时明白了李秀一的意图，双目圆睁，惊恐非常。怎奈李秀一继续手下加力，宋崇的嘴和眼都张得更大了，全身虽欲挣扎反抗，却因脖子被人拿住，动弹不得。

"来吧，多吃点！"李秀一说着已将绣花针塞进了宋崇的嘴里，掐住他脖子的手突然一松，另一只手和脚下同时连拍带顶，硬是让宋崇将一把钢针咽了下去。

"不好了，有人吞针了——"李秀一扯着脖子大喊起来。

看守赶到的时候，宋崇正趴在李秀一背上，双手抓着喉咙拼命咳嗽着，显然想把刚才吃下去的东西吐出来。李秀一见来了人便隔着栅栏大喊，道：“快来人啊！这小子疯了！老子刚拿出来一根针想缝缝衣服，这小子就扑上来，一把抢了就往嘴里放！”

金吾卫士们一听顿时面面相觑，金吾卫本来就已经在风口浪尖上了，要是再有人犯不明不白死在牢里，当值的可是少不得要吃不了兜着呢。当下一合计，还是赶紧把人带出去找郎中，就算真救不过来，出了大门也算不上是金吾卫的责任了。于是有人赶紧拿了钥匙开门，宋崇瞪大了眼睛，一个劲儿咳嗽，气息却已经比方才弱了不少。

“喂，你，把他放下吧！”一个金吾卫士对李秀一嚷嚷，另外两人想上前接过宋崇，李秀一却脑袋摇得像拨浪鼓。李秀一道：“哎呀，我倒想放下呢，您没听说吗，吞了针的人不能落地，一落地准玩完！”

“真的？”金吾卫士们想了想，只得道，“那……那就你背着他去找郎中。”

李秀一背着宋崇在几个金吾卫士的簇拥下出了牢房，朝右金吾官卫大门跑去。宋崇心知一旦出了这扇门，自己就只能任凭李秀一宰割，无奈喉咙被针卡住说不出话，只好使劲挣扎，试图引起金吾卫士的注意。而李秀一何尝不明白宋崇的算计，钳制住他的手一紧，只疼得宋崇几乎晕过去，于是也便不敢造次。

一行人很快出了衙门大门，向左一拐，正是朝布政坊本坊名医江小脚家去的路。夜晚的长安街道空无一人，李秀一挑了个巷子特别狭窄之处，突然停下脚步，将宋崇朝地下一丢。不等身后跟着的那几个金吾卫士反应过来，李秀一一只手已经闪电般伸向其中一人腰间。随着一阵令人目眩的刀光闪动，几个金吾卫全都瘫倒在地。李秀一睥睨地扫视着躺倒在地、哀号呻吟的众人——他不想伤人，所以用的是刀背，但凭他的手法、力道，这几个人也少不了得难受些时日。

“多谢几位护送，老子这就带他回洛阳领赏金了！”

李秀一说完冲地上的几位一拱手，再一把抓住宋崇，朝夜色最浓处奔去。

万源柜坊从外观上看并不比周遭建筑富丽堂皇多少，然而这里却是西市最大的几家柜坊之一。昨天一天，独孤仲平都在逐个拜访各大柜坊，寻找那钥匙的出处，今天还要继续。独孤仲平上门的时候正是早晨刚下铺板，所有伙计连掌柜都有些懒洋洋打不起精神的时候，所以独孤仲平把睡眼惺忪的掌柜请出来，颇花了些时间。这是个一脸虬髯、面如焦炭的高大胡人，直到看到那枚铜钥匙，他才算真正睡醒了，显出一脸难以置信的神情。

“你们金吾卫可得帮我好好查查啊，我这钥匙从来没离过身，怎么会让人给翻拓了呢？”

独孤仲平淡然一笑，道：“不怕贼偷就怕贼惦记，掌柜的，您也不必太担心了，总算这钥匙落在了我们手里，您也有了防备，是不是？”

说话间两人已经来到库房，眼前出现了数扇小巧的石门。掌柜走到其中一扇门前停住。

“就是这儿！”

掌柜说着摸索出自己的钥匙，就要上前开门，却被独孤仲平拦住。独孤仲平递上自己手里那把翻拓来的钥匙，道：“用这把吧，试试看灵不灵。”

掌柜苦着脸接过，插进嵌在石门里的锁眼，一转，门竟真的打开了。掌柜脸色更加尴尬，朝跟在身侧的伙计使了个眼色，伙计将身子探进这大约半人高的石门，从里面捧出一个黄缎子包裹着的长条形小包。

“就是这个？”独孤仲平一愣，“里面是什么？”

“我们也不知道，柜坊这行有规矩，主顾花钱存东西，不许问是什么，主顾没在场，不得擅自打开。当然，你们例外，金吾卫嘛。”掌柜说着还讨好地笑笑，显然对独孤仲平金吾卫的身份很是敬畏。

独孤仲平抬手打开了黄缎子布包，里面是一方镔铁戒尺，长约八寸，倒有小半寸那么厚。掌柜和伙计也好奇而仔细地盯着戒尺看。

“是块铁疙瘩？”伙计一脸惊讶。

掌柜当即皱着眉摸了一下戒尺，点头道：“没错，就是一般的镔铁，不过这是什么东西？”

“是戒尺，佛门中人用的。”

“可这玩意不值钱啊，存一天倒要十个大子，怪！”掌柜只觉更加费解，“而且，您说的贼居然还要费这么大劲儿来偷这个破玩意，真是奇怪啊。”

“来存这戒尺的是什么人？”

“我们有规矩，只要给钱就给存，不得打听主顾姓名身份，取货全凭签字，之前存的时候签字有留底。”

“那就是说，如果这东西丢了，主顾又不知道不上门，你们也就没法知会他？”

掌柜点头，道：“正是，不过敝号干了这么些年，从来没遇上过这等事呢。”

“那这人可是和尚？”独孤仲平说着将那戒尺拿起来，掂了掂。

掌柜回想了半天，摇头道：“不是。”

“那他这东西，存了有多久了？”

“也就几天吧，但这租金他可是交了有半年的。看他那样子，好像挺阔绰的。”

独孤仲平想了想，又将那戒尺用缎子包好，递给掌柜。

“好了，掌柜的，麻烦你把这些原样放回去吧，一切都照旧，门锁、钥匙都不要换。晚上你们自己的巡逻也照做，不要管我们干什么。”

掌柜与伙计不禁面面相觑，但见独孤仲平态度坚决，却谁也没敢再说什么，只能按照他说的那样将戒尺放回原处、锁好。

十八

男人返回自己栖身的邸店小屋。

距离天黑还有一段时间，他决定稍微休息一阵。经过方才那一场盛大的表演，即使是他也忍不住有些疲劳了。这一回虽不是亲自动手，却远比之前两次更加劳心劳力。那个化名婆罗多的家伙真名叫骆可及，也是常山兄弟的一员，如果说除去师崇道、曹十鹏两人还能凭着攻其不备的话，想要对付骆可及可是着实需要动一番脑筋。且不说怎样在骆可及日日用惯了的道具上做手脚，单是如何避开戏班那一群伶人便费了他不少的心思。

不过总算是皇天不负有心人，骆可及终于还是按照自己的计划死去，那家伙一直爱出风头，能在如此这样一场华丽的演出中谢幕，也算是让他死得其所吧！

临近房间传来一男一女声嘶力竭的争吵，邸店简陋的木板墙根本无法隔绝任何声响，虽然住在此地不过区区几日，男人却已然对这对邻居的生活细节了如指掌。听起来这是一对初来长安讨生活的年轻夫妇，几乎日日为生活琐事口角、厮打。邸店其他住客时常受不了吵闹出面制止，而与其不过一墙之隔的男人却并不觉得厌烦，反倒颇有些羡慕。

时不时有个人拌拌嘴也挺好的。男人坐在角落里沉思。他想起了自己的妻子，在两人共同生活的岁月中，磕碰、拌嘴自然在所难免，但所谓床头打架床尾和，两人很快便会和好如初。他爱他的妻子，他一直以为自己一定能和她白头偕老，还有他们的儿子，他至今还能回忆起在知道妻子怀孕那一刻的雀跃，他记得怀抱中的婴儿温热而细腻的触感，他更忘不了听见儿子喊出第一声“爹”时自己难以自制的喜悦。那些时日无疑是他生命中最美好的时光，贤惠的妻子、聪明的儿子，他甚至不再留恋曾经波澜起伏的生活，想要这简单平凡的日子永远延续。

然而，所有的幸福都在那一天终止了。她永远离开了他，带着他们的儿子，在得知这个消息的一瞬，他只感觉自己全身的血液都凝固了，整个世界已经不复存在，除了恨，强烈的恨，刻骨铭心的恨！这一切都是常山兄弟造成的，是他们夺走了他的幸福，是他们毁掉了他活下去的希望。从那一刻起，复仇就成了男人生活的唯一主题，每活一天，他就永远不会停下复仇的脚步。常山兄弟必须从这世上彻底消失，他发誓决不会放过他们中的任何一个！

天色已渐渐暗了下来，隔壁的嘈杂也早已停歇，男人却已全然陷入了对往事的沉湎，仿佛丝毫感受不到时间的流逝。

常山兄弟是江湖闻名的恶党，想要向他们复仇并不容易。男人为此可谓耗费了无数心血，除了查明他们现在的身份、所在，还要精心设计将他们处决的方案。男人不希望他们毫无察觉地死去，那对他们简直是太仁慈了！他们必须死，而作为对他们罪孽的惩罚，他还要让他们一个一个，以他们自己曾经犯下的恶行的方式死去。

男人忍不住笑了，但这笑容绝不带有一丝一毫残忍、肆虐的快意，反而充满了仁慈与悲悯。男人并不是任何神祇的信徒，而一瞬间他却感到自己周身充满了神性。他知道他已经是神了，从决定复仇的那一刻起他就已然成了神祇的化身。

他们都是罪人，男人回想起那日发生在右金吾官衙前的一幕，原本这“认罪大会”不过是他为了调虎离山设下的圈套，但出于游戏的心理，加之距离真正的好戏上演也还有些时间，他还是来到布政坊，他希望看到的是人们出来检讨、反省，却没想到展现在眼前的竟是一场滑稽热烈到令人发指的狂欢。男人起初觉得愤怒，继而反倒释然起来。如果说最初他还只是要决定常山兄弟的命运，那么现在，他将成为整个长安，乃至整个世界的主宰。

光线越发昏暗，男人却迟迟没有起身点灯。

光亮有什么用呢？如果他生命中还曾经有过光明，那么现在也只剩下无尽的黑暗，而他将在黑暗中隐藏，直到一切结束。

他隐约想起在百戏场迷离光影中瞥见的那个瘦长的人影，他知道那是追捕自己的人中的一员，他不小心把那把黄铜钥匙掉落，本想回身去抢回来，但还是放弃了。因为他根本就不相信长安城有捉得住自己的人。他对自己说，这是为了确保整个计划的实施。但那瘦长的人影，那追着他忽然停下来大口喘气的人，还是不断出现在他的脑海中。

他必须驱除掉这隐隐的心病，钥匙既然已经丢了索性就作为下一次命案的提示好了，本来他也会给些提示，只不过，这次丢钥匙的意外作为提示稍早了些。

但，谁知道呢？不如将错就错，这件事也许从此变得更有趣了。他需要去弄清这个瘦长人影的姓名身份。也许那人就是曹十鹏所说的独孤仲平？这并不难确认。接下来会发生什么呢？这样想着，他甚至开始有些期待了。

十九

独孤仲平回到荣枯酒店，刚一迈进大堂，碧莲便迫不及待迎上前来。

“怎么样？”碧莲劈头盖脸地问。

独孤仲平故意一愣，道：“什么怎么样？”

“当然是那钥匙的事啊！”

“哦，”独孤仲平漫不经心点点头，“已经搞清楚了。”

碧莲依然好奇，道：“真的？是哪家柜坊啊？”

“你问这么细做什么？”独孤仲平边走边问，言语中却透出些许怀疑，碧莲虽然是自己人，但毕竟是做过窃贼行当的，万一她一时手痒坏了事可也难办。

碧莲自然明白独孤仲平言下之意，气哼哼撇了撇嘴。“怎么，信不过我？怕我知道了去偷啊？”

独孤仲平笑着摇头道：“怎么会？不过是不愿让你卷得太深罢了，麻烦。”

“说得倒好听，”碧莲哼了一声，“那里面存的什么宝贝？”

“不是什么宝贝，一些不值钱的小东西而已。”

“没意思，不说算了！”碧莲觉得无趣，扭身要走却突然想起什么，从柜台后面拎出个包袱丢在独孤仲平面前。

“这是？”独孤仲平一脸疑惑。

“你徒弟的东西，”碧莲说着又从柜台后头牵出条绳子，绳子另一头正拴着那只黄毛猢狲，“还有这个小猢狲！她说她收养了，倒叫老娘伺候着，真是没了天理！”

独孤仲平只觉啼笑皆非，摇头道：“韦姑娘可不是我徒弟。”

碧莲一瞪眼，道：“那我叫她什么，你的相好？跟班？”

“算了。”独孤仲平知道和碧莲解释不清，只怕还会越描越黑，索性摇头一笑，“这么说韦姑娘已经走了？”

“昨天说要算账走人的，结果人跑没影了，这些破烂还扔在我这儿！喏，还有这个小猢狲。”

独孤仲平想了想，道：“既然韦姑娘走了，这些东西你处理了不就完了，何必还来问我？”

“我不问你问谁啊，谁把她介绍来的，又是谁给了她钱，让她耀武扬威地住在这儿，还要老娘伺候她？”碧莲嚷嚷起来。

“你又不白干，一百五十文一天，还当我不知道？”独孤仲平笑了笑，“这只猴子，就先放在我房里吧。”独孤仲平说着把绳子递回给碧莲。

碧莲一时语塞，却只好拉着绳头，边走边嘟囔，道：“哼，你们大唐人就是花花肠子多，谁知道你在打她什么主意，又不直说！”碧莲说着朝那猴子瞪瞪眼睛，拉着它朝客房去：“你要在我这儿住，就得守我的规矩，不要跟大唐的那些坏猴子学，要学我们康国的好猴子。嗨，我们怎么忘了，你就是只大唐的坏猴子！”

独孤仲平注视着碧莲的背影，颇有些无奈地笑了。这胡女虽然把汉话说得比许多汉人还地道，可骨子里还是个胡人。他们的野性奔放和不拘小节几乎是与生俱来的，无论环境怎样都无法改变。独孤仲平当然知道碧莲对自己存了份心，而且不只是因为自己和她那段特殊的结识过程以及后来强迫她改行的举动，也不是因为自己帮她开了这家酒店，胡人喜欢一个人就是喜欢，不喜欢就是不喜欢，十分纯粹，不带任何附加条件。但这并不意味着她同时不再喜欢别人，像碧莲这样风情万种又开朗热情的女人，可不会亏待了自己的大好青春。她不会为喜欢一个人不可得而烦恼，也不会为一个人不喜欢自己而烦恼，甚至当着独孤仲平，她也不避讳跟无数围着她石榴裙转的男人中看得入眼的打情骂俏，以至风流一度。然后继续对独孤仲平爱意绵绵，还要半真半假为他吃些闲醋。换了是别人，也许会觉得这个胡女不可理喻，但独孤仲平懂得，甚至很欣赏她这样的性格，这样的人生。在内心里，独孤仲平觉得她有时像一团温暖的炉火，自己有时需要靠着她取暖，这也是他住在这里的原因。但懂得和欣赏是爱吗？

独孤仲平已过了为这些问题困扰的年纪，每逢遇到想不清的事，他习惯于把它们封存起来，集中精力对付眼下必须想清的那些问题。这时他看见韦若昭的包袱还留在地上，便弯腰去拾，一卷纸从包袱中露出来，却正是原先放在他房间里的那些怪画。

独孤仲平微微一笑，难怪这些画突然间都找不着了，原来竟是被韦若昭拿了去，看来这姑娘的趣味还真是与旁人不同，倒是与自己颇有几分相像。独孤仲平想着，低头发现包袱中有个皮袋子，质地柔软、做工精良，里面还有一张文书。那是一张道士的度牒文书，边角已经卷得厉害，纸张也有些发黄了，颁发度牒的乃是益州上阳观，而这度牒上赫然写着韦若昭的名字，而且简略注明了她的身世，六岁成为孤儿，被上阳观主持收养，十六岁正式出家。

原来韦若昭竟是个女道士！可韦若昭哪像个自小在道观长大的孤儿呢？独孤仲平想起初见她时，她那一身虽有些破旧，仍能见出华丽出挑的服色。

她应该并没有真的离开，否则不会还将这些东西留在这里。也不知她这会儿跑到哪里去了，十有八九是在以她自己的方式调查这个案子吧，但愿她不要遇到什么危险才好。独孤仲平默默地将皮袋与画稿全部放回了包袱里。

韦若昭是去了鬼市闲逛。

她本来一路跟踪独孤仲平，独孤仲平向碧莲问计之后便马不停蹄，韦若昭开始打算直接与其同行，想了想却又觉得他一定会想法子把自己甩开，与其那样倒不如悄悄跟踪来得方便。韦若昭为此特意乔装改扮了一番，也不敢跟得太近，而独孤仲平不知是过于心急还是大意，竟也没有发现身后的尾巴。

但独孤仲平却在整日拜访柜坊，这事情实在无聊，虽然这可能是挺重要的事情。韦若昭终究熬不过，突然灵机一动，想到之前孤独仲平在鬼市买消息的事情。韦若昭不服输的劲头再次上涌，不就是花钱买消息吗，凭什么你买得我就买不得？

来到了鬼市，韦若昭并没有冒冒失失上前，而是环顾四周，见距离那杂货摊子不远的地方有处卖饮子的小摊，便上前混迹在客人中，买了碗饮子边喝边注意着旁边的动静。

然而，一直不见有任何人靠近杂货摊，摊主甚至已将挂在摊子上的油灯摘了下来，一副准备收摊走人的架势。韦若昭早就等得不耐烦，可要就这么走了又心有不甘，毕竟已经等了这么久，再说要是找不到什么有用的线索，到时候孤独仲平就更有理由赶自己走了。

韦若昭忍不住焦躁地东张西望，而一个人影就在这时突然映入眼帘，但见那人一身行旅装束，头上歪戴着顶斗笠，手里还提着柄腰刀，大踏步、气势汹汹地朝杂货摊奔了过来。

太好了！韦若昭按捺不住心中狂喜，瞧他这架势就不像好人，肯定是来找杂货摊主打探道上消息的。韦若昭当即站起来朝杂货摊靠近。

来人不是别人，正是李秀一。当然韦若昭并不认识他。

李秀一来到杂货摊近前也不左顾右盼，朝摊主一拱手。

“喂，兄弟，打听个事儿，他们说你知道！”

“他们是谁？”摊主没精打采地应了一声，依然眼睛微阖，一副昏然欲睡状。

李秀一面露冷笑，一串铜钱哗啦一声落在杂货摊上。

“大唐朝廷！”

摊主这才缓缓睁开眼睛，仍旧懒洋洋的，神情却变得专注起来，道：“你想问什么？”

原来这地方是要这般搭话的，韦若昭只觉得大开眼界，她这时已经闪身到距离杂货摊更近的一处摊子前，一边假意看货，一边支起耳朵努力听着摊主与李秀一的对话。

“听说有个叫宋崇的要出一批地下的货，谁会接？”

“你是要吃汤面，还是饺子？”摊主说的自然又是江湖黑话，意思是问对方是想花钱买货还是打劫。

“主家财厚，吃汤面。”李秀一自然也不会暴露自己私探的身份，便谎称是替财主办事。

摊主又打量了李秀一几眼，这才压低声音：“是个叫东嘎的胡人，专门倒腾这路地下货。”

李秀一点头，又问道：“那时辰地点呢？”

他边说边将又一串铜钱丢在摊主面前，摊主只一笑。

“明日午时，光德坊荣枯酒店。”

李秀一拱拱手便扬长而去，韦若昭斜眼见其走得没影了，于是装作路过的样子踱到杂货摊近前。

“喂，兄弟，打听个事儿，他们说你知道。”韦若昭故意粗声粗气以显示自己很是老练，而那摊主起初吓了一跳，继而却连连摇头。

“我不知道，姑娘找别人打听吧。”

韦若昭一脸沉着地递上一串铜钱，大声道：“规矩我懂，大唐朝廷嘛！”

摊主忍不住又气又乐，并不收韦若昭的钱，只不住地摇头。

“什么朝廷不朝廷的，吃我们这碗饭，只知有江湖，不知有朝廷。姑娘还是去找别人问吧，我什么都不知道。”

韦若昭疑惑，自己可是依着葫芦画瓢，可为什么他就是不肯买账呢？难道是什么地方说错了？

“哎呀你怎么会不知道，”韦若昭想着有些心急，“那个独孤仲平，给金吾卫衙门画画的，明明就是在你这儿买的那种吃了发疯的酒！”

“姑娘说话可要当心些，我只卖杂货，不卖酒。”

“我不是要问你那个！我是想问你，那个独孤仲平好像和你很熟的样子，他过去总跟你打探消息，是不是？”韦若昭见摊主神情更加警觉，赶紧辩解。

摊主却道：“既然姑娘和他做一处来去，怎么倒来问我了？”

韦若昭摇头，想了想又摸出一串铜钱，连同方才那串一并往摊主眼前递，道：“这你别管，你要是把他的底细告诉我，这些都给你。”

摊主一笑，道：“无功不受禄，姑娘要是想打听独孤仲平，倒是可以去荣枯酒店问问，听说那儿的胡人老板娘和他颇有渊源，姑娘去了，兴许能有收获。”

“真的？我就住在荣枯，怎么也没听碧莲提起过？”韦若昭忍不住自言自语，她还想再和摊主说项，摊主却已然开始动手收拾，摆明了不想再搭理她。

有什么了不起的，韦若昭心中不忿，却也说不出什么，只好气鼓鼓离开。

韦若昭有些怅然地朝鬼市深处走去，今晚肯定是回不去了，得赶紧找个栖身的地方要紧。她正琢磨着是否就在道旁背风的墙角凑合一宿，一个声音自头顶传来。

“喂，姑娘，跟别人偷学了本事，怎么也不说声谢就走啊？”

韦若昭吓得几乎跳起来，赶紧抬头往上看，但见头顶一棵大树，茂密的树冠中露出一张须发浓密的脸，原来这人正在树杈上，一双眼睛闪着锋利逼人的光芒，正恶狠狠瞪着自己。

“……你是人是鬼？”韦若昭怯生生地问。

树上那人当即骂了声娘，狠狠道：“老子当然是人！你这姑娘好生眼拙，刚刚偷学了老子的本事，怎的转眼就不认识了？”

韦若昭看出对方正是适才与杂货摊主交易那人，不禁有些尴尬，嘴上却还硬顶。

“什么学不学的，我不认识你！”

韦若昭说着侧身想走，李秀一却已经一个打挺从树杈上翻腾下来，轻飘飘落在韦若昭面前，气不喘身不摇，落地时也没发出半点声响。

“嘿嘿，占了便宜就跑，江湖上可没有这样的规矩啊。”

韦若昭见李秀一的轻身功夫已经吓了一跳，又见他笑得颇为狰狞顿时心中一紧，道：“你想干什么？我看你才想占便宜呢，再不让开我喊了！”

李秀一笑得更欢，道：“你喊吧，这里又不是东市西市，在这儿混的人，哼，遇见这种事，你觉得——是拔刀相助的可能大呢，还是看个乐子的可能大？”

韦若昭心底更加惊慌，表面却还兀自强作镇定，道：“你……你可别乱来啊，我……我可是右金吾卫的！”

韦若昭心想这劫财劫色的恶徒听到右金吾卫的名头还不得大惊失色、夺路而逃？却没想到李秀一竟然嘿嘿笑出了声。

“右金吾卫？那敢情好啊，我正要找你们帮忙呢。”

李秀一有恃无恐地上前一把抓住了韦若昭的手，韦若昭挣了几下，却完全挣不动。韦若昭花容失色，说话也忍不住带了颤音："你……你到底想干什么？"

李秀一凑近韦若昭。"简单，老子是洛阳金吾卫的。"李秀一将一块腰牌在韦若昭面前晃了一下，"要到荣枯酒店捉拿个要犯，姑娘既然是长安右金吾卫的，还住在那儿，就陪我走一趟吧。"

"真的假的？"韦若昭见了腰牌，脸色顿时缓和下来，"哦，原来是同行啊！你到荣枯抓谁？他们谁是要犯？谷大厨、阿得还是老板娘？"

韦若昭连珠炮似的发问，对捉拿要犯的好奇和兴奋瞬间将之前的恐惧一扫而空。而韦若昭的反应显然也出乎李秀一的意料，他不禁仔细打量韦若昭。

"姑娘真的在右金吾卫当差？"

"那当然！哎，你快说说，到底哪个是你要捉的要犯啊？"

李秀一想了想，去荣枯酒店这样的地方捉拿宋崇正需要个搭子，不然自己这副样子一个人进去太扎眼，于是道："这个嘛……到了那儿，你就知道了。不过，这要犯很是了得，下手之前，千万不能惊了他。"

李秀一这番煞有介事的说辞果然让韦若昭深信不疑，忙不迭打包票，道："我明白！"

"那到了店里，还要有劳姑娘帮衬我一下。"

"好说好说，既然这个案子归你办，我会帮你的。我们这就去吧？"韦若昭巴不得现在就走，要是帮这个人抓到要犯，不是就能证明自己的本事了吗？到那时，看独孤仲平他们还有什么理由不让自己参与探案。

韦若昭想得兴起，没料到李秀一却慢条斯理地道：“急什么？明天，明天才是捉拿要犯的好日子。”

二十

“怎么一点动静都没有啊？”

说话的是韩襄，此时他正领着一群金吾卫士埋伏在万源柜坊外的小巷里。

毕竟还是正月而已，冬日的寒风多少还有些刺骨，眼看众人已经在此守了大半夜，万源柜坊内外依然是万籁俱寂，毫无动静，韩襄不禁焦躁起来，凑到独孤仲平旁边。

韩襄道：“独孤先生，这大冷天的熬了大半宿儿，弟兄们不得不活动活动手脚，我可不太好管啊。”

独孤仲平站在与众人有些距离的墙边，听了韩襄的话只微微一笑，道：“没事，总不能把他们都冻僵了。现在大概几更天了？”

“快四更了。”

“好，再忍忍，天就快亮了。”

韩襄当即一愣，道：“可天亮了凶犯不就不来了？”

独孤仲平不禁莞尔，道：“咱们这阵势，他怎么会来？再说，凭你的那些兄弟，他就算来了，也拿不住啊！”

韩襄这下更是摸不着头脑，要是明知道根本抓不着人，又何必费这么大功夫在这儿埋伏呢？

“别着急，这一晚上的冻，可不会白挨。”独孤仲平看出韩襄的疑惑，却只讳莫如深地一笑，“你也去活动活动吧，不用怕惊动了凶犯——你要是太能忍，倒不像是金吾卫的人了！”

独孤仲平的话让韩襄更加摸不着头脑，可他并不愿多想。自打独孤仲平和庾瓒开始这种特殊方式的合作，韩襄就是知情人。这些年来，他已经习惯了让独孤仲平去替他们思考劳神的问题，自己只要照做就行了，总是错不了的。

好不容易等到天亮，随着开市的锣鼓响起，包括万源柜坊在内的西市诸商家纷纷准备开门营业。万源柜坊的胡人掌柜因事先接到金吾卫警告，说昨夜很可能有人前来打劫，然而提心吊胆了一夜却什么都没发生，掌柜只觉庆幸非常，想着或许那劫匪慑于金吾卫之势不敢来了。

一个以毛毡裹住头脸、一身粗羊皮袍的汉子就在这时风风火火闯进来，二话不说便将一张单据往柜台上一拍。

掌柜赶紧迎上前，接过那汉子递上的单据看了看，原本笑容可掬的脸上却顿时变了颜色。

“这位客爷，您这不是我们万源的票据。”

掌柜客气地将票据递了回去，对面的汉子却轻蔑一笑，道：“哦，那我这儿还有一张，你看是不是！”

汉子说着突然拔出藏在袍子底下的腰刀，一把架在了掌柜的脖子上。掌柜吓得急忙摊开双手，颤声道：“好汉，您……您可别乱来啊！小店只是代客保管，您……”

“少废话！”汉子的大半张脸孔都被毛毡遮盖着，声音也瓮声瓮气的，“掏钥匙，跟我去取东西！”

闻声赶来的伙计见明晃晃的刀架在掌柜脖子上，一时间也没人敢轻举妄动，只能眼看着那汉子推搡着掌柜朝店铺里面走去。

很快，就看见那汉子一手握着黄缎子包袱、一手持刀逼住掌柜与伙计，倒退着走出万源柜坊。这古怪的架势顿时引来周遭路人侧目，但都远远地观望着，没有人敢靠上前来。那汉子又大吼一声恫吓众人，接着便收起腰刀掉头就跑。柜坊掌柜与伙计等他跑得远了，这才壮着胆子冲出来，扯着嗓子大声呼救。

“打劫啦——快来人啊——”

那持刀的汉子沿着大街一路狂奔，一群恰好巡逻至此的金吾卫士在后面紧追不舍。汉子边跑边回头看，然后一头拐进了一条小巷。而小巷中早已停着一辆马车，汉子当即跳了上去。

“怎么样？”

独孤仲平的声音就在这时自车厢内响起，那汉子闻声点头，一手将黄缎子包袱交给独孤仲平，另一手将包住头脸的毛毡一把扯下，韩襄那张瘦猴似的脸顿时露了出来。

“照您说的，我绕着西市这几条街跑了个遍。”韩襄气喘吁吁地回答。

“好，围观的百姓多不多？”

韩襄先点头又摇头，道：“多极了，好在没有管闲事的。我就怕跳出几个充好汉，把我按住，那可就演砸了！”

独孤仲平脸上顿时浮现出若有若无的笑意，道：“你忘了那凶犯对长安人的评判——‘识浅性贪，诸恶作尽，犯罪而不知罪’……”

韩襄摇头，道：“这世道人心我可管不了。我只想早些了了这案子。独孤先生，可我还是不明白，为什么我们要这么干？”

“如果你有了物主，有了赃物，可以追查小偷。有了小偷，有了赃物，可以寻找物主。可现在你只有赃物，却既要找小偷，又要找物主，而且小偷很难抓，物主不想露面，你能怎么办？”

韩襄想了想，试探道：“——你干脆自己先把这赃物拿了，打乱他们，看他们怎么办？”

“不错，前提是这东西对他们很重要。”

韩襄问：“那您昨天带着我们在墙根底下挨了一夜的冻，是故意造声势，让那个疯子看见？”

独孤仲平微微一笑，不再回答，打开手中的黄缎子包袱，但见包袱里横放着的只是一截与先前那柄镔铁戒尺一样大小的木头。

韩襄又是一奇，道：“哎，您不是说那钱庄里存的是一把戒尺吗？这怎么变成木头的啦？”

“只要所有人都认为有人把戒尺抢走了就行了。”

“那真的还在……”韩襄惊奇地瞪大了眼睛。

独孤仲平笑了笑，道：“世上没有绝对安全的地方，所谓安全的地方就是别人想不到的地方。”

独孤仲平与韩襄一道返回右金吾卫衙门，为了避免庾瓒沉不住气走漏了消息，这回的行动独孤仲平依然没有提前告知于他。当独孤仲平走进庾瓒的书房，只见他正盘腿坐在地上，咧着嘴笑嘻嘻的，一副欣欣然之色。

“哎呀，真是世事难料啊，仲平老弟，你绝对想不到刚才是谁来求我了，哈哈哈！居然还给我磕了两个响头，哈哈哈！”

庾瓒边说边笑，简直是得意忘形。独孤仲平见他这副模样，心中已经明白了个大概，于是故意冷淡地哼了一声，道：“不就是薛进贤吗？这有什么想不到？”

“啊？”庾瓒不由地目瞪口呆，“你怎么猜到的？”

“这不是猜，是推断。”独孤仲平说着径自往主座上一坐，“凶犯连杀三人，都布告全城，你们这些大小昏官再想欺上瞒下也瞒不住了。而圣上呢，他又不认识你这个从六品的实际办案官，只好拿身边那些大脑袋撒气。我估计，他说办到长史为止，对不对？”

庾瓒本想得了便宜卖乖，听了独孤仲平这番分析，又佩服，又难以置信，只是张大了嘴巴。

独孤仲平有心好好挤兑他一番，便又开口道：“知道我为什么肯定是薛进贤来求你了吗？其实我说的什么圣上降罪都是瞎猜的。真正的根据只有一个，我们进门时你得意扬扬的表情和你平时在薛进贤面前低眉顺眼的样子！还有哪个人能让圆骨水滑的庾大人有久受压抑后的扬眉吐气之感呢？也只有薛长史了。”

庾瓒连连点头，道：“哎呀，老弟，你真是上天赐给我的，咱俩联手办案，天下无双！”

“不和你联手，我还能查得快些。”

独孤仲平不冷不热地回了一句，庾瓒也不着恼，依然笑嘻嘻的。

“嘿嘿，话也不能这么说嘛，我虽比不上你，总比其他人强，至少——至少比那左金吾卫的郭歪嘴强吧？”

“郭歪嘴我不知道，不过你还真不如韦姑娘。凶犯在那箱子上做的手脚，人家可是一眼就看明白了。”

“哦，那你的意思，不如我们就答应韦姑娘，把她请来，和我们一起查案？”

“亏你想得出。整天跟这些杀人放火、十恶不赦的凶犯歹人打交道，你还没受够？何苦还要拉个天真烂漫、不谙世事的女孩子来陪着，不要害了人家吧。”

独孤仲平边说边摇头，庾瓒想想又道：“好吧。不过老弟，我看你并不讨厌这行啊！”

独孤仲平只一愣，自己对这一行到底是喜欢还是厌恶呢？又是一个他不想想清楚的问题，他决定还是照习惯的方法封存起来，于是道：“已经这样了，整个长安，整个天下，处处都是更讨厌的人，更讨厌的事，你还能怎么样？”

庾瓒根本没注意到独孤仲平言语中的萧索之意，继续道：“薛长史那儿虽然不再催逼，这案子终究是拖不得啊，谁知道他还要杀几个。我说，你有了点线索没？”

独孤仲平这才将万源柜坊的事从头到尾告诉庾瓒，庾瓒起初埋怨独孤仲平不肯事先告诉他，接着又一脸期待地道：“这么说你有十足的把握抓他了？”

独孤仲平缓缓摇头，若有所思地说：“抓他还没那么容易。只不过，我有了一样和他赌一局的筹码！”

二十一

正午时分，李秀一和韦若昭来到了荣枯酒店。

李秀一特意稍稍晚到些，他希望在宋崇和那个叫东嘎的胡人交易时再下手抓人，这样可以连他手下的那些赃物一起拿获，要知道洛阳金吾卫的悬赏，只拿住人和人赃俱获可是两个价儿，而他已不指望单靠宋崇的口供就能逼问出这批东西的下落，这小子护财不要命，还真有股子狠劲。

所以李秀一在鬼市就拉住了韦若昭，他正需要个年轻姑娘做自己的搭子，免得一进来太扎眼，惊了目标。而韦若昭不明白他的算计，还兴奋地期待着亲身参与抓要犯。

伙计阿得端着盘子从厨房走出来，迎面正好碰上李秀一和韦若昭。

阿得一愣，赶紧满脸堆欢，招呼道："哟，韦姑娘，您又回来了？我说嘛，可着长安城，还有哪家店比咱们荣枯住着更舒坦呢？其实老板娘人挺好的，之前她对您有些误会，时间长了您就知道……"

李秀一可不想这多话的伙计引起这时还不知坐在哪个角落里的宋崇的注意，坏了大事。他出手如电，一把捏住阿得脖颈。

李秀一压低声音道："哪儿那么多废话，滚开！不许出声！"

阿得只感到一阵要命的窒息感，想喊，却一声也发不出来，只有乖乖点头。

李秀一手一松，阿得骤得轻松，揉揉脖子，果真一声不敢发。韦若昭心里有些过意不去，刚想开口，却被李秀一不由分说拽走了。

李秀一随即在大堂一隅找了个极不显眼的位置坐下，韦若昭已经迫不及待地发问，言语中带着难以抑制的兴奋："怎么样？那个要犯来了没有？"

李秀一心道："这姑娘还真是挺奇怪的，一个女孩子家，居然对犯罪什么的这么有兴趣。难不成真是金吾卫的？不过现在没必要和她说什么。"于是并不答话，只目光如炬地四下扫视。李秀一不得不承认，自己低估了那掘墓贼宋崇，原来那日李秀一设计将宋崇从右金吾大牢内带出来，本想连夜将其押送回洛阳领赏，却不想那宋崇竟狡猾如斯，托词口渴，将李秀一引至井边，趁李秀一不备，以藏在衣服里的蒙汗药下到水里，假意敬他喝水，将他迷倒后逃遁。好在李秀一知道他身上没钱，要离开长安远远逃走必定会想办法找人出货，这才前往鬼市打探，果然问出了宋崇和胡人掮客交易的信息。

阿得战战兢兢端来热酒，这回他再不敢多说，放下盘子便走。李秀一也不客气，径自倒了一杯，仰头灌下。

"靠我近点，装作相好的样子，别引人注意，也别让人看出破绽来。”李秀一压低声音。

韦若昭闻听此言却是一愣，下意识地朝后一缩，道:“啊，为什么？你可没说还要我冒充你的……你的相好啊？”

“不然什么叫打配合？”李秀一不耐烦地一瞪眼，“一个人在这儿喝酒太扎眼，你总不想让要犯跑了吧？”

韦若昭想了想，道:“那好吧。咱们可说好了，这不算数，抓了要犯，你就马上放开我。”

见李秀一点了头，韦若昭这才僵着身子，努力朝他靠近了些，但她毕竟是个年轻姑娘，就这么和一个几乎完全陌生的男人佯装亲热，终究不是一件容易的事。李秀一见状却只冷笑一声，索性直接一把将韦若昭整个揽住。

“你放开……”韦若昭顿时又是羞涩又是惊慌，下意识地想将李秀一推开，却被李秀一紧紧钳制着动弹不得。李秀一空着的另一只手按住腰间刀柄，仍不住地四下打量。自己的目标居然没有出现，难道不来了？李秀一心下不禁焦躁起来。

时已过午，酒店里早已是人头攒动。李秀一决定不能再等下去，不如换个招数试试。好在他已看清酒店大堂只有一个大门和两个分别通往客房和花园游廊的通道，并无其他出入口。心念一动，李秀一抬手倒了杯酒就往韦若昭嘴里灌去。

毫无防备的韦若昭被这一口烈酒呛得几乎流出了眼泪，当即弯下腰去咳嗽不止。李秀一在韦若昭背上拍了拍，又一把将酒具都扫到地上，继而站起身大声嚷嚷道:“这是什么破酒啊，害得我家娘子咳嗽！”

所有酒客都被他吸引，转过头来望他们。这就是李秀一要的效果，他要趁此机会在这些酒客中急速地寻找宋崇。当一个人过分紧张时往往会失去一般人最正常的反应，常人听到骚动会下意识地循声张望，而他要找的就是那个不往这边看的人。

碧莲这时闻声赶来，乍见韦若昭和一个从未见过的男人搂抱在一起已经吃了一惊，继而察言观色，意识到这李秀一明显不是善茬儿，当下也不敢造次，只在不远处观望。

而李秀一这时已经将目光对准了大堂深处的一个身影，远远看着是个穿着艳丽的女人，正独自一人背身而坐，一动不动仿佛对周围的骚动置若罔闻。

李秀一脸上浮现出得意的笑容。一个年轻姑娘独自一人背身独饮，也太奇怪了！

“这位大姐一人独饮，好不寂寞啊！”话音未落，李秀一已一个箭步蹿到了那人身旁，韦若昭急忙也跟过去。

李秀一的手刚搭上那人的肩头，他的身子就倒了下去，面朝了天，果然是扮作女装的宋崇！

但见他一张丑脸上胡乱地涂了浓艳的脂粉，根本不像女人，只有说不出的丑怪和滑稽。而更惊人的是，他已经死了，喉头有一个圆形的洞，兀自还有血冒出来，胸口的衣襟被血和水浸湿了一大片。

李秀一显然没想到宋崇会死，吃惊地向后一跳，周围众酒客这时看见尸体也都惊叫着站起来。

“杀人啦——”有人忙不迭大喊，众人顿时乱作一团，有凑上前想看热闹的，也有尖叫着夺路而逃的。好在李秀一反应还算快，他蹿了起来，凌空一个折转，轻飘飘落在大门前，长刀一横，厉声断喝：“谁也不准离开，我要挨个盘查！”

“你算哪棵葱啊？”碧莲这时也不得不出来说话，她气哼哼瞪了李秀一一眼，转头吩咐阿得赶紧去找金吾卫，“真是晦气死了，让老娘以后还怎么做生意啊！赶紧把那个死鬼给我抬到廊子下面去……”

李秀一面露冷笑，长刀一挥，电光火石之间，已将一张身旁的方桌利落地劈成两半。

“哪个敢乱动，搅乱了现场，就如同此桌！”

酒店里顿时安静下来，一时间没有人敢动，也没有人敢再出声。

李秀一再次环顾众人。

“都听着，谁是东嘎，乖乖给我站出来！”

众人面面相觑，一个矮胖的胡人汉子恰在此时从外面走进来。

“哪个叫我？”

“你是来会宋崇的？”李秀一只冷冷瞥了他一眼，见对方茫然点头，再看看他意外的表情，知道他并不是谋杀的参与者。

李秀一轻蔑地一笑。“看来，你来晚了一步！”

庾瓒得了信儿，很快带着金吾卫众人赶来，在这样的当口又发生一起命案，而且还是在荣枯酒店，这一切让庾瓒紧绷着的神经更加脆弱了，他感觉自己就快要崩溃。

尸体已被搭到酒店的一间偏室，仵作许亮在勘验之后的反应是无比惊讶，他一脸疑惑地道：“见鬼，这样齐齐的小洞洞，竟然开在咽喉上，真不知道是什么凶器弄的。”

庾瓒道:“快好好看看，他身上可有什么文书啊、传帖啊之类的东西? ”眼下这些东西和死人一样叫他害怕，甚至更厉害。他已无心关注这死人的死法。

许亮在宋崇周身上下搜了搜，果然从他假扮女人所用的假胸里翻出了不少纸张。纸上果然也写满了“替天行道”、“此罪人该死”之类的话，但字迹歪歪斜斜，潦草得厉害，纸张质地也明显比先前那些粗粝。

庾瓒惊讶得接连倒退了好几步，喃喃道:“哎呀，这可怎么好，这个疯子，到底想怎么样嘛，这都是第四个了……”

围在门口的人群中突然响起一阵喧哗，李秀一与站在这间偏室门口警戒的金吾卫士们发生了冲突。金吾卫士们不让李秀一进来，李秀一自然不会买他的账，索性使出手段，将众人推开直接闯了进来。

韩襄见状喝道:“站住！大人还没有召你问话，谁让你闯进来了? ”

韦若昭刚想说话，李秀一已径自来到庾瓒面前，一脸傲慢地问道:“你就是右街使庾瓒? ”

“放肆,”庾瓒自然对李秀一倨傲的态度深感不满，“本大人的官讳，也是你个草民叫的！”

李秀一轻蔑一笑，道:“叫两声又不会丢了官帽，可要是玩忽职守，走脱了凶犯，那可就说不准了。”

“哪个玩忽职守，没看见本官正……”

“你的人不让我盘问那些客人，也不让我勘查尸体，难道想纵容凶犯逃脱不成? ”

韩襄见庾瓒又一瞪眼，赶紧凑过去一阵耳语道："大人，这死人是他发现的，他说他追捕这人很久了……"

追捕？这么说这凶巴巴的家伙也是官差？庾瓒想着，看向李秀一的目光不由得柔和了些，问道："你是？"

"在下李秀一！这死人是我追捕的盗墓要犯，名叫宋崇。在下原在洛阳金吾卫衙门当差，现在嘛，做了专门追逃领赏的私探。"

"你可有凭证？"

李秀一冷冷一笑，一扬手，一块腰牌已经朝庾瓒飞去，庾瓒急忙慌乱地接住。

"这是我在洛阳金吾卫时用的腰牌，大人如若不信，自可去核对。不过，这其实也做不得数。在洛阳、长安的黑市花不上一缗钱，就可以做个比真的还像真的。"

庾瓒顿时"啊"一声惊叫，捧着那腰牌，仿佛捧着个烫手的山芋。李秀一看着庾瓒的样子再次冷笑，看来这位大人根本不是什么聪明的主儿。

李秀一道："大人莫惊，我辞差的时候把那买来的假的缴了，这块真的留着，晚上过坊门方便。"他说着径自将那腰牌拿回收好，"可惜在你们长安用不了。"

庾瓒不禁与韩襄面面相觑，想了想，问道："哦，那你说说，这个宋崇都扒了哪些坟？"

庾瓒想着或许能从这掘墓贼身上挖着些凶手的线索，而李秀一却冷笑着摇头，道："庾大人，我可不是你的手下，要想让我帮忙，大人也得给我行个方便。"

"行什么方便？"

“自然是全力助我捉拿杀死此人的凶手！”

“什么？”庾瓒只气得笑了起来，“你要是能拿住这个凶手，漫说是我全力助你，全长安的官员百姓都有心把你当亲爹供起来！”

这回轮到李秀一露出不解的表情。

韩襄便在旁边帮腔，道：“你个洛阳佬什么都不知道，长安这两天出了个连环杀人犯，已经连杀了三个，更可恨的是，他每次杀人都还要出告示，吓唬全城百姓，也不知他是怎么了，看上了你想抓的这个挖坟的，让他做了第四个死鬼，也算你倒霉……”

“这不可能！”李秀一一脸匪夷所思之色，“让我查看下尸首……”

他说着就要往尸体近前靠，却被庾瓒拦住。

“那可不行，你既已不在洛阳金吾卫当差，只是个私探，到了我的地头上，就得听调遣。这尸首独孤先生还没查看，嗯，画图，怎么能让你动？这样吧，你先下去，我们有事会再找你的。”

当李秀一冲进去和庾瓒理论的时候，韦若昭一直和其他酒客一道被留在酒店大堂里等待接受盘问。韦若昭觉得自己又一次受到了排挤和冷落，心中自然不平不忿，跳起来嚷嚷。

“喂，你们有没有搞错啊，这死人还是我先发现的呢。让我去见你们胖大人！”

一金吾卫士毫不客气地逼上前，拉出一截刀，喝道：“你少废话！大人说了，问明白之前，这个大厅里的所有人都有嫌疑。你乖乖地坐下，要不然别怪我不客气！”

韦若昭却不示弱，大声道：“怎么？你当个金吾卫的小卒子就很了不起吗？告诉你吧，你们查的这案子，线索还是我提供的呢！”

周围众人闻听此言自然议论纷纷，而这金吾卫士不知是真是假，气势矮了些。独孤仲平恰在此时走进大堂，先是看到纷乱的场面一愣，继而看到了气呼呼的韦若昭。

“你来得正好！”韦若昭一眼看见独孤仲平，“快跟他们说说，我是来帮着抓人的！”

独孤仲平却有些摸不着头脑，道：“帮着抓什么人？韦姑娘，你怎么又回来了？”

“哎呀，就是我在鬼市碰上个洛阳金吾卫的人，他说要上这儿抓个要犯，请我帮忙，我就带他来了，没承想……”

那个被韦若昭一顿抢白的金吾卫士也识得独孤仲平，赶紧插言道：“独孤先生，那连环凶犯刚刚在这儿又杀了一个，庾大人说，所有在场的人都要盘问。”

独孤仲平脸色骤变，道：“什么？死的是哪个？”

“就是那个洛阳金吾卫的人要我帮忙抓的要犯啊！”韦若昭像是炫耀似的抢先回答。

二十二

尸首临时停在了荣枯酒店一间储藏杂物的房间里，碧莲虽有一千个不愿意，也没有办法，酒客们都被扣住，一个个接受金吾卫士的盘问，今天的生意是无论如何做不成了。

独孤仲平掀起盖住宋崇尸身的白布扫了一眼。

“死了有多久了？”

“少说也有半个时辰。”庾瓒赶紧回答，此刻他迫切地希望独孤仲平能从尸体上发现什么有用的线索。

“我们俩过来的时候，他已经死了。奇怪，这么丑的人，为什么要装女的？”韦若昭忍不住好奇插嘴。庾瓒嫌她烦，朝韩襄一使眼色，几个金吾卫当即围上前摆出赶人的架势。韦若昭眼珠一转，急忙手扶头，作头晕状，嘴里还喃喃自语道：“哎呀，刚才吓到我了，我的头还有点晕……”

庾瓒不知真假，一时间也不敢硬来。两人说话之际，独孤仲平已经快速地检查了宋崇的双手，十根指头上不见半个刺青，他的心放下了。本来他也在踌躇，凶犯的下一个目标一定和那把钥匙有关，怎么又会在荣枯酒店杀人？这么看来，完全是不相干的案子。

“庾大人，你扣住的那些客人里恐怕不会有凶手了。”独孤仲平不紧不慢地说道。

庾瓒一愣，道：“何以见得？”

独孤仲平随手将白布盖上，叹了口气，道：“除非他杀完人累了不想走，留下来喝上一杯，再就势看个热闹。”

庾瓒觉得有理，但就这么把人都放了又觉得可惜，想了想，问道：“是什么凶器弄的，我从来没见过这样的伤口啊！”

独孤仲平道：“大人打算怎么上报这条人命？”

“自然是那连环杀人凶犯又作案了！这大年下的，真是要我的命啊！”庾瓒唉声叹气。

“大人不必如此担忧，”独孤仲平淡然一笑，“我看这条人命和之前的那几个没什么关系！”

在场众人听言，自然是面面相觑，庾瓒看着从宋崇身上搜出那一大堆纸，一脸惊诧，道：“可这儿又是一堆传帖啊，怎么可能不是那连环凶犯所为呢，不报怕是蒙不过去吧？

“主意当然还是要大人拿，不过依我看，这种扒坟摸金的盗贼，多半是无家无口的浪荡子，随便找块地埋了，也不会儿有人来生事，更何况他是想出赃的时候送了命，大人要是在他身上浪费时间，耽误了那连环大案，岂不是轻重不分？”

庾瓒、韦若昭甚至许亮无不露出惊讶的表情，韦若昭忍不住再次插话，道：“你怎么知道这个宋崇是个扒坟的，还知道他是出赃的时候被杀的？”

“很简单，这人脸色苍白，毫无人色，说明长期昼伏夜出，又加上在那几丈深的地下提心吊胆地挖死人东西，阳气受了损；他下巴上有老茧，这是长期用下巴顶着洛阳铲的结果。”

“洛阳铲？那是什么？”韦若昭更加好奇。

“不过是扒坟专用的铲子。至于为什么说他是来荣枯出赃，他穿成这样，显然是想隐藏自己的身份，不让仇家或同伴发现，好独吞这笔财。但他身上没有钱也没有柜坊的票据，说明买卖还没做成。”

庾瓒一脸信服地连连点头，道：“没错没错，李秀一说，和宋崇交易的是个叫东嘎的，他来晚了，宋崇已经被杀了。”

“胡人？”独孤仲平反倒显得有些惊讶，“胡人没有做鱼虾生意的啊。奇怪！”他说着再次回到尸体旁，使劲地嗅了嗅，又道：“李秀一是谁？”

“嗨，是个帮洛阳金吾卫抓逃的私探，他说他一直追捕这个宋崇，好不容易要抓住了，却又让人给杀了！”

独孤仲平看向韦若昭，道：“哦，看来，约你帮手的就是他喽？”

韦若昭一噘嘴，道：“他说话不算数，还说要分我赏金呢。犯人一死，转眼工夫他就没影了，把我一个人扔在这儿！”

“既然这样，”独孤仲平一笑，“韦姑娘，你为什么还待在这儿不走？看来是把我那个问题想出来了？”

“我……”韦若昭顿时语塞，又想像方才那般假作头昏，庾瓒已经又给韩襄打眼色，韩襄上前架起韦若昭便朝外走，韦若昭自然不情愿，嚷嚷着不愿离开，但很快还是被带了出去。

庾瓒这才凑到独孤仲平近前，低声道：“老弟，那这，你确有把握这不是那疯子所为？那些传帖明明……”庾瓒还不放心，这命案不是那凶犯所为自然是好，可万一被自己疏忽过去，可是怎么也承担不起的责任。

独孤仲平当然明白庾瓒的顾虑，微笑道：“传帖谁都能写，可这笔字比那连环凶犯差远了。而且还藏在胸前，不撒出来，那连环杀手哪回不是弄得满城皆知？显然是凶手想搭连环杀手的车罢了。”

庾瓒听言，稍稍放下心来。

韩襄凑过来问道：“那这尸首怎么办？还拉回衙门吗？”

庾瓒叹了口气，挥挥手道：“照老规矩，留份档，弄到城外乱坟堆子埋了吧。”

韦若昭一手挽着包袱、一手牵着猴子，怒气冲冲走出荣枯酒店的大门。“哪个再上这个门，哪个就是小狗！”

韦若昭边叨叨，边冲荣枯酒店的招牌使劲地吐吐舌头，可出得门来，看着人来人往的大街，心下又茫然起来。似乎出了这个门，自己就与梦想中的探案生活彻底无缘了，比走出右金吾卫衙门时还明确，难道都是因为他也住在这里？

李秀一早已等在门口的石兽后面，见韦若昭走近，当即坏笑着学起狗叫。

“好啊，你这个大骗子，我正要找你呢！”韦若昭见了李秀一便气不打一处来，上前抡包袱欲打他，“你早就不是金吾卫的人了，却来骗我帮你，还让我冒充你的相好，你说，你是不是看我长得漂亮，在打坏主意？”

“就你？”李秀一轻蔑地扫了韦若昭一眼，冷笑着摇了摇头，“小姑娘就是容易自以为是，想要女人我就去平康坊了！”

韦若昭一张俏脸涨得通红，道：“什么？你竟敢把我和……”

“别激动啊，我刚才让你暂时充我的相好，只是因为两个人坐在那儿喝酒不像一个人那么扎眼，不至于惊跑了那个扒坟的贼。不过，要说骗子嘛，姑娘你也不是右金吾卫的吧？”

韦若昭一听不禁惊慌起来，掩饰道：“谁说的？他们已经答应收下我了，只是……只是还没办妥而已……”

“不对吧，我看是你想认那个叫独孤仲平的当师父，人家不想收你吧？”李秀一冷笑。

韦若昭被人说破了境况，言语已没了底气，嘴上却还在硬顶：“胡说！你……你怎么知道的？”

李秀一从怀里摸出一只干瘪的狼爪、挠了挠下巴，笑道：“你不是已经知道我是干什么的了吗？这种事休想瞒过我的眼睛。不如你把这个独孤仲平的底细告诉我，再领我去会会他。”

“凭什么？你又想利用我？”韦若昭这回多了个心眼，觉得李秀一不可能没目的地帮自己。

李秀一果然一点头，道：“我利用你，你也可以利用我啊！”

“你有什么能让我利用的？”

李秀一哈哈一笑，道：“你要是好好求求我，我就教你一招，让那个叫独孤仲平的收你做徒弟！”

韦若昭瞪大了眼睛，登时态度柔软了许多。她拒绝不了这样的诱惑，李秀一也认定韦若昭拒绝不了这样的诱惑。适才他并没有真正离开，而是躲在窗外将众人一番对话听了个七七八八。庚瓒对独孤仲平的恭敬倒在其次，最让他惊诧的是独孤仲平只凭一点蛛丝马迹便将宋崇的来历分析得一清二楚，这人无疑是个探案高手！他没想到长安还有这等人物。李秀一有心会一会这个独孤仲平。

韦若昭果然如李秀一预想的那样，毫不犹豫便同意了他的建议。韦若昭领着李秀一轻车熟路来到独孤仲平的阁楼，独孤仲平正站在那幅长安城坊图前思索，可以看见万源柜坊的位置已经被标了出来。

"喂，画画的！"韦若昭从虚掩的房门外探出头来，"我新认的师父有事想和你聊聊！"

独孤仲平闻声回头，见又是韦若昭，微微有些惊讶。"你师父？"

"是啊，你不愿收我，自有别人求我当徒弟呢。"韦若昭故意做出一副扬扬自得的样子。

李秀一这时已经从门外踱进来，稍一拱手，冷冷地道："你叫孤独仲平？久仰！"

"不敢。想必这位就是洛阳的李捕头……"

"我是谁不重要，不过，无缘无故的，挡了别人财路可不好。"

独孤仲平心中明白，嘴上却装糊涂，道："怎么讲？"

"那宋崇本是我追捕的要犯，如今不明不白死了，我只能找那凶手讨我的赏金了。你为何让人把宋崇的尸体胡乱埋了，销毁追查的线索？"

"这都是庾大人定的，你如何来问我？"

李秀一顿时冷笑，道：“你我都是明白人，那庾大人不过是你随意摆弄的一个幌子罢了。”

韦若昭只听得云里雾里，独孤仲平却已知道对方多半就是刚才在窗外偷听之人。如此他也应该看穿了自己同庾瓒的双簧配，当即微微一哂，摇头道：“那你自可去寻那凶手，并没有谁拦着你。”

“我当然要去寻他，不过独孤先生好像对他很是了解，我有心和你讨教讨教。”

“不敢不敢，”独孤仲平再次摇头，随手抓起一瓶酒，满不在乎地在自己的桌案前盘腿坐下，“我酒喝多了，这会儿脑子不太清楚。”

“无妨，我只想知道，为什么你说这凶手会是个卖鱼的？”

独孤仲平打开酒壶闻了闻，并不喝，故作一脸懵懂，道：“我何时说过？”

“你少跟我装蒜，谁要是想呛我的生意，我的兄弟可不依他！”李秀一说着把腰刀拍在孤独仲平面前。

独孤仲平看着李秀一一副穷凶极恶的样子反倒笑了，道：“原来你是那窗外的朋友，我还当刚才在窗外偷听的是连环凶犯呢，吓死我了。”

独孤仲平边说边拿过那刀，轻轻抽出寸许看了看。“好快的刀，李兄不用客气，这样的大礼我可收不起，我只不过在那死鬼身上闻到了一股鱼腥味，因此胡乱猜猜罢了。”

韦若昭终于听出端倪，忍不住瞪大眼睛看向李秀一。李秀一这时也明白过来，道：“你是说宋崇身上的那股臭味是鱼腥味？”

“我不过是胡乱猜的，你随便听听也就是了。”

“那依你看，这个卖鱼的是拿什么杀了宋崇？”

独孤仲平只一摆手，道：“离此不远，就是西市的鱼虾档，你去那儿找那凶手问就是了，何必要问我呢？”他说着故意停顿片刻，“除非你没有办法找到他……”

李秀一顿时怒火中烧，跳起来大声嚷嚷：“你别太狂了！我怎么会看不出来凶手是个左撇子。那宋崇脖子上的伤口是从右往左的，我量他逃不出我手心！”

“那就好，”独孤仲平不慌不忙又饮了口酒，“我说的是醉话，你别当真。”

李秀一劈手夺过腰刀转身便走，韦若昭不禁一脸疑惑地看着两人。李秀一走到门边又停下脚步，道：“我看你也不知道这鱼贩子用的是何种凶器吧？”

“李兄高明，小弟确实不知。”独孤仲平对李秀一言语中的挑衅意味仿佛浑然不觉，面带微笑看向李秀一，眼神却没有任何的游移闪避。

李秀一意识到激将法对独孤仲平无用，只好悻悻离开。韦若昭正犹豫着是否应该跟上，就听见独孤仲平仰天一笑。“那死鬼胸前有一大摊水，也不知道是什么东西化了，真是好生奇怪啊……”

独孤仲平一副微醺喃喃自语的模样，而李秀一已经骤然反应过来，一拍大腿：“原来是——”他目光炯炯地望向独孤仲平，“想不到长安还有你这等人物，在下佩服！”

李秀一急匆匆走出阁楼，韦若昭听明白他要去拿人，哪肯错过，急忙跟出来。两人都大步流星地穿过西市的鱼虾档，李秀一眼睛一路紧盯着鱼贩子们正在切鱼的手。

“我怎么没听明白，凶手是用什么杀的人？”紧随其后的韦若昭好奇询问。

“冰！鱼贩子最好的凶器。把冰块磨尖了，一击致命，遇热即化，还不留痕迹。”

“原来是这样。那独孤先生是怎么猜到的？”

李秀一回身瞪一眼韦若昭，显然对她的聒噪很不耐烦，韦若昭赶紧闭上嘴巴，可走了没几步便还是按捺不住地发问。

“那我们是要找个左撇子吗？”

李秀一再次恶狠狠瞪了韦若昭一眼，冷笑道：“净说废话，怪不得人家不收你！”

韦若昭顿觉有气，刚想开口辩驳，李秀一就在这时停下脚步，两眼放光地盯着路旁一处摊位，但见那鱼摊后面，一个身穿油布围裙的年轻鱼贩正左手挥刀，动作麻利地切着鱼。

这就是杀死宋崇的凶手？韦若昭顿时又兴奋起来，正想开口问，李秀一已经一个箭步冲上前。

“买鱼！”李秀一粗声粗气地道。

年轻鱼贩赶紧放下手里的活计，道：“有新到的活鲤，客爷要不要称几条？”

“哪个要鲤鱼，我要找的鱼姓宋。”

鱼贩闻声顿时变了脸色，转身便想逃跑。而李秀一已动作迅捷地翻身跨入鱼档，将鱼贩的左手拧过按在了地上，鱼贩当即惨叫连连。周围鱼档的贩子们聚在一起，缩头缩脑地看，但没有一个敢上前。

“原来你这杀人的手也是肉长的？我问你五句话，你说一句假的，我就掰断一根。”李秀一狠狠地道。

“我只杀过鱼，没杀过人啊！”鱼贩带着哭腔辩解，李秀一手上一用力，嘎巴一声，只引得对方一阵杀猪般惨叫。

“宋崇是不是你杀的？”

“……是。”

“为什么杀他？”

“我家祖坟让他挖了，我寻了他两年了！”

“你怎知道他要和东嘎交易？”

“是道上的兄弟帮着打听的……”

“你用什么杀的他？”

鱼贩稍显迟疑，李秀一手上又一加力，对方又是惨嚎一声。

“是冰！是冰，爷爷莫掰了！”

李秀一点点头，果然和独孤仲平判断的一样。

“那他的赃物现在何处？”

“这……这我不知道啊！”

“不知道？”李秀一骤然暴怒起来，嘎嘣一声便掰断了鱼贩一根手指。

鱼贩只疼得哭喊起来，声嘶力竭地叫道：“我只想杀他报仇，哪儿计较他出些什么货，这路断子绝孙的勾当我从不掺和！”

李秀一其实已经知道对方说的是实话，宋崇一死，赏金本来就已大打折扣，如今再找不到赃物，这一票生意可以说是颗粒无收了。李秀一又泄愤似的打了鱼贩几拳，这才松开手，大喝了一声：“滚！”

鱼贩一愣，几乎不敢相信自己的耳朵，继而拔腿便跑。韦若昭这时凑过来，不解地问道：“你怎么不报官啊？”

“拿他有何用？洛阳衙门要的是活宋崇和那批东西，这鱼贩子又不能换赏金！”李秀一一脸颓唐。

“可他是杀人犯呀！”

“我只管追逃领赏，不管什么杀人不杀人。”

韦若昭更加不解，道：“哎，你怎么能这样呢？把个杀人犯就这么放跑了。”

“老子又不是圣人，你别跟着我了，快去找你那个小白脸师父吧。”

李秀一说着转身便走，韦若昭赶紧上前一步拦住他，道：“你不是说有办法让他收留我吗？”

“我骗你的！”

“什么？”韦若昭顿时气不打一处来，“好啊，你这个大骗子！”

李秀一却不禁哈哈大笑，轻蔑地道：“像你这么傻的，不骗你几回，怎么会长记性，你好好谢谢我吧。”

李秀一一脸轻蔑，加快了脚步。

韦若昭没看脚下，一下子绊倒，摔在路边一摊臭水中。她气得哭起来，李秀一却如没听见似的离去。

韦若昭衣服弄得又湿又脏，脸也蹭黑了，没有办法，只得一瘸一拐地走回荣枯酒店来，神情狼狈不堪。碧莲见了吃惊地迎上来。

“哎呀！韦姑娘，你这是怎么了？”

“没什么，我摔了一跤……”韦若昭不想叫碧莲看轻了自己，兀自嘴硬，可委屈的眼泪却已经不争气地流了出来。

碧莲一看就明白了，道:“你这哪儿像是摔的，是不是让人欺负了？是哪个混蛋干的？欺负你在长安没有人是吧？跟我说，我找人替你出气。他们也不去打听打听我碧莲是谁，敢欺负我的客人，就是不给我碧莲面子。说，是谁啊？”见韦若昭垂着头不说话，碧莲便又道:“快上我屋里来，我给你换换衣服，擦点药。”

韦若昭弄不清碧莲葫芦里到底卖的什么药，支吾着不肯动。急脾气的碧莲已经一把拉住韦若昭，笑道:“哎呀，别拘着大唐人的臭架子了，我没那么坏！”

韦若昭见她态度诚恳，自己又这般狼狈，依从地跟碧莲去了她的房间。碧莲先帮韦若昭换了身干净衣裳，又用一块白绸从一个小瓶里蘸出药来，在韦若昭腿上的伤口处轻轻按摩。冰凉的伤药碰触伤口火辣辣地疼，韦若昭忍不住呻吟了起来。

“这是我们康国的伤药，最灵了，抹了就会好的。”

韦若昭心中感激，道:“谢谢你啊！老板娘。”

“别老板娘，老板娘的啦，这酒店的老板到底是谁还真说不清呢，”碧莲真诚地一笑，“你就叫我碧莲好了。你们唐人啊，就是心思里的弯弯绕太多了，你不要以为我总是和你作对！其实呀，我什么事都是说了就忘啦！”

韦若昭不好意思地冲碧莲笑笑，道:“老板娘，哦不！碧莲姐，你以前生我气是不是因为独孤先生？”

“还能因为什么？”碧莲嘻嘻地笑起来。

韦若昭更不好意思了，嗫嚅道："我其实不是……"

碧莲反倒笑而摇头，道："嗨，你解释个什么？嘿嘿！其实，那个怪人，我也不是那么稀罕他。"

"他在你这儿住了很久吗？凭他给衙门里画画，哪来那么多钱？"

"他呀，在这儿住，不用钱。这些事说来话长，以后再慢慢说吧！"碧莲直直地盯着韦若昭看，连连点头，"你长得真好看，唐人女子就是细巧。"

韦若昭红着脸摇头，道："碧莲姐你才漂亮呢！你是我见过的最漂亮的胡人了。"

碧莲毫不谦虚地咯咯笑起来，顺手抚了抚自己的头发，道："真的，大家都这么说呢！"

"碧莲姐，我其实只是想拜独孤先生为师，跟着衙门里探案子，可他是不是讨厌我，为什么总想办法为难我呢？"韦若昭与碧莲之间的芥蒂既已化解，索性将心中疑问和盘托出。

碧莲想了想，道："唉，我真不知道你们这些文绉绉的千金小姐是怎么想的，他们那行有什么好的，三天两头碰死人，晦气死了，挣那路赏金要伤大财运的，多不划算嘛！"

"我不是为了挣钱。"韦若昭一脸真诚。

碧莲更加疑惑，道："那你是好奇？很多事你做过了，也就是那么回事。"

"碧莲姐，我看你和阿得、大厨他们几个也是有故事的……你们以前是不是做过什么出格的事？"

"还什么出格的事，你既然猜到了，就直说嘛，我们就是做贼的！”

韦若昭虽已心中有数，还是被碧莲的直率惊得张大了嘴。碧莲笑得更是豪爽，道："这有什么，我们那时候别提多潇洒快活了。告诉你吧，我六岁来的长安，十岁就在街上做贼了！"

"真的？"韦若昭下意识地摸了摸自己脖子上的吊坠。

"别大惊小怪的，这也是门手艺呢！不是谁都能干的，我这双招子啊可厉害了，寻常的东西根本看不入眼。比如你脖子上那吊坠。"

韦若昭再一次不好意思地低下头。这时韩襄风风火火地推门闯进来。

"哎呀，老板娘，你躲在这儿呢，快，独孤先生请你去。"

"找我？去哪儿啊？"

"去了你就知道了，快走吧，他遇上贼了，请你去指点指点。"韩襄抹着头上的汗。

碧莲却一瞪眼，嚷嚷道："呸，让我去抓贼？什么意思？显摆他知道老娘底细是怎么着？"

韦若昭看看碧莲，又看看韩襄，虽然没开口，眼光中却期待夹杂着恳求。

碧莲顿时会意，道："要我去也行，韦若昭也得一起！"

韩襄早已急不可耐，巴不得马上能回去交差，自然忙不迭点头道："一起就一起，快走吧！"

二十三

虽然比他预想的晚了一些，韩襄还是送来了寄存戒尺之人在万源露面的消息。这说明独孤仲平的一番布置奏效了，戒尺失窃的消息已传到主人的耳朵里，他沉不住气了。但这只是一个方面明朗了，而且只是可能受害的一方，对危险最有效的解除不是保护可能的受害目标，而是彻底解决加害者，但这连环杀手似乎仍是一点动静也没有。

独孤仲平坚信他没有拿到戒尺就不会向第四个目标下手。他已仔细梳理了无数遍，之前所有的案情都指向这一点，他有把握。即使刚才在荣枯酒店乍一听说又出一命案，还没有验过尸体，尚无法判断是否是连环杀手所为时，他内心也没有怀疑过这一点。

只因独孤仲平越来越感觉和这个连环杀手有心意相通的地方。他的缜密、冷静似乎都不在自己之下，一个真正够格的对手！也许他还没有觉察独孤仲平的存在，所以才会这么狂妄。但也许，那次瞬间的照面已经足够让他明白自己的真正对手是谁，他由此更加隐忍，等待着下一个最好时机。

他的时间应该已经不多，以他的惯例，第四个命案不会迟迟不出，那么他会放弃偷这把戒尺吗？不会！只一瞬间，独孤仲平就认定不会，他在房顶上欲返回来取那掉落的钥匙时的神态，独孤仲平记得太清楚了。那么，没有动静也就可能是最坏的结果——他已经得手了。

想到这儿，独孤仲平内心突然有一种不良的预感，但他不会表露出来，特别是在韩襄这些人面前。他不动声色地背着画箱走进柜坊，只见柜坊的胡人掌柜和韩襄正在说话，旁边还站着个眉清目秀的少年，一顶胡帽压得低低的，举手投足间满是羞怯神色。

这就是那镔铁戒尺的主人？独孤仲平一愣，这人无论是形貌、做派可都与事前的想象有着天壤之别。韩襄这时已经迎上来，叫了声“独孤先生”。独孤仲平点点头，道：“这位就是来取戊字室的东西的？”

那少年愣了半天，直到韩襄推了他一把，这才意识到对方是在问自己话，于是怯生生点了点头，道：“是代我家老爷来取。”

他说着拿出一张签了字的单据递过来，独孤仲平接过看了看，又问：“你家老爷是哪位？”

“老爷没吩咐，我不好乱说……”少年细声细气地回答。

独孤仲平将单据递给掌柜，掌柜急忙将其与账册比对，笔迹与留底是一致的，掌柜朝独孤仲平点点头。独孤仲平招手将韩襄叫过来，耳语几句，韩襄转身而去。

独孤仲平自己凑到那少年身旁。

“这位小客爷是不是刚去了哪家寺庙里进了香，”独孤仲平耸了耸鼻子，“或者……干脆就是佛门中人？”

少年顿时紧张起来，嗫嚅道：“怎么会，我家老爷是做……做生意的，与佛门没有干系……”

独孤仲平漫不经心地一笑，道：“哦，那小客爷身上怎么有这么浓的檀香味，这种香，长安怕是只有佛门中人才会用到吧？”

“这……许是在路上闲逛，沾染上了。”少年一边说着一边下意识地去闻自己的衣服，并扶了扶已经压得很低的胡帽。

独孤仲平暗自好笑，正要再开口，韩襄急匆匆从柜坊里面冲出来，道：“独孤先生，不好了，那——那戒尺不见了！”

“什么？”独孤仲平内心咯噔一下，“不见了？”

韩襄惶惑地点点头，道：“哪儿都是好好的，就是……就是东西不见了啊。”

独孤仲平略一犹豫，径直朝里间奔去，众人见状也都匆匆跟上。

储藏室内，钥匙已插在戊字室的石门上，石门洞开，伙计慌张地守在旁边。

“您看啊，这……这怎么可能呢？这儿一直没离了人啊，钥匙也一直在我身上……”胡人掌柜一脸匪夷所思的神情，喃喃自语着。

独孤仲平没说话，径自探身朝石室内张望。但见那块黄缎子还胡乱地扔在里面，而戒尺已经不见，黄缎子上隐约还有字迹，取出来一看，上面用和之前传帖、条幅同样的笔迹写着十六个字：“天网恢恢，疏而不漏，自作聪明，报应难逃。”

独孤仲平内心多少有些懊恼，不得不说，他将戒尺留在柜坊是一个错招，有些低估了对手。本以为那一番折腾一定会让对手以为自己拿走了戒尺，留在柜坊反而是最安全的。没想到，这个障眼法居然被他识破了。他愣是到柜坊神不知鬼不觉地取走了戒尺。

好在独孤仲平最大的优点就是冷静。他不会纠缠别人的错误，也不会纠缠自己的。他的脑子飞速地转着，考虑着可能的补救措施和下一步的最佳方案。

“有劳韩捕头，去荣枯酒店将碧莲请来。”从独孤仲平的脸上，仍看不出任何慌张。

韩襄这便领着碧莲等返回万源柜坊，出乎独孤仲平意料的是，碧莲居然带着韦若昭同来，而且两人还说说笑笑的，亲密熟络得仿佛姐妹。

“你怎么又跟到这儿来了？”独孤仲平问。

不等韦若昭回答，碧莲已经抢先开了口，道：“我怕黑，你要是想轰她走，我也只好和她一起回去了，反正没她陪着，我不敢一个人走夜路的！”

独孤仲平有些啼笑皆非，道：“你不是一直看她不顺眼吗，什么时候又好得如胶似漆了？”

“我们姐儿们的事要你管！”碧莲白了独孤仲平一眼，一把挽住韦若昭的手以示亲密，“说吧，丢了什么东西，有什么要请教我的？”

独孤仲平拍了拍身旁的石门，道：“这儿，存在这里面的一把戒尺不见了。我想知道，他是用什么办法偷走的。”

碧莲打量着面前的石门，道：“那把钥匙就是这门的？”

独孤仲平点点头。

碧莲顿时哼了一声，一脸得意地道：“你还卖关子不告诉我里面藏了什么，现在怎么样？还不是得请我来帮忙！”

韦若昭忍不住扑哧一声笑出来，有些幸灾乐祸地看着独孤仲平，独孤仲平何尝不知韦若昭的心思，此时也只好忍耐着，与碧莲说好话。

“这偷天换日的事我一直不太在行，只有你能帮忙了。”

“那倒是，”碧莲凑近石门，边看边摸，“老娘虽然金盆洗手了，可这行里门道，没我参不透的。这里头只存了把戒尺？”见独孤仲平默然点头，碧莲又问，道：“上面没镶点宝石啊珍珠啊什么的？”

“没有，铁的。”

碧莲顿时咋舌，不解道：“那这杀人不眨眼的家伙费这么大劲偷这不值钱的玩意干什么？”

“我抓住他就知道了，你只要告诉我他怎么把戒尺偷走的。”

“这地方是不是从早到晚都有人守着？”

掌柜赶紧应了声“是”，碧莲想了想，将身子和头探进石室，四下张望着。

“也许他根本不是开了这扇门把东西取走的。”

独孤仲平、韩襄不禁面面相觑，一旁的掌柜也是一脸费解。

“那还能是从哪儿？”韦若昭好奇地问。

碧莲没说话，依次拍打石室四壁，继而又抬头向石室上顶望去，高高的石壁上有一扇极小的通风窗，一弯细月从那通风窗透进来。

“那上面的窗是干什么用的？”碧莲伸手一指。

掌柜道:“通风的，怎么？”

碧莲一笑，道:“这就是了，东西是从那小窗弄走的。”

韦若昭按捺不住好奇，也要往石室里探进头去。独孤仲平当即狠狠地瞪了她一眼。韦若昭有些不高兴，道:“干什么？来都来了，还不让人看一眼？”她说着循碧莲手指的方向看去，当即惊讶道:“那窗那么小那么高，别说进人了，连进只猫都费劲嘛！”

“不用人进来！那戒尺不是铁的吗，从那小窗放根线下来，上面拴块磁石，就可以把东西吊上去。这招在行内叫升天炉，专使在这类下不了手的周密地方。不过，非高手使不出这等手段。”

韦若昭忍不住惊叹，道:“好厉害，真亏他想得出来！”

独孤仲平自嘲地一笑，道:“他居然还有空给我留了话。”

韦若昭这才注意到那黄缎子上留有字迹，又想凑过来看个究竟，独孤仲平这时却突然想起了什么，眼睛猛地一睁，大声道:“这不是写给我的！对，他这不是写给我的！”

独孤仲平突然扶住头，身体也跟着摇晃起来，继而还发出轻轻的呻吟，神情痛苦却又不乏兴奋。众人一时间都有些不知所措，韦若昭抢上一步扶住他。

“我的头……”独孤仲平低声呻吟着。

碧莲这时也赶忙上前，和韦若昭一起扶着独孤仲平靠着墙坐了下来。

韩襄被独孤仲平的反应吓坏了，道:“独孤先生，您没事吧，您千万别着急啊，大不了一把戒尺，丢了就丢了……”

“别废话了，”碧莲瞪了韩襄一眼，“快去弄点酒来啊！”

掌柜急忙点头而去，韦若昭却很不解，道:“头这么痛还要喝酒？”

碧莲道：“你不知道，他这病就得这么治。”

酒还能治病？韦若昭只觉更加费解，独孤仲平有些无力地笑了笑：“那个来取货的呢？”

韩襄忙道：“刚才他趁乱想脚底抹油开溜，我叫他们先押回衙门去了。您要是头疼，咱们明天再审他也不迟啊”

独孤仲平又一笑，道：“你不知道，我把案情想通了的时候就会犯这头疼病。派他来的，这戒尺的主人，就是咱们要找的凶犯的下一个目标，凶犯戒尺已经拿到，马上就要向他下手了，咱们得抢先把他保护起来。”

韩襄还是一副摸不着头脑的模样。“哦。可，独孤先生，您已经把案情想通了？我怎么越来越糊涂了？”

独孤仲平没有直接回答他，而是问道：“你说凶犯为什么会用这磁铁钓鱼法把戒尺偷走？”

韩襄想了想，道：“他丢了钥匙，没别的办法，又加上轻功了得，上房拿手，只得用这个办法。”

“这些没错，可说明了什么？”

“什么？”韩襄、碧莲以及韦若昭几乎异口同声地发问。

“说明他知道这里面存的是镔铁戒尺，包括这东西的大小，不然他怎么知道要带磁石来，又有把握从小窗将东西取出去？如果有可能是别的东西，万一不能得逞，岂不白白冒险？”独孤仲平说着停顿片刻，“而这戒尺的主人几天前才将这毫不值钱的戒尺存到此处，却预交了半年的昂贵存费，为什么？因为他预感到有人要偷这把戒尺，所以想要更保险些。可没想到凶犯查知了这一切，连钥匙都翻拓好了，只是被咱们阻了一道，不过还是得手了。所以，这些话，是凶犯留给这戒尺主人的。他是想告诉戒尺的主人，过去他并不是找不到其藏身之所，只是万事俱备，还欠东风，如今东风也有了，他要动手了。”

“可他杀人手段如此高明，为什么非要这把戒尺？”韩襄又问。

独孤仲平见韩襄还不开窍，顿时有些不耐烦了，韦若昭就在这时开了腔，道：“哎呀，这还不明白，他肯定是想用这把戒尺对付戒尺的主人，而戒尺的主人也预感到他要这样干，知道躲不过，所以索性将戒尺藏起来，这样等于是为自己保命了嘛！”

独孤仲平再次看了韦若昭一眼，不过这次不再那样严厉，而是有些赏识的神情。

韦若昭却一撇嘴，故作小姐架子，不冷不热地道：“你不用再看我，反正我多嘴你不理我，不多嘴也不理我，我还不如索性说个痛快！”

独孤仲平微微一笑，却又是一阵头疼，急忙用手再扶头。韦若昭见他又疼，却急忙收敛了自己，关心地又凑过来。

掌柜这时端着个小酒壶急匆匆跑进来，道：“外面的铺子都关了，店里只有这浑酒，只得随便给先生弄了一壶来——”

话音未落，独孤仲平已经一把夺过酒壶，也不管好赖，咕嘟咕嘟猛灌一气，继而摇摇晃晃站起来。

“好了，舒服多了，”独孤仲平朝韩襄一招手，“咱们走吧，不能耽搁。你们也回去吧，今日之事有劳了。”他说着又开玩笑似的朝韦若昭眨了下眼睛，道：“你既然不怕走夜路，就好好替碧莲看着些，免得跌了跤，小道士！”

独孤仲平说着就和韩襄从吃惊的韦若昭面前走过，碧莲没太听清，便问韦若昭，道:“哎，他刚才叫你什么？”

“我……我也没听清。”韦若昭急忙掩饰。

独孤仲平回到金吾卫衙门便马不停蹄地开始审问那个少年，庾瓒自然不会缺席。两人仍是一个在屏风前一个在屏风后，唱着双簧戏。而那屏风已经按独孤仲平的要求，换成了此时长安城中第一画匠杜岭的美人图。

庾瓒一拍惊堂木，声色俱厉地朝跪在堂下的少年大吼大叫起来，他衬着身后的娇艳美人，别提多滑稽了。

“说，你家老爷到底是谁？”

好在少年真的很害怕，并不敢抬头多看那些美人。“我家老爷不让说，他会打死我的……”

庾瓒一瞪眼，道:“你不说，我现在就打死你。”

庾瓒说着使了个眼色，早已虎视眈眈等在一旁的韩襄立时搬来夹棍等诸多刑具，朝地下一扔。少年吓得直哆嗦，却依然摇头。

“老爷嘱咐过的，打死也不能说的。”

“你小子怎么一根筋啊？”庾瓒气不打一处来，“戒尺被人弄走了，你家老爷现在有性命之危，我们是急着要去保护他。你护着你家老爷总不想他让人害了吧？”

“我不知道柜坊里存的是什么，老爷只说把东西取出来交给他，还说衙门里的人最信不过，你说的我不信。”

庾瓒下意识地便想嚷嚷“大刑伺候”，但想到这少年是侦破连环凶案的关键，只好按捺着愤愤之心，凑近屏风，低声道："怎么办？"

坐在屏风后面的独孤仲平同样一脸严肃。"没工夫跟他废话了，使我教你的老招，先把他帽子掀了。"

庾瓒会意，起身向少年走去，换了较为温和的口吻问道："那你要本官怎么做你才能相信呢？"

少年想了想，道："你放我出去，我自会去知会我家老爷，叫他多加防范……"

庾瓒这时已经起身走到少年旁边，突然一把掀掉了少年头上的胡帽，一颗锃亮的头顿时露了出来，原来真的是个和尚。少年惊慌地想起身去抓帽子，早有金吾卫的卫士把他按住。

"原来是位小沙弥啊，我看是你伪造了你家师父的签字，想把这把价值连城的戒尺私吞了！"庾瓒恶狠狠地道。

少年顿时连连摇头，道："没，没有的事啊！我真不知道存的是什么，再说这签字也确是住持的，只不过不是他真名。"

庾瓒哼了一声，道："哦，这么说戒尺是你庙里住持的？你是哪家寺庙的？"

少年还在犹豫，独孤仲平这时拿着一张画纸从屏风后走出来，但见画纸上是一幅草草勾就的肖像，虽然潦草，却是形神兼备，分明就是眼前的少年。

"庾大人，您让我勾的这位小师父的像勾好了，是不是就照您吩咐的，让他们送到各家寺庙里去，就说发现了这小和尚的尸首，让他们将失踪的人报上来？"

庾瓒立刻明白独孤仲平的用意，点头道："那就这么办吧！

到那时，你是哪个庙的，你家住持是谁也就清楚了。”

少年终于崩溃，垂头丧气道：“小僧……小僧是朝华寺的慧觉。”

“去朝华寺！”庾瓒气势汹汹，一声断喝，“韩襄，你的人全去，小和尚也带上！”

韩襄应了一声，推搡着慧觉朝外走去。独孤仲平也朝外走，却又转头朝跟上来的庾瓒笑了笑。

“杜岭画的美人看着就是养眼啊！”

“花了我整整十二缗呢。”庾瓒说着掩饰不住的心疼。

独孤仲平道：“你会觉得物有所值的。”

庾瓒道：“你倒和我说说，为什么有了这杜岭的美人屏风就能破案？”

独孤仲平微笑道：“天机不可泄露，等破了这案子，我再告诉你。”

二十四

韦若昭坐在回荣枯酒店的马车上，还念念不忘地琢磨凶犯盗走戒尺的手段，碧莲不禁打趣道：“我说妹妹啊，你还真是有点走火入魔了！”

韦若昭仍沉浸在自己的思绪中，喃喃地道：“碧莲姐，你说会使升天炉手段的人都是你们那行里的高手，那我们可不可以从这上面查查凶犯的线索？”

“天下的贼又不都是一伙，谁晓得他从哪里学来的这门本事？”碧莲笑而摇头，“你就这么想学探案？”

韦若昭点点头，说：“这多有意思啊，能见识各种各样的人，各种各样的事，我来了长安这些日子，就是这两天才觉得最好玩，最刺激。我答应过我姐姐，一定要过最有意思的生活！”

韦若昭说着摸了摸脖子上的吊坠，语气中满是憧憬。碧莲却一脸不以为然的表情，道：“我真是搞不懂你，要我说啊，还是趁年轻漂亮多挣些钱是真的。”

“你那么想挣钱，为什么不干老本行，倒开起酒店来了？”

韦若昭说着说着突然意识到有些不妥，赶紧改口，“哦，我没别的意思。我是说，碧莲姐你本事那么大，连升天炉都知道，要想挣钱，那肯定有比开酒店轻松的方法吧？”

碧莲只不以为意地一笑，道：“谁说不是呢，都是我倒霉，遇上了那个怪人呗。”

“独孤仲平？”韦若昭的好奇心又被挑起，“你快跟我说说，你们是怎么认识的，你为什么遇到他就得改行？”

“这说来可就话长了！”碧莲脸上渐渐浮现出怀念的神情，她的目光迷离起来，似乎越过了马车厚厚的车帘，穿过了长安夜色中空旷的街市，朝岁月流逝的来路眺望过去。韦若昭虽然年纪尚轻，却也已经无数次地体验过类似的心境，她和姐姐的往事也是这样被她在回望中抱持着，须臾不忘。她看着碧莲，渴望分享她的故事，也隐隐期待着在其中听到有关独孤仲平的所有点滴。

“我十岁就来长安做贼了，这里真是这一行的天堂，无数的王公、贵族、节度、阔佬，数不清的曲折联通的街市，各人自扫门前雪的风气，还有最重要的，比猪还蠢的金吾卫。”

韦若昭听到这儿，想起了胖胖的庾瓒，不禁咯咯笑起来。

碧莲说：“你别打岔。”她继续讲道，“我又认识了两个也在长安街市上讨生活的同行，他们钦佩我手上的功夫，就做了我的伙计，和我结了帮。这两个家伙一个也是胡人，最擅长的是买卖赃物，熔铸金银……”

“啊，谷大厨！”韦若昭轻声喊出来。

碧莲看看她，笑笑继续道：“一个是汉人，最擅长见人说人话，见鬼说鬼话，打掩护使障眼法，离不了他。”

“是阿得！”韦若昭话出口，觉得自己有些多嘴，生怕搅了碧莲的兴致，急忙用手捂住自己的嘴。

碧莲并不在意，继续道：“我们在街上做生意，几乎从没失过手，大把的钱流水般来去，过得别提多潇洒快活了。就是有一次，我们栽了，起因是我看到一个俊俏的小哥。你可别多想，俊俏小哥我见得多了，我看上的是他背着的那把琴，虽然我不喜欢你们大唐人的音乐，可我知道他那把琴是从古代传下来的，很值钱。”

韦若昭瞪大了眼睛，却强忍着，没出声。

“你猜也猜到了，这把琴就是那一把。我立刻和谷大厨、阿得一起挂上了他。阿得打掩护，我靠自己的本钱接近他下手，大厨接应。”碧莲说着摸摸自己的脸蛋。

韦若昭舔舔嘴唇，难以抑制自己的酸意泛起，碧莲却好像没看见一样，她已沉浸在自己的回忆之中。

“本来一切顺利，但当我假意撞到他怀里的时候，说实话，他看着我的眼神真是让我吃惊。从来没有一个男人，不管他是哪国人，能在我靠到他怀里的时候，用那样的眼神望着我。要知道男人就跟猫一样，哪个猫不贪腥呢。可他望着我的眼神是那么清澈，没有欲望，没有伪装，没有躲闪，也没有羞涩，就像我是个小孩子似的。我的心倒一下子乱了，下手就不利索，虽然割断了他琴套的带子，摘下了他的琴，但让他发觉了。我急忙让大厨和阿得掩护，但琴转到阿得手上的时候还是被他追上了，他很聪明，抓起街边摊上的豆子撒在地上，阿得摔倒了，连人带琴被巡街的金吾卫士拿住，当场挨了打。我和大厨本来能脱身，可我们仨是结伙起过誓的，哪能扔下兄弟呢，我们干脆也投了案，被关到了左金吾卫的牢里。阿得过去被他们拿过，是有案底的，又吃不住打，我想着这下我们算完了，新账老账，算起来，不掉脑袋也得判个流配。谁知道他居然来保了我们，拿出一小袋金子，说是我买他琴的钱，他后悔了不想卖了才在街上追我们，追不上才乱喊的抓贼。”

韦若昭听到这儿轻轻“啊”了一声，又怕打断了碧莲的情绪，忙又专注地望着她，好在碧莲叹了口气又讲了下去。

“我也搞不清他到底想干什么，反正居然有人保，能不坐牢，我就全照他的意思说，左金吾卫的人竟真的把我们放了出来。出了门，我们就想溜，谁知他又拿出块牌子冲我们晃晃，好家伙，原来他是右金吾卫的，我说怎么左金吾卫的人居然信他的话。我以为他是想把我们转到右金吾卫的牢里好好收拾，正暗暗叫苦，谁知他居然把那袋金子送给了我，条件是我们仨从此改行，不许再做贼。”

“怪不得那天他逼着你去还魏十三玉佩。”韦若昭又忍不住叨叨了一句。

碧莲挠挠头。“就是，就是，魏十三那样的人，你不偷他真是没天理了，嘿嘿，可谁让我答应他了呢。我拿了他的金子，心想天下竟有这样傻的人，我先假意应了，以后再做贼他又如何能知道？与其这样，不如再敲他一笔，就说这些金子虽多，也有花完的一天。他听了后，你猜怎么样？他竟然直接带我们去了一家正要盘出去的大铺面，二话不说，也不讨价还价，就把那包金子给了上家，把铺面盘了下来。就这样，我被他逼着，只好开了酒店。”

韦若昭吃惊地问：“那铺面就是荣枯？”

碧莲道：“是啊。不过，那时还没有荣枯树，那树是我种的。后来，我才明白，他聪明得很，这酒店有庾瓒的股，又在右金吾卫衙门近前，时刻在他们眼皮底下，我要再想回头做老本行，真的不可能了。可惜了我这只手，以后只好专摸俊俏的小哥了。”

碧莲嘻嘻笑着，韦若昭呆愣愣地还在回味碧莲的话。

“可他这样做是为什么啊？他没说为什么这样对你……”

碧莲爽朗地笑道：“你要不问这个我才要奇怪呢。我当时也醒不过神来，心想他一定是看上我了，想和我那个，其实像他那样俊的小哥，就算不帮我，想和我玩玩，我也肯的。谁知我去搭他，他却推开我，只说让我记住自己答应他的话，再不做贼，从此做一个好人。我记得他说完就这样走出那还空空如也的酒店大门，完全不怕我们跑了似的。嘿嘿，我们还真没跑。我就问他叫什么，直到这时候，我才想起来，还不知道他叫什么。他回头说他叫独孤仲平。好怪的名字，谁知道是不是真的，可管他呢，我们谁能说真的弄清楚自己是谁。”

碧莲的目光终于完全收了回来，从飞扬的记忆里收回到这小小的马车中，笑眯眯地看着痴愣愣的韦若昭。

“原来是这样。”韦若昭只说出了这一句话，就沉默下来。内心却似翻江倒海。独孤仲平，你到底是怎么一个人呢？为什么对你了解得越多就好像有更多的未知闪现呢？韦若昭暗暗发誓，一定要成为独孤仲平的徒弟，和他尽量纠缠在一起，搞清楚他到底是个什么样的人。

独孤仲平这时已经与金吾卫众人一起赶到了朝华寺。众人在慧觉带领下来到方丈外，金吾卫士手中的灯笼将四下里照得雪亮。巡夜的僧人早已闻声而至，面对这副架势都面面相觑，不知所措。

慧觉在庾瓒示意下上前叩门，好半天却没人前来应门。这下不光慧觉神情忐忑，庾瓒、韩襄等人也跟着紧张起来。

“你们住持呢？”庾瓒朝旁边的僧人喝问。僧人们你推我我推你，终于一个壮起胆子答道：“弘济师父在里面啊，掌灯之前小僧还看见他呢。”

庾瓒朝韩襄使了个眼色，韩襄嚷嚷了一声“让开”，随即抢身上前，一脚将方丈大门踢开。但见方丈内一片漆黑，隐约有风吹帘幕的簌簌响动从里面传来，却始终不见有人的动静。

难道又晚了一步？独孤仲平虽然不动声色，心中也忍不住有些打鼓。而庾瓒心里亦是同样的念头，他甚至担心凶手还在屋里，于是一把将慧觉推上前。

“你，进去看看！”

觉慧战战兢兢跨过方丈的门，试探着喊了几声师父，见屋子里依然没有反应，慧觉只好摸黑走进去。屋里的灯烛亮了起来，慧觉惊讶的喊声随即传来。

“师父——师父不见了！”

金吾卫众人当即一窝蜂涌进方丈，庾瓒自然还是落在后边，直到手下确定屋子里确实没有异常方才走了进去。

好豪华的方丈啊，庾瓒心里忍不住一声感叹，这屋子里摆的用的，无不是这市面上最好、最贵的物件，丝织的茵毯、银质的烛台、黄金的法器……而最让人惊叹的还是供奉在佛龛中的那尊两个手掌大小的弥勒造像，乍看着黑沉沉不起眼，可那是用一整块林邑沉香雕刻成的。

想不到朝华寺竟然这么有钱，庾瓒不禁叹了口气，自己也好歹算是个富贵的主儿了，可和这朝华寺的住持比起来，似乎还颇有不如！

独孤仲平也已经将整个方丈打量了一遍，四下里没有任何撕扯、打斗的痕迹，而面向后院的窗子是虚掩着的。独孤仲平径自走到窗前朝外面望了望，韩襄悄悄跟上来。

韩襄低声问道："独孤先生，您说他是自己跑了，还是叫人给……"

庾瓒这时也凑过来，独孤仲平转身来到床榻前，伸手掀开胡乱堆在榻上的被子试了试，点头笑道："还热的，屋子里也没有外人进来过的痕迹，看来，弘济住持是被我们吓跑了。"

庾瓒当即一声令下："你们快出去四下找找！"

金吾卫士们应声而动，独孤仲平想了想，又道："他既然误会了，一时半会儿恐怕不会回来，不如我们先走。他明白过来，会来找我们的。"

庾瓒道："会不会再出人命啊，你不是说凶犯随时会对他……？"

"今晚这么一闹，动静可是不小，凶犯不会现身了。大人要是不放心，可以在外边派几个人守着。"

庾瓒最怕的就是再出一条人命，但见独孤仲平淡然自若的样子，一时间也没有更好的主意，便故意大声道：“看来我们来得不巧啊，改日再来拜望弘济住持，韩捕头，留几个人在这儿护卫，其他人跟我先回去！”

庾瓒说着便朝方丈外走，众人自然紧紧跟着，独孤仲平悄悄走到佛龛前，将那块写有字迹的黄缎子放在了那尊价值连城的弥勒造像底下。

独孤仲平回到荣枯酒店已是后半夜，困倦加之依然隐隐发作的头疼已使他感觉很是疲惫，但见到李秀一正双手抱臂候在自己的阁楼门前，又马上笑吟吟地站在一旁，等候李秀一先开腔说话。

李秀一看见独孤仲平走过来，当即打了个呼哨。

“想不到隐居如此万丈红尘之地的独孤先生，还是个虔诚礼佛的居士，深更半夜，居然还到朝华寺逛了一遭啊。”

独孤仲平脸上划过一丝惊诧，但旋即便恢复了平静。

“城中命案连连，血光之灾不断，我也是给自己心里找个依靠罢了！这么说来，李捕头想必已经拿了那鱼市中的凶手，将洛阳金吾卫的赏金稳稳地装进兜里了吧？”

李秀一顿时一脸愤愤，道：“那个傻瓜，只知报仇，竟然没问宋崇把那些挖来的宝贝藏在哪儿了。现下这些东西怕是再也找不到了！”

独孤仲平佯装遗憾地笑了笑，道：“看来李捕头是白来一趟长安了，损失了多少？洛阳的赏格现在是十二缗还是十五缗？”

“那些狗官太精了，只肯出十缗，”李秀一哼了一声，“独孤先生倒是对私探的价码很熟悉啊，怎么，也有兴趣做这行？”

独孤仲平摇头一笑，道了声“李兄失陪”，便径自推门进屋，李秀一放肆地抢前一步，一把抵住阁楼的门。

“朝华寺与连环命案有关？”

“你在跟踪我？”独孤仲平仍是笑吟吟地看着李秀一。

李秀一皮笑肉不笑地哼了一声，道：“是碰巧。我回去的盘缠还没有着落，不如就在长安看看这连环命案的热闹！”

“那我祝李兄好运。”独孤仲平说着就要关门，李秀一再次拦住。

“朝华寺的事，你真的不能给我透个风？”

“暂时无可奉告。”

“你不愿说就算了，”李秀一做出不以为然的样子，“毕竟这肉是你先叼到嘴里的，到嘴的东西谁愿意吐出来呢。不过，我说看看这案子热闹，意思就是热闹不散我就不走。”他停顿片刻继续道，“我这人不交朋友，也从来不白受人恩惠。那天得了你提醒，寻着了杀宋崇的凶手，所以今天特来还你个消息。”

独孤仲平笑着摇了摇头。“区区小事，李兄何必在意？”

“不管你听不听，我都要说，我不欠人人情。三年前，洛阳有一对从长安来的幻术师夫妻，男的主演，女的在旁边帮衬，就是那种手脚带上铁锁，钻进箱子砍头什么的。可不知怎的，那箱子出了点毛病，女的没能逃出来，当场被刀砍死了。这案子一直没破，时间久了，也就没人记得了。”

看来这就是那幻术师曾经犯下的案子了，原来是在洛阳发生的。独孤仲平想着于是点点头，道：“多谢李兄！”

“这下我们两清了！这连环凶案要是我先得手，还请独孤先生包涵。”

李秀一朝独孤仲平拱了拱手，扬长而去，独孤仲平望望他的背影，苦笑一下。这个高傲的私探似乎对与自己较量格外感兴趣，看来是高看了自己一眼，却又每每把他自己说成是只图钱财，没心没肺的家伙，也算是个怪人了。事实上，真正唯利是图的人，却往往见人三分笑，仗义不离口，两面三刀，背后下手，反倒不会一见面就先把丑话公布在前。看样子，这李秀一是要和自己纠缠一阵了。独孤仲平关上了门。

李秀一果然是打算跟独孤仲平和这连环案子纠缠下去，他并没有离开荣枯酒店，而是蹿房越脊，来到了韦若昭房间窗外。

房里的油灯还亮着，李秀一以脚钩住房檐，倒挂着凑到窗前张望，就看见韦若昭正在房间里胡乱翻找着东西，那只黄毛猴子蹲在一旁看着她。韦若昭一边四处乱翻一边嘟囔，听着仿佛是什么东西找不着了，在问那猴子有没有看见。

居然和个畜生说话，这姑娘可真不是一般的傻啊，李秀一不禁冷笑，他一时兴起决定吓韦若昭一下，于是趁韦若昭背向窗户之际朝那猴子龇牙瞪眼。

猴子发现了李秀一，顿时警觉地上蹿下跳起来，韦若昭注意到了，当即转过头去看。李秀一不慌不忙向屋檐上一闪，等韦若昭走到窗前查看，李秀一突然探出头来，韦若昭当即吓得向后一跳。待看清来人是李秀一，韦若昭忍不住生气地嚷嚷起来。

“是你？你——你又来干吗？”

“韦姑娘不要自作多情，”李秀一毫不客气地一纵身跃进了屋，“反正不是来非礼你的。”

韦若昭脸一红，道：“你快给我走，出去！”

李秀一却嘿嘿一笑，道：“你想要我走，只要开口相逼，或者相求，就已落了下风，你越是这样，我就越是不走，你能奈我何啊？”

韦若昭一时语塞，她四下张望，似乎在寻找趁手的家伙，却遍寻不着。李秀一自然不会看不出韦若昭的计划，摇头道：“动粗就更不合适你了。要想达到目的，你应该拿住别人，或者让他们有求于你，或者掌握住他们不敢公之于众的把柄。总之，你掌握主动，他们才能就范。”

韦若昭有点摸不着头脑，他这是在开导我？为什么呢？韦若昭不自觉露出态度舒缓之色。就听李秀一又道：“你是在想我为什么要对你说这话吧？实不相瞒，因为我又发现了你可以帮我的地方，也就是有求于你。不过，我想你也有求于我，所以我们都掌握主动。”

“你有办法让他们收下我？”

李秀一点点头，道：“我要你加入之后，随时向我通报连环杀人案的所有重要消息，特别是独孤仲平，他下一步到底要干什么。”

韦若昭心中暗喜，却又眼珠一转，装出一副漫不经心的口吻，道：“谁知道你的法子灵不灵啊？”

“法子不灵，你进不了金吾卫，我不也什么都得不到？”

韦若昭犹豫片刻，道：“好吧。我答应你。你快说吧，我该怎么做？他们一个个都那么凶，我一个小女子怎么拿得住他们？”

李秀一冷冷一笑，道："你真以为庾瓒那个胖子能查案？我看全是那个独孤仲平替他拿主意。我不知道他为何不愿出头露面，甘心帮那个傻胖子撑台子，或者那胖子拿住了他什么把柄吧。但我可以肯定的是，他们俩在唱一出地地道道的双簧戏。离了独孤仲平，那个傻胖子只怕连个小偷都抓不着。”

韦若昭叹了口气，道："我也看出来了，所以才想拜他为师嘛。可就算是这样，我又如何能拿住他们呢？”

李秀一不禁哈哈大笑，道："要不说你是个傻丫头呢！这不明摆着吗？傻胖子能破案都是靠着别人，这事要是让别的当官的知道了，嘿嘿！朝廷里狗官虽然又贪又懒，可整治起同僚和下级来，一个赛一个有劲头。”

“那我去找那个死胖子说话，他要是不答应我，我就到处去说，金吾卫将军府，京兆府，让他们知道他其实是个酒囊饭袋，所有他破的案子，都是靠着独孤先生，彻底拆穿他们的双簧？”韦若昭渐渐明白了李秀一的用意。

“恭喜姑娘，你马上就要成为金吾卫的女差官了，不过答应我的事，可不能含糊！”

韦若昭按捺不住兴奋，拍了李秀一肩膀一把，道："放心吧，你帮了我这么大的忙，咱们就是好朋友了，朋友的事我不会含糊的！”

“错，”李秀一却骤然摇头，“咱们不是朋友，我从来不交朋友！我只不过是和你做交易罢了。”

韦若昭脸上的喜色顿时僵住，赌气道："交易，交易，为什么你的嘴里总是说交易？我要是不高兴了，就不和你交易。”

“你不会的，这件事对你很重要，你仔细想想，比什么朋友不朋友的更重要，不是吗？”李秀一信心十足地看着韦若昭，“以后你就会明白的，交易远比什么朋友不朋友的靠得住。”

“你教我如何进金吾卫，自己为什么倒出来了？”韦若昭不禁好奇地问。

李秀一又是嘿嘿一笑，脸上的神情却显得有些不自然。他转身朝窗户快步走去。

“我要是知道为什么，也许就不会站在这儿了。好了，就这样吧，照我说的做，他们那边连环杀人案有什么进展，可别忘了，随时告诉我！”

“那我怎么找你？”

“这你不必担心，我会来找你的！”

李秀一话音未落，人已消失在窗口。

二十五

庾瓒领着韦若昭一路穿过右金吾衙门的庭院，韦若昭已经换上一身金吾卫士的制服，要说这制服本是男式的，样式粗笨，穿在身上又明显不合体，韦若昭却按捺不住沾沾自喜，不断地去抻制服的袖子，仿佛要把每个褶皱都抻平似的，一会儿又摸出金吾卫的腰牌反复摩挲着。

“我说韦姑娘啊，你的要求我可都答应了，那事……”

“庾大人放心，既然我加入了金吾卫，那就是自己人了，我的嘴巴严得很呐，管保不会说出去的！”韦若昭笑嘻嘻做了个噤声的手势。

庾瓒这才长吁一口气，他本来绝不会同意让韦若昭加入的，且不说独孤仲平会反对，光是向上头索要增加人手的经费就绝不是件轻松的活计，况且韦若昭还是个大姑娘，女子当差少不了招人非议，这要是再让自家那头母老虎误会了，还不知道会惹出什么样的麻烦呢！

因此当韦若昭又跑来纠缠时，庾瓒的第一反应就是轰走了事，却没想到韦若昭这次突然暗示要公开自己与独孤仲平合演双簧查案之事，还说要是离了独孤仲平，只怕自己连个小偷都抓不住。她还自称是金吾大将军韦青的堂侄女，言下之意便是若不答应她的条件，还要将庾瓒的秘密上报大将军。庾瓒不确定韦若昭的话到底有几分真假，但他很明白，一旦自己假手他人查案之事被同僚和上司知道，升官发财的路就走到头了。

庾瓒的处事原则是见人三分笑，能不得罪人就不得罪人。眼下连环命案弄得金吾卫上下焦头烂额，他每日只怕韦青来找，怎么敢去找韦青查实他是不是有这么个一心想入金吾卫的侄女。不如答应了韦若昭的要求，随便派她个累死人不偿命的苦差事，而且她这么上赶着入金吾卫，工钱也可以大大克扣些。计议一番，庾瓒当即改口应了韦若昭，并带着她一路来到存放案件卷宗的档案室。

只见这室内四壁都是通天的书架，上面层层叠叠堆满了一卷卷的文书。蛛网和灰尘密布，似乎一百年都没有人动过。

“这里都是陈年旧案的文档，各省要案的通报也会送到这里存放，”庾瓒被泛起的浮尘呛得直咳嗽，“韦姑娘识文断字，比我手下那些粗汉强上百倍，不如就在这里好好研读下，须知，凡新生的案子，多少也都和这些旧案有牵连，若发现了什么及时报告本官，本官一定少不了你的赏赐……”

韦若昭好奇地四下打量，又低头看了看自己身上的新制服，不禁笑出声来。

庾瓒出了档案室的门，想想自己灵活变通的本事，几乎要笑出声来。这档案室真的多年无人打理了，平日要找个记录，查个户籍都要瞎找半天，还往往不得要领。自己手下虽说也有几个粗通文墨，但毕竟整日和打杀抓人的粗汉混在一起，散了班，不是一起去赌，就是一起去平康坊逍遥，哪个也不肯坐在这里老老实实整理文档。这回来了韦若昭，正好叫她干这个，要想把这里收拾停当，少说也得忙上三五个月，她也没空跟着瞎搅和连环命案了。如她不听话，那可就不是自己不收她，而是她不安于职守，那时再轰她走也不迟。而且，这差事自己开出三缗一个月的低价，不领行市的韦若昭居然还感激不尽，要知道外聘个文书在长安如今也要五缗一个月，这买卖真是太划算了。这样想着，庾瓒完全没有了被人胁迫的不快，反而觉得自己占了大便宜。

然而让他觉得真正占了大便宜的还在后面。几个时辰之后，庾瓒、韩襄以及独孤仲平应韦若昭之约来到档案室，只见屋内已被收拾得干净整齐。不但蛛网灰尘都已不见，书架上的各类文档也已分门别类码放整齐，还用一张张纸条做了分类标记，全贴在书架上。

韩襄一时间有点摸不着头脑，不明白这位韦姑娘怎么就突然成了自己的同僚，更不明白，韦若昭怎么能这么快就把这永远乱如鸡窝的档案室收拾好。

独孤仲平却只漫不经心地笑了笑。“恭喜庾大人又添了个得力的帮手！”

韦若昭何尝不明白独孤仲平言语中的讥诮之意，白了他一眼，径自看向庾瓒，道：“庾大人果然英明，这连环命案和陈年旧案确实有些干系。我将这儿的卷宗翻了一遍，找出了三件！”她说着拿起一卷卷宗，“这是五年前的一桩毒杀案，岳州有一户，一家老小十几口都被人毒死了，用的毒药很是稀罕。州官查不出来，虽然怀疑这户人家的邻居，却没有凭据，只得挂了起来，你们猜这邻居叫什么？”

“叫什么？”庾瓒、韩襄被韦若昭吊起胃口，异口同声地问。而独孤仲平早已心中有数，只微微一笑，凑到书架前，去看韦若昭做的标记。

“师崇道！”韦若昭又举起另一册案卷，“这是两年前公主府金器失窃案，窃贼云里飞虽然落网，却不明不白地在牢里自己上吊死了，赃物也就无处寻找。”

“是老曹干的……”庾瓒有些茫然若失地叹了口气。

独孤仲平却在这时冷不丁插了一句，道：“好字好字！想不到韦姑娘这样的佳人，居然喜欢铜筋铁骨的颜体。”

韦若昭得意地瞟了独孤仲平一眼，继续道：“这第三桩案子嘛，发生在三年前的洛阳府，有一对长安来的幻术师夫妻，女的在一次表演中，未能及时从道具箱里逃脱……”

“……结果被表演用的利刃当众刺死，而那男的名字就唤作骆可及。”独孤仲平径自接了下去。

庾瓒、韩襄自然面面相觑，韦若昭更是大吃一惊，道：“你怎么知道的？”

“是你师父告诉我的。那上面有没有说，骆可及如果死了老婆能得什么好处？”

“他在老婆死后不到两个月，就娶了填房，比他年轻差不多二十岁。当时有不少人议论，可一点证据也找不到。这三个被杀的，每个人身上都有件人命疑案，都因证据不足逍遥法外，现在又都死于他们曾经整死别人的方式，说明凶手很了解他们的底细，给他们来了个以其人之道，还治其人之身。”

庚瓒几乎合不拢嘴，道：“哎呀韦姑娘，本官真是眼拙，想不到，你还有这等本领，这些你都看完了？”

“是啊，”韦若昭满不在乎地点点头，“我从小看书就快，而且可以过目不忘。大人若不信可以试试！”

韦若昭边说边将手中的案卷打开，递给庚瓒。

“我可以背给你们听，‘查此夫妇，京兆府万年县人氏，自称幼承家学，素以表演幻术为生，多年来未出差错，平日不曾与人结怨，也无银钱往来，本月二十日，于洛阳城中体仁坊表演锁铐脱身之术……’”

庚瓒忍不住朝韦若昭施了个礼，道：“韦姑娘果然有过目不忘的神功，嗨，早知道你有这等本事，我早就把你招进金吾卫啦！”他转向独孤仲平，“怎么样？韦姑娘发现的线索可否帮助找出那疯子？”

“自是非常宝贵。”

庚瓒顿时兴奋得搓搓手，大声道：“嗯，总算有了些进展！”

众人走出档案室，庚瓒高兴自己捡了小便宜后又赚了大便宜，提出中午自己掏钱给众手下加菜，韩襄等人自是兴奋不已。韦若昭寻机凑近独孤仲平，拿出金吾卫的腰牌炫耀似的朝他晃了晃。

“怎么样？我已经是金吾卫的人了！”

“拿我和庚大人的关系要挟他，想必也是你那位师父教的吧？”

“哪有，李秀一才不是我师父呢。嘿嘿，他只是指点了我一下，我还是想拜你当师父的。”

独孤仲平笑道：“庾大人收留了你那是他的事，别忘了，想要做我的徒弟，就先答上我的问题，上阳观的小道士。”

韦若昭骤然脸色一变，道：“你怎么知道我是……？”

一名金吾卫士就在这时跑过来，道：“启禀大人，朝华寺的住持弘济师父求见。”

“他果然现身了？”庾瓒顿时惊喜地看向独孤仲平。

独孤仲平颔首而笑，道：“我想他是来告诉我们凶犯的身份的。”

以长安大寺住持的身份来说，弘济坐四望五的年纪绝不算老，双目炯炯有神，一袭黄色僧袍外罩绣着金线的袈裟，质地华贵，身份自重。

弘济态度谦恭地在大堂上坐下，施礼道：“老衲乃出家之人，安危福祸本已不再挂怀，近日丢失一把戒尺，又被此贼威胁性命，有劳庾大人和众位昨夜登门示警，又派人保护，如此关照，让老衲心下甚是不安啊。”

庾瓒赶紧双手合十还礼。要知道在唐代的长安，大寺的住持非常有身份，来往的善男信女多有皇亲贵戚，手上又掌握大笔庙产，也算一方财东，寻常品级低的小官，想巴结他们还很不容易呢。

庾瓒道：“这么说法师能肯定这威胁你性命的就是偷盗戒尺之人？”

弘济连连点头，道：“不但如此，近日城中的连环命案，也是此人所为。”

庾瓒颇有些吃惊地瞥了独孤仲平一眼，又道:“哦？他是谁？法师快快请讲！”

“此人名叫杨廷玉，多年以前，在山西道上专做拦路打劫、谋财害命的勾当，后来被我们常山兄弟查知，报了官府，断了他的财路，因此结下仇怨。想不到这人如此歹毒，竟念念不忘此事，过了这许多年，还回来找我们寻仇，竟把我那一个个兄弟都害死了。我们几个人都已退隐田园不问世事了，居然还会遭此噩运。”

弘济说着不觉掉下泪来，急忙举衣袖擦拭眼角。

韦若昭听得一愣，没想到这老和尚竟会自称是常山兄弟的一员。弘济此举也多少出乎独孤仲平的意料，但他保持着自己的一贯的冷静，暂时没有发声。

庾瓒想了想，又问:“这么说，师崇道、曹十鹏，还有骆可及和你，弘济师父，都是常山兄弟的成员？”

“没错，那是老衲出家前的事了。我们兄弟四人一师学艺，共传常山兄弟的衣钵，情同手足。哦，这就是我们结义之日所刺，是我们常山兄弟长安总舵的徽记。”

弘济说着，将左手拇指冲众人扬一下，隐约可见那上面的刺青。

“想不到他们竟一个个惨遭毒手，本来师崇道遭难之后，我就怀疑到是杨廷玉所为，但缺乏佐证，因此并未报官。谁想曹兄弟、骆兄弟也接着被害，我这才明白，他是要把我们常山兄弟赶尽杀绝啊。但那时，戒尺尚未丢失，我仍不能肯定这凶徒一定是杨廷玉，直到昨天，老衲听说有人从万源柜坊中将戒尺抢去，急忙派徒弟慧觉前去查探，终于证实必是此人。因佛门中人往来柜坊太显眼，老衲不许慧觉亮明身份，谁想反给你们添了不少麻烦，真是罪过！”

庾瓒道：“哪儿的话，我们也是急于找到法师嘛。”

“可为什么戒尺失窃，你就能确认这一切都是杨廷玉干的呢？”韦若昭忍不住插嘴问道，独孤仲平瞪了她一眼，韦若昭却又毫不示弱地瞪了回去。

弘济却仿佛早已料到会有此一问，毫不犹豫地答道：“只因这把戒尺本就是杨廷玉的。”众人顿时面面相觑，弘济停顿片刻，接着道：“这是他所使用的一种独门兵刃，十分厉害，当年他被我们常山兄弟联手制服，我们为防他再作恶，夺了他这件兵刃，交由我保管。也有以佛门重地、三宝威势，震慑此杀生无数的邪物之意。城中连环凶案乍起，我疑心杨廷玉，为保险起见，也是为试他，又将此物存到看管更严密的柜坊，不想还是被他盗走，可见他是铁了心要以此物再为害世间啊！”

“那他为何每次杀人还要昭告全城？”这次发问的是庾瓒。

弘济叹气，道：“虚张声势，以图遮掩自己的身份罢了！”

庾瓒急忙又道：“那法师可知这杨廷玉有可能在何处落脚？我马上带人去抓。”

“此人本领高强，又是有备而来，定藏在城中十分隐秘处，寻是寻不到他的。”

独孤仲平突然道：“敢问弘济师父，你们常山兄弟一共只四个人吗？”

弘济不禁若有所思地打量了独孤仲平几眼，道：“常山兄弟人数众多，我们兄弟四个是长安总舵的执事。”

“嗨，别问那没用的了。弘济师父，你毕竟认识这杨廷玉，可还有什么捉拿的他的线索吗？”庾瓒着急追问。

“只有一个办法有望捉住这魔头，”弘济再度双掌合十，神情慨然，“阿弥陀佛，既然我那三个兄弟已死，这杨廷玉下一个目标还能有谁呢？现在也只有老衲才能把他引出来了。”

“引？怎么引法？”

“老衲打算过两天就宣布在朝华寺般若殿内闭关清修，清修期间任何人不得打扰，斋食斋饭也都从一小窗送入。我料那杨廷玉必会以为这是个杀我的好机会，大人可在周围设伏，他若现身，立刻予以处置。此计若成，也算是老衲为长安百姓除一祸害吧！”

听起来是个办法，但不知行不行得通，庾瓒忍不住将求助的眼光投向独孤仲平。独孤仲平略一思索，道：“可是这杨廷玉既然本领十分厉害，如今又偷回了戒尺，如虎添翼，弘济法师如此安排，岂不将身陷险地？”

“我命不足惜，万事以捉拿凶犯为重。若此计不成，恐怕欲捉此人，就更无指望了。”

庾瓒激动地一拍大腿，道：“哎呀！到底是佛门中人啊！果能如此，长安百姓就都托您的福了！你们赶快去安排人手，一定要既拿了那疯子，又保全师父性命！”

“我佛慈悲。为救众生，我不入地狱，谁入地狱？”弘济念了声佛号，一脸凛然之色。

二十六

独孤仲平那间并不宽敞的阁楼中央已经架起了一个陶土制成的小炭炉，炭炉上面是口铜锅，锅里的水已经沸腾了，咕嘟咕嘟翻着气泡。袅袅升腾的水汽中弥漫着一股奇异的恶臭，独孤仲平却仿佛浑然不觉，一手扇着把破扇，一手不停地将什么东西依次投入面前的铜锅。

猪皮、蚕蛹、山茱萸、死蛤蟆……每投入一样，独孤仲平便轻轻念叨一声，这方子已好几年不曾用过，独孤仲平有些拿捏不准剂量，但愿不会影响效果才好。而且这时正是过年的时候，找不到活知了，谷大厨刚刚送来一盘蝉蛹代替，独孤仲平不满意，却也只得接受下来。

独孤仲平拿起长勺在锅里搅动，锅里的东西很快便煮成了黑漆漆的一团糊状，气泡翻滚得更加厉害，起初那股奇异的恶臭却渐渐消失，慢慢地，一股若有若无的幽然香气冒上来。独孤仲平这才松了口气，拈过一旁的手巾擦了擦手。

韦若昭就在这时推开虚掩的房门溜进来，她已经换回了日常的女装，一进来便好奇地打量着那口大锅，笑道："我说什么闻着这么香，原来你在这里炖好吃的！见者有份，让我也尝尝！"

她说着上前抄起锅里的长勺，舀了一大勺便要往嘴里送，却被独孤仲平一把拦住。

"这东西姑娘要是吃下去，只怕是要把今生吃的饭都吐出来了。"

韦若昭听言赶紧放下勺子，道："什么？这不是吃的？那是干什么用的？"

"到时候你就知道了。"独孤仲平似笑非笑地看着韦若昭，"你去查朝华寺的案卷了？有收获吗？"

"没有，"韦若昭不禁一脸失望，转瞬又变得无比惊讶，"你怎么知道我去查朝华寺的案卷了？"

"你脸上有灰！"

"真的？"韦若昭当即凑到墙边桌案上的铜镜前照照，见自己的脸上光鲜照人，醒悟过来，"哪里有灰？你又哄我，那房间早让我收拾干净了。"

独孤仲平脸上笑意更浓，随手拿过锅盖将锅盖上，道："其实，我只是猜中了你的心思。你急于立功，想在庾大人面前，特别是在我面前表现一把。刚才那个老和尚亮了刺青，你觉出这细节上有些蹊跷，就想在这上面用用功。而你最擅长的呢，就是研读案卷，人总是相信自己最擅长的本事，所以你刚才一定又去档案室了。没有收获就想来找我讨教，可是有些不好意思，所以假装来找好吃的。是也不是？"

韦若昭一张俏脸窘得微微发红，嘴上还不服软，道："前面的还有些道理，可你怎么就确定我没有收获？”

“你若有了收获，一定先去找庾大人表功，就不会这么快来我这里了。你现在的盘算是让庾大人说服我收下你，这也许也是那个李秀一教你的。”

韦若昭忍不住叹了口气，道：“你是不是别人心里想什么都能看出来啊？”

“那也不一定，”独孤仲平微微摇头，“比如……你为什么好好上阳观的女道士不做，要跑来长安？”

“我是——”韦若昭话一出口，又瞬间意识到不对，“啊！我不会让你套出话来的！”

独孤仲平颔首一笑，道：“有进步嘛！学会防备人了。”

“你是怎么猜出我在上阳观做过女道士的？”韦若昭按捺不住好奇。

“这个容易！你的包袱里头有一张度牒，上面写着……”

韦若昭顿时跳起来，嚷嚷道：“好啊！你翻我东西，敢情你就是这样猜人心思的？”

“自己忘了带包袱，人家替你收了反而埋怨人家。”独孤仲平说着又掀开锅盖扇了扇火，“再说，你不也偷了我画的画嘛。”

韦若昭自知理亏，于是哼了一声便又坐下。她确实瞧独孤仲平的怪画挺有意思，偷偷拿走了几张。

“说说吧，你有什么想和我讨教的？”独孤仲平又搅了搅锅里的东西。

“我记得死的那三人的刺青分别在不同的手指上，这老和尚亮的刺青，又是在大拇指，这样想来，”韦若昭说着动了动自己的小指，“是不是还应该有一个，不然他们为什么把帮会的记号刺在手上？”

独孤仲平笑道：“也许那第五个兄弟，小指头叫人剁了，没地方可刺，因此不作数了。”

“你少唬我。”韦若昭知道独孤仲平又在和自己开玩笑，却没有笑，反而一脸严肃，“我有时注意到很多事情，就是想不通它们之间有什么联系，为什么会这样。比如，这个弘济，他说戒尺是杨廷玉的兵刃，所以他一定要偷回去。可这之前，杨廷玉也杀了三个人，难道只有他弘济本领高强，杨廷玉对付他才需要找回自己趁手的兵刃？说不通。还有，你们都已经去朝华寺闹了一遭，凶犯不可能没有耳闻，弘济就算用自己当诱饵，凶犯也不见得就会轻易上当啊。”

“我可不能上你的道，”独孤仲平笑而摇头，“回答这些问题，就好像我已经答应收你当徒弟了。”

“那就是说，这些你已经都想明白了，只是不愿意告诉我？”韦若昭眼睛顿时瞪得老大，“哦，你算准了凶犯一定会来，不然你不会这么镇定地坐在这儿，其实你也很着急想捉住凶犯，一点不比胖大人悠闲！”

独孤仲平颇有些无奈地看了韦若昭一眼，老实说，这些年，无论金吾卫内外，他还没有碰上一个领悟力像韦若昭这样出色的。

“你的猴子呢？”

“怎么，你要用到小乖？”韦若昭敏锐地察觉到独孤仲平话中有话，“你要是给我派个活计，我就不缠着你了！”

这姑娘实在是太聪明了，独孤仲平心中又一次感叹，嘴上却道:“去把你的猴子喂饱了，我看你真正擅长的本事是照看那只猴子，这本事也许还用得上！”

时近子夜，除了般若殿内传出的木鱼声响，朝华寺金碧辉煌的建筑群已然笼罩于一片寂寥夜色。而高大巍峨的庑殿顶端，李秀一正藏身于望兽隆起的阴影之中，一边把玩狼爪一边监视着后院的动静，一双眼睛闪闪发亮，既警觉又兴奋。

他知道就在不远处的树丛里，金吾卫众人早已布下了陷阱，前后几个出入口都已被重兵把守，只等那凶犯自投罗网。这些消息自然是韦若昭告诉他的，这姑娘果然不傻，自己的一番话，她显然听了进去，做交易是比交朋友能更快达到目的的办法，她很快就体验到了这一点，所以顺利进了金吾卫后，就真的向自己传递了消息。李秀一明白，这并不是她多么言出必行，而是她又生出了下一个愿望，让李秀一继续点拨如何使独孤仲平收她为徒。那么，她还会把消息持续地透露给他，而他要的就是这个。

这样就上道儿了，小丫头！都是这么过来的。李秀一在心中默念道。

李秀一早早来到这里的屋顶处埋伏。他根本不相信凭庾瓒和他那些手下能够抓住凶犯，长安的金吾卫和洛阳的一样蠢，甚至更过分，他来长安的这几天就确认了这一点，这正是他留下来掺和这连环命案的信心所在。当然，他也在怀疑凶犯是否会真的上这个并不高明的圈套，但独孤仲平没有反对这个计划！这一点让他相信，这个晚上还是值得一来的。

只要凶犯露面，凭他李秀一的身手，一定能赶在金吾卫之前将其拿下!

一阵夜风袭来，大殿周围的树冠沙沙作响，但沙沙声中又渐渐加入了缓慢而沉稳的脚步声。李秀一手中的狼爪停止了在脸上的抚弄，他收起狼爪，手指滑向腰间长刀，两眼紧盯着殿顶，胳膊和肩膀也紧绷了起来。

有人来了——

李秀一微微眯着眼睛，与其说是单纯用眼睛看，他更习惯调动全身所有感官，来感知即将到来的危险。

殿前空地，又一阵更大的风，刮起尘土翻卷着袭向殿门。殿角，佛铃被风吹着，不停叮当作响。

一个黑影突然出现，朝着殿门飞奔而去。墙角和树影中的韩襄等人立刻打起了精神，紧盯着那黑影。

李秀一的身子绷得更紧，右手已然紧紧攥住刀柄。

那黑影离殿门更近，隐约已可以看出其身形轮廓，但见他急匆匆朝殿前石阶冲去，全没留意到一根细线就悬在殿前两尊石灯之间。黑影一条腿刚一触到细线，几张巨网就在一瞬间从各个方向撒开，朝他身上罩去，须臾已将其裹了个严严实实。

早已跃跃欲试的韩襄等人当即持刀枪棍棒一拥而上，几个手快的不由分说，朝着黑影举棒就打。韩襄尤其卖力，边打边大声嚷嚷:“杀才，你中了我们大人的计了!”而奇怪的是，黑影竟然毫不还手，只挣扎着发出一阵沉闷的惨叫。

韩襄卖力打了一阵终于意识到有些不对，急忙拦住众人:“等等，等等，别打了!”他说着环顾四周，“大人呢?有人看见庾大人了吗？”众人自然面面相觑，这才发现庾瓒不知何时已不在身边。众人赶紧收了家伙，将被裹在网中的黑影七手八脚地拉出来。

有人点亮火折，近前一照，网中的居然是庾瓒！但见他嘴被破布堵住，并在脑后打了死结，而身上被套了一件不合体的夜行衣，紧绷绷包裹着，就如同一只大粽子。

众人手忙脚乱地上前替庾瓒松绑。庾瓒吐了口血水，一脸怒气地呻吟道：“哎呦！疼死我了！是哪个打的？”

方才还个个争向上前的众人纷纷将手里的棍棒往身后藏，韩襄一张猴脸吓得如同菜色，声音颤抖道：“大人，您这是……”

庾瓒跳着脚把众人挨个痛骂一遍。原来他布置完众人设伏，准备前往朝华寺前殿休息，结果刚走到半路，就被人一把拎住脖子，拖到僻静处。庾瓒甚至没看清袭击者的相貌、身形，便被堵住嘴套上了夜行衣。对方说了句“往般若殿跑，不然就射死你”，并把一支挂上弦的箭从庾瓒的胖脸上滑过，还故意轻轻靠了靠。闪着寒光的箭尖和铁器的寒冷让庾瓒清楚地明白了自己的处境，所以一被松开，他就拼了命地朝般若殿方向跑来。

众人听了庾瓒的讲述一时间都有些不知所措，韩襄想了想，突然一拍脑门，道：“啊！一定是那凶犯，他在前殿！”

庾瓒这时也反应过来了，气急败坏地道：“那还不快去！”

众人于是七手八脚扶起庾瓒，一路大呼小叫地朝前殿奔去。

屋顶上冷眼旁观的李秀一不禁露出嘲讽的笑容，这么明显的调虎离山之计都看不出来，这群金吾卫的饭桶，真是活该被人一刀砍死！他们走了倒好，也省得到时候碍手碍脚。

李秀一正想着，又一阵夜风袭来，接着一个黑影动作迅捷无比地从远处的树冠上纵身跃至，踏到屋顶上，几乎未发出声音。

正主儿终于来了！

李秀一紧盯着对方的身影，身子伏得更低了些，几乎已贴在瓦上。

只见那黑影几步就来至般若殿屋顶中央，麻利地掀开了几片瓦，借着从殿内映出的灯火，可以看见此人头戴斗笠、蒙着面。木鱼声越响，蒙面人朝殿内张望一阵，便纵身一跃。

李秀一嘴角一撇，手一弹，持刀在手，起身追了过去。

独孤仲平和韦若昭这时正沿着朝华寺山门外的矮墙徐徐而来。韦若昭牵着猴子，跃跃欲试之色溢于言表，独孤仲平却一派闲庭信步的模样，时而抬头望天，喟然长叹。

“多好的月亮啊。”皓月当空，银白色的月光洒在独孤仲平脸上。

“这月亮有什么好的？明明还缺了一角，不够圆嘛！”韦若昭的心思早已跑到案子上，“你往小乖身上到底涂了什么东西？怎么现在什么味道都闻不见了？”

原来出门前，独孤仲平将白日里煮的那锅东西在猴子四爪上反反复复涂了好几遍。

独孤仲平一笑，道：“你闻不出来，狗却最喜欢这个味道。”

“你是想等凶犯一现身，就把猴子放出去，然后我们再用狗去追？”韦若昭恍然大悟，接着又忍不住惊讶，“原来你都盘算好了，你不相信胖大人他们能抓住那凶犯？”

“不过是以防万一罢了。”

两人走走停停，不一会儿便来到一棵大树下。独孤仲平走到树下站定，伸手拍了拍树。

“好一棵大树啊，就在这儿吧！”

韦若昭疑惑道：“我们为什么不进寺里去等？”

独孤仲平只一笑，道：“里面各路人马已经太多了，再说，猴子在这儿上树方便！”

韦若昭当即仰头，但见这月光映照下的大树枝叶繁茂，树冠和寺里的树连成一片。

“这么说，你认为他一定会从树上面来？”韦若昭想了想，“那我去通知胖大人他们一声，让大家防备上面？”

“他们知道了也没用，只会更加紧张。再说，你不是已经通知李秀一了吗？你师父的身手，我已领教过，庾大人的手下都加起来也不如他一个，如果他也拿不住凶犯，我们就谁都指望不上，只能靠这猴子了。”

韦若昭更加吃惊，嗫嚅道：“你怎么知道我……”

“读心啊。读你的心，也读他的心。他教了你要挟庾大人这一招，作为回报，你怎么可能不通知他呢？不过你也不必愧疚，我要是你也会这么干的，多个人帮忙岂不甚好？你只要保证，这小猴听你话就行。”

见韦若昭忙不迭点头，独孤仲平这才在矮墙外找了个地方坐下。此地离般若殿甚远，那边的动静一时半刻也传不过来，独孤仲平索性逗弄起猴子打发时间，而那猴子却对独孤仲平流露出很深的敌意，一个劲儿地龇牙瞪眼。

韦若昭一面纠结独孤仲平是否会生自己的气，一面按捺不住担心寺院里的情形，想问又不好意思开口，正胡思乱想之际，一旁的独孤仲平陡然站了起来。

远处的夜空被火光映红，渐渐有人的嘶喊与建筑倒塌的声音传来。

“着火了，好像是般若殿！”

韦若昭一个激灵跳起来，拔腿就要往里冲，被独孤仲平一把拦住。

“你现在去也没用，盯着树！”

韦若昭赶紧将目光对准头上树丛，很快，就见一个黑影倏然一闪，须臾间已跃上了墙外这棵大树的树冠。

独孤仲平大喊一声：“杨廷玉——”

黑影明显愣了一下，而韦若昭已趁此机会松开手里的猴子，叫道：“小乖，快去！”

猴子飞快地蹿上了树，与那黑影一前一后消失在夜色中。

二十七

男人返回藏身的小邸店时几乎筋疲力尽。

腿上的创口太深，以至于不得不用灯油灼烧方才勉强将血止住，他从简陋的行囊中取出金疮药，看也不看便往伤口上撒。冰凉裹挟着刺痛袭来，他反倒觉得灵台清明了不少。虽然事前便知道这十有八九是金吾卫设下的圈套，但为了按照他事先的全盘计划完美地杀死弘济，就算有更多人埋伏，他也要去。本来他略施小计，就调开了埋伏的那群饭桶，可没想到金吾卫竟找来个这么强悍的帮手，而且居然事先埋伏在屋顶上，待他从屋中一跃而出时，如此凌厉地偷袭了他一刀。若不是他仗着绝佳的轻功逃遁，只怕免不了命丧当场。

更让他始料不及的是，弘济那个老滑头竟然想出了李代桃僵的伎俩！他初入般若殿时并没有察觉到有何异常，跪坐在殿内礼佛的那个人身披寺院住持才有资格穿戴的僧衣和袈裟，从背面看，身形也与弘济极其相似。他于是拿出早已准备好的戒尺，准备上前质问弘济是否知罪。

当他从后面闪身欺近，一把拿住弘济的肩膀时，却发现这贼秃正惊恐地瑟瑟发抖，没有任何动作反抗。难道经年不见，这贼秃竟变得如此驯顺？要知道这弘济可是当年常山兄弟中最剽悍的一个，身手智计皆在其他几人之上，他既然打算借金吾卫之手除掉自己，又怎么会表现得这般惊慌失措？

他心念一动，一把拧过这人的脖子，随着一声惊恐的尖叫，眼前出现的竟是一张年轻而陌生的脸。

“好汉饶命！”

“你不是弘济！”男人一阵懊丧，明白自己低估了弘济的狡猾。接着，他想起自己事先前来勘察地形时曾见过这个少年，仿佛是一直跟在弘济身边的某个僧人。“弘济呢？”

少年一张苍白的脸害怕得几乎纠在了一起，努力咬住哆嗦的嘴唇，吞吐了半天终于说出话来：“我什么也不知道，师父叫我替他一会儿……”

好个狡猾的老东西！他愤怒地一把将少年推开，借力向上一纵身。没想到腿上突然一痛，他急忙跃开，再低头，腿上已有血冒出来——

那个偷袭的家伙真不要脸，自己还在查看伤口就再次挥刀攻了过来，而自己手中只有准备收拾弘济用的那把戒尺。他有些托大，对付金吾卫这些饭桶，他除了一张短弓和这把戒尺甚至没带别的兵刃。

而那个偷袭者功夫着实不弱，带伤的他用戒尺只得屈居下风。

回想到这儿，男人脸上露出些许沉痛之色，但不是因为自己失手受伤难以接受，而是就在他与那偷袭者在屋顶激斗时，那个被弘济当替身的小和尚因为慌乱而不慎引燃了殿内火烛，想要逃命却发现殿门已经被从外面锁上了。他的哭喊声不断从下面传来，他本想下去救人，却被偷袭者凌厉的攻势逼得根本腾不出手。

而后面的事……小和尚的呼救声终于渐渐弱下去，而大殿的屋顶已烫得几乎再也站不下，并且开始摇晃。自己不得不拖着伤腿，施展拿手的轻功绝技，从般若殿旁连绵的大树上逃离了朝华寺。

看来弘济是连金吾卫都骗过了，这个歹毒的家伙，存心是想让无辜的人当他的替死鬼啊！

一阵剧痛骤然将男人从愤懑的思绪中拉回现实，显然自己的时间已经所剩无几。他若有所思地望向那正蹲坐在角落里、安静地咀嚼槟榔的猴子，他回来不久猴子便跟了进来，哼，想必跟在猴子身后的大队人马已经离此不远了。

男人一手撑着床沿努力地站起来，失血过多的脸上竟因为难以抑制的狂喜而泛着不自然的红晕。他猛地推开那扇自住进来便从未开启过的窗子。

计划被打乱了一些，但是这样也好，他决定以变应变。

弘济、庾瓒等大小饭桶、偷袭者，还有那个叫独孤仲平的自以为聪明的家伙，你们以及所有长安的罪人——

就让我换一种方式和你们玩玩。

快了，揭开一切谜底的时刻就要到了——

二十八

曾经宏伟的般若殿已经变成了一片废墟，熊熊大火仍未熄灭。独孤仲平与韦若昭赶过来时，庾瓒正一脸呆滞地看着众人忙碌救火的身影。

“弘济法师还在里面，怕是……”

庾瓒看向独孤仲平的眼神颇有些哀怨，诱捕凶犯不成，反倒赔上了朝华寺住持的性命，这要是让上峰知道了，自己这官只怕就要当到头了。

正在这时，弘济突然快步从远处走来，众人一时间都是惊诧莫名。

庾瓒惊讶道：“弘济法师？你怎么……那在殿里头的是……”

弘济望着四处飞溅的火星，双掌合十，道：“阿弥陀佛！真是罪孽啊，老衲临时去取一卷经书，就让慧觉暂代老衲片刻，没想到……”

弘济一脸沉痛，语调悲伤。韦若昭却听着来气，忍不住冲口而出道：“怎么会那么巧，我看是你……”

独孤仲平朝韦若昭打眼色，不让她再说下去，李秀一这时扛着刀走过来，独孤仲平一见他颇有些狼狈的样子微微一笑，道："李兄倒是悠闲，看来这人的轻功竟比李兄还俊些！"

"简直是他妈属鸟的！"李秀一哼了一声，"好在我砍伤了他的腿。你们可着全城去搜索吧，不信抓不到。"

李秀一说完转身走了，独孤仲平给韩襄递了个眼色，道："让你准备的狗可备好了？"

"准备好了，都在廊子下候着呢！"

"放出去！"

天刚破晓，小邸店的住客们便被一阵突如其来的嘈杂从睡梦中惊醒。马嘶犬吠、脚步声、喝骂声，金吾卫士气势汹汹闯进来，庾瓒、韩襄、独孤仲平以及韦若昭跟着急匆匆鱼贯而入。

几个手下推搡着店主来到庾瓒面前。

"你就是店主？"

店主战战兢兢叩了个头，道："是…… 大人开恩，小的可是良民啊！"

"杨廷玉住哪间屋？"庾瓒懒得与他费唇舌。

店主听了庾瓒的话却是一愣，道："小的此处没有叫这个的客人啊！"

"没有？"庾瓒哪里肯信，当即一瞪眼，"怎么，你想包庇要犯吗？"

店主吓得扑通一下跪倒，磕头如捣蒜，道："不敢不敢，可是小的是真不知道啊！"

说话间有金吾卫士过来禀报，称已经找到了凶犯的住所。庾瓒等人当即前往，但见一间位于背阴处的偏房外，一群金吾卫士守在门前，还有好几条狗，不停地跳跃、吠叫。

庾瓒开始还有些胆怯，但见独孤仲平、韦若昭已经若无其事地走进去，这才一边嚷嚷着一边跟了上去。

“周围都搜了没有？”

韩襄点头：“都搜了，可没见着人影！”

狭小的房间里陈设也很简陋，最显眼的不过是房间正中一张破旧的床榻，那只猴子正蹲在榻上嚼着槟榔，旁边还散落着几块沾满血迹的白布。

韦若昭一见那猴子便高兴地冲上去抱它，韩襄上前捡起一块白布看看，道：“大人您看，这小子昨夜受了伤，这血还没干透，他一定刚才还在这里。”

庾瓒点头，大声道：“对对！再给我搜，他走得匆忙，一定留下了线索！”

韩襄等人于是拿出金吾卫的做派，在屋子中翻箱倒柜起来。独孤仲平却没有动，仔细打量着这间屋子。

“就算再匆忙，他也有时间把小乖带走或者藏起来，为什么就这样把它留在这儿，还有这些带血的布，这不是把他自己暴露了吗？”韦若昭悄悄问独孤仲平。

独孤仲平发现自己脚边也扔着一块沾满血迹的布，弯腰捡了起来。

“也许他就是这个意思。”

独孤仲平随口说着，将手套进布内，发现刚好是用手隔着布蘸血书写的痕迹。独孤仲平猛然抬头，只见天花板上竟赫然用血画着那个常山兄弟的刺青图案，图案画的十分潦草，但正中心还直直地插着一支羽箭。

韦若昭也看见了，忍不住大喊，道:“那是常山兄弟的标志！”

众人这时也闻声观望，七嘴八舌地议论着，并抬起韩襄拔下了那支箭。韩襄献媚地把箭递给庾瓒。庾瓒本能地向后一缩让过箭尖，又潦草地看看箭杆。

“右羽林军府督造。这是一支羽林军的箭啊，这什么意思？”庾瓒说着把箭递给独孤仲平，独孤仲平仔细看看，箭的箭头已经锈了，箭尾的羽毛也秃了不少。

庾瓒又道:“他什么意思？吓唬我们？这就是个老古董，怎么能杀人？”

独孤仲平眉头微蹙，道:“也许以前杀过人吧。”

韦若昭不禁心念一动，这时韩襄又将那已然魂不守舍的店主带进来。

庾瓒问道:“住这间屋的人长什么模样？”

店主紧张得直打哆嗦，道:“让……我想想，嗯……说不上胖也说不上瘦，说不上高也说不上矮，长的就是个普通人。”

“放屁！住你的店你居然说不上他的样子，我看你是存心和本官做对啊！”

“冤枉啊大人！他……他真的长得太普通了，又总是压低着个帽子，连我也不曾看得太真切，说实话，这姓杜的还欠我好几天的房钱呢……”

“什么姓杜的，”庾瓒气哼哼一瞪眼，“他明明叫杨廷玉……”

韦若昭突然叫起来，道:“等等，你说他姓杜，他叫杜什么？”

“杜纯。”

“没错，就是这个名字！”韦若昭兴奋地几乎跳起来，“他就叫杜纯！我在案卷里看到过一个案子，四年前有一个右羽林军的军官叫杜淳，在一次练习射箭的时候误杀了同僚，当时有人怀疑他是故意的，因为他和被杀的那人有些说不清的纠葛，可最后因为没有证据，只被打了一百军棍，除了军籍了事。”

“你能肯定吗？”独孤仲平一脸严肃地问。

“当然能！这卷案卷在档案室左边第四个架子上格，我不会记错的。”

独孤仲平又低头看了看手里的箭，看来这又是一次杀人前的提示，又是一次以其人之道还治其人之身。只不过……

独孤仲平凑向庾瓒，说道:“大人，据我所知，右羽林军在城南有个射箭场。”

“什么意思？”庾瓒又惊又怒，“这疯子这回想杀谁？不会是羽林军将军吧？”

“不，是他自己，”独孤仲平喟然长叹，“所有的罪人都必须死，自然也包括他自己！”

老实说，庾瓒并没有听懂独孤仲平的话，但还是急忙调兵遣将。因为羽林军属于北衙六军，理论上金吾卫管辖不到，庾瓒派韩襄赶回金吾卫向大将军禀报，让他出面疏通关系，言明事关轰动全城的连环命案，请求配合。自己则为防意外，先行带着众人疾驰往城南射箭场。

慌乱中，没有人注意到，李秀一已经骑着马，悄悄跟到了杜纯住处门外，躲在对面的巷子口注意地观察着众人的一举一动。已经到这时，他知道金吾卫这些人一定会在这里找到线索，而且他们大呼小叫之际，一定会透露出下一个要赶去的地方，那时自己就将凭着这匹快马赶到他们前面，抢先拿了凶犯，也就抢走了金吾卫将军府、京兆府为此案设的赏金。

庾瓒等人飞骑驰入射箭场内，只见一群羽林军士兵正排起整齐的队列，随着校官一声令下，一张张弓被高举、拉开，冰冷的箭镞闪着寒光、带着劲风，齐齐飞向对面的箭靶。刹那间，人形箭靶的心脏位置便已被羽箭插满。

校官正要下令再次放箭，一声撕心裂肺的惨叫就在这时传来。庾瓒等人忙亮明身份，和这些羽林军士一起寻找声音的来源。

李秀一这时从另一入口冲进来，直朝箭靶后驰去。

韦若昭立时明白，高叫一声："人在箭靶后面！"

众人循声来到箭靶后方，李秀一已抢先下马，朝一个箭靶奔了过去。但见一个身材瘦小的男人后背紧贴着人形箭靶，无数支箭镞已然穿透了他的身体，从前胸冒出来。鲜血不停地滴滴答答流到地上。

但这家伙分明在笑，轻蔑地嘲讽地笑。

众人谨慎地围上来。

"你……就是杜纯？"庾瓒半是厌恶半是恐惧地盯着他。

"要不是我可怜你们，你们怎么找得到我？"杜纯脸色苍白，神情却甚是得意，"我杜某人是自己领罪，不是被金吾卫的笨蛋们抓住的。"

韦若昭再上前一步，道："你是不是四年前射死了自己的同僚？"

杜纯抬眼看了看韦若昭，道："不错！为了争一个和你一样漂亮的妞儿。我做了个局，所有人都以为我是误伤了他。"

"不对！他们怀疑你了，只是没有证据，才让你逍遥法外的。"

"证据？"杜纯不禁面带冷笑，"用不着了。老天是公平的，它已经报应了我……我把这漂亮妞儿变成了我的老婆，一年前，我们两个的孩子病死了，后来她知道了真相……"

"所以你也杀了她？"庾瓒忍不住插嘴。

杜纯顿时又冷冷一哂，道："我是罪人不错，可不是畜生。她说这是天谴，就把她自己给毒死了。我一下子什么都没有了！没有了！"他说着突然仰天长笑，"老天爷啊，你他妈太公平了！你没有放过杜纯这个王八蛋！"

庾瓒又问："你既已知罪，自己了断也就算了，为什么还要杀那么多不相干的人？"

"什么不相干？"杜纯的语气却是恶狠狠的，"要不是我入了常山兄弟，拜了那罪恶的师父，还交了这帮罪恶的师兄，我怎么能学了这么多作恶的本事？"

"你果然就是第五个人！"韦若昭惊呼出声。

杜纯挣扎着扬了下左手小指，上面果然也是常山兄弟的刺青。

"可惜我的混蛋师父死得早，忘了告诉我们善恶终须报了。我们用他教的本事干尽了伤天害理的坏事，一人行事，大家出主意帮衬，终于，每个人的手上都沾满了血。现在，我遭了报应，总算醒悟了。可是他们，还有全长安的罪人，都还执迷不悟。看来只有我能帮帮他们了。”

“既然是你们常山兄弟之间厮杀，为什么要吓唬全城的人？”庾瓒道。

杜纯只哼了一声，道：“放纵我们兄弟逍遥到现在就是从犯，何况他们谁敢在神明面前拍着胸脯说自己没做过一件恶事？这是天谴！天谴！我的兄弟，和这座罪恶的城市，没有人能逃脱！”

庾瓒连连摇头，道：“我看你是彻底疯了！”

“我倒觉着你那老天爷可也不怎么灵光，”李秀一一脸轻蔑神色，“弘济现在毫发未伤，还在当他的住持呢。”

杜纯忍不住啐了一口，道：“呸！什么弘济！他才是杨廷玉。想让我顶着他的名字死，他好彻底洗清白了。要不是你偷袭了我一刀，他跑不了，也不会再搭上那个倒霉徒弟。这样也好，天意如此，让我在前面给他，和全长安的罪人，引个道儿。”

杜纯一脸得意，声音却变得越来越弱。一直没出声的独孤仲平这时突然上前掐住杜纯颈后的风池穴，杜纯呻吟了一声，勉强抬起头来。

“弘济用戒尺打死的是谁，你手里有没有证据？”

众人听言，都惊讶地看着独孤仲平，独孤仲平却死死地盯着杜纯。

“你就是独孤仲平？”杜纯咳嗽几声，努力睁开眼睛，示意独孤仲平再凑近些，他说话已很吃力，嘴嚅动着，独孤仲平只得将耳朵凑到他嘴边。

“证据当然有，可惩办他的天命在我，不在你。你是比那些笨蛋聪明些，可你也是罪人，你没做过恶，不可能好几次猜到我的心思……”见独孤仲平神情复杂地看着自己，杜纯再次露出得意的笑容，“……怎么样，让我说中了吧？试试看，你能不能猜到我现在在想什么……？

话音未落，杜纯脑袋一歪断了气。独孤仲平还有些诧异地愣在原地，韩襄已然上前伸手到杜纯鼻前探一下，兴奋地回头。

“死啦！”

庾瓒如释重负地叹了口气，道：“真是个疯子！死到临头还想着杀人，不过总算都了了。把人解下来，抬回去吧。”

话音未落，杜纯尸首倚靠着的箭靶这时突然向后倒去，轰的一声着地，尘土四起。众人都被呛得咳嗽起来，韦若昭突然注意到地上，忍不住大喊。

“地上有字！”

在场众人赶紧低头观望，这才发现土地上很多地方被挖掘翻动过，而这些被翻动过的痕迹构成了一个巨大的“罚”字，杜纯万箭穿心的尸体却正好是那右下方双刀中的短竖。

每死人必有告示！杜纯到死都坚持了他的惯例，包括杀自己的时候。

所有人包括李秀一在内，都沉默了，围着这个巨大的“罚”字半天没有动。

金吾卫众人终于七手八脚地把杜纯的尸体放到临时找来的一扇门板上，抬着朝射箭场外去。

独孤仲平默默跟在旁边朝前走。韦若昭凑过来，叹口气道：“真可惜，就差一口气，要是他能说出弘济杀人的证据该多好。”

独孤仲平瞥了她一眼，喃喃自语："他为什么要死呢？"

"他？这倒是说得通吧，家没了，老婆孩子都没了，他绝望了，想在寻死之前报复一切。"

"我不是说他为什么寻死，而是说为什么现在寻死？"独孤仲平若有所思，"整个连环命案都是他计划好的，我们并没有真正打乱他的行动，可现在计划好像没执行完，如果我是他，我会死不瞑目的。"

韦若昭不禁一脸惊讶地望着独孤仲平，道："独孤先生，您怎么拿自己和他比呢？您这么——这么好，他这么坏……"

"人和人，有时候也没那么大差别，一念之间的事。"

"怎么会，您一看就是好人，那个弘济我一看就觉得他是个道貌岸然的坏种。我们真的就让他逍遥法外了？"韦若昭提到弘济又愤愤然起来。

独孤仲平一笑，道："你要是实在不甘心，可以去查查弘济，哦，俗名叫杨廷玉的，过去几年在正月十二有没有干过什么可疑或蹊跷的事，那天是他生日。"

"正月十二？那不就是昨天？哦，我说他为什么算准了杜淳一定会来，明知道有埋伏也会来，他一定在这天做过亏心事，对，是用戒尺打死了人。而他知道杜淳一定要以其人之道还治其人之身。"

"可杜淳没想到他还有一计，失算了。你也别抱太大希望，只有报了案的才会入档，哼，这天下确实有太多罪恶只有老天才知道了。"

独孤仲平说着，眼神无意中扫到杜纯从白单子下露出的手。

他紧走两步跟上，伸手拉起杜纯的手查看。左手小指上是常山兄弟的熟悉图案，并无什么特别，但独孤仲平同时注意到，杜纯五个手指的指甲缝里都一些黄色的粉末，不凑近看根本无法发现。

独孤仲平皱紧了眉头。

二十九

连环凶案终于告破，金吾卫士们由韩襄带着，成群结队地涌到荣枯酒店，将整个大堂都包了下来。自打过了年便一直紧绷着的神经骤然放松，所有人都准备一醉方休。

碧莲和米娅等几个胡姬打扮得花枝招展，坐在卫士们中间调笑，斗酒，将气氛搅得十分舒坦。

米娅问道："案子不是都破了吗，怎么不见庾大人？"

韩襄笑嘻嘻摇头，道："我们大人自然忙着结案呢！"

"有什么好结的？"碧莲一脸不屑，"反正那疯子死都死了！庾大人再不来，老娘把他存在这儿的好酒都搬出来请你们喝了！"

"那敢情好！可这里头的名堂老板娘你就不懂了，就说那杜纯的尸首，是直接抬到长史大人那儿好，还是直接弄回衙门去，这里头就有不少讲头！"韩襄搂着个漂亮的胡姬，喝了口酒，煞有介事地说，"若是抬到长史大人那儿，由着长史大人向上头禀报，估摸着一大半功劳就都归了薛长史了。是我给庾大人出的主意，先弄回衙门，直接向大将军请功！不过长史那边也不能怠慢，两头都去通知，只不过让去长史大人那儿的晚走一会儿……”

韦若昭这时匆匆走过来，手里拿着那条拴猴子的绳子，逢人便问，“喂，你们看见我的小乖了吗？谁看见我的小乖了？它把这绳子咬断了。”

韩襄道：“韦姑娘，你怎么才来，还找什么猴子，快来和我们一块儿喝一杯。破了这连环大案，功劳也算你一份！”

“破案小乖也立了功的，你们这些人真是没良心。”韦若昭哼了一声，“怕是它心里还是放不下旧主，要是这样我就再也见不到它了。”

韩襄不以为意地笑起来。“嗨，猴子明天再找不迟。今天我们只想饮酒快活，一醉方休，来，快给我再满上酒！”

身旁的胡姬当即替韩襄斟酒。碧莲见韦若昭一脸沮丧，便凑过来道：“不过是只猴子，你若是喜欢，回头叫人再替你弄一只就是了！”

“那不一样。”韦若昭神情失落地在桌边坐下，“怎么也不见独孤先生？”

当即有金吾卫士怪笑道：“那个怪人，寻他不见，谁知道他上哪里逍遥去了。”

另一人跟着打趣，道：“怎么不知道？刚才我明明在平康坊的岫云馆里和他照过面。他还求我把绮红姑娘先让给他呢！”

众人一阵哄笑，韦若昭听了又气又窘，一跺脚起身要走，碧莲急忙走过来拉住她。碧莲道：“你别听这些人瞎扯，画画的人虽然怪，可不像他们这些粗俗汉子一般。走，别理他们，去你那儿，咱们自己喝。”

碧莲拉着韦若昭去了韦若昭的房间，又从自己房间取来一只大皮酒囊，将韦若昭面前的杯子倒满了红色的酒液。

“这是我们康国出产的上等葡萄酒，外面那些家伙出多少我都不卖给他们，来，你尝尝。”

韦若昭却没有品酒的心情，只随意举杯饮了一口，道：“碧莲姐，你有没有看见独孤先生，我急着找他，他让我去查的东西……”

“你这个妹妹啊，真是查案查得发痴了，人都死了还查什么！”碧莲说着又替韦若昭满上，“来，再喝一杯！”

韦若昭还是心不在焉，道：“我还是去找找……”

碧莲一笑，将韦若昭按下，道：“不叫你去我自有道理，今儿个十四，月亮初圆，他肯定会乖乖待在那阁楼上，不过别人去打扰，他会生气的。”

韦若昭一愣，道：“为什么？”

碧莲抬手一指，道：“你听！”

一阵悠扬的古琴声就在这时自窗外传来，曲调婉转，听起来却有些清冷寂寥的意味。

“是他在弹琴？月圆的时候他就会弹琴吗？”

“可不是嘛！这个怪人，平常从来不弹，也不让别人碰他的琴，只有每月十四月初圆的时候弹，一弹就是一晚上，真是抽风。”

韦若昭更加好奇，道：“那为什么呀？”

碧莲不解地笑了笑，道：“那我可不知道了。唉，我就听不惯你们唐人这些调调，半死不活的一点劲头都没有，又不能唱又不能跳，哪有我们康国的弦子曲好听？”

这时琴声突然戛然而止，接着传来屋瓦的一阵乱响。韦若昭脸色一变，急忙跳了起来，推开窗户。但见独孤仲平已经摇摇晃晃上了屋顶，手里抱着那张琴，他开始沿着屋脊走，仿佛要走到身后那一轮巨大的满月中去。

韦若昭害怕地用手捂住了嘴，朝碧莲道："他会不会掉下来啊？我们快想办法把他弄下来吧！"

碧莲只笑了笑，摇头道："不用多事，多少次了，他掉不下来。你这时叫他反而麻烦，等他疯够了，就会再坐下来弹那破琴的。"

韦若昭只好看着独孤仲平跌跌撞撞穿过屋顶，他果然又坐了下来，将琴横放在自己的膝上，移音换调，另起了一曲，接着就口中咿咿呀呀开始吟唱起来："抗罗袂以掩涕兮，泪流襟之浪浪。悼良会之永绝兮，哀一逝而异乡……"

"是《洛神赋》……"韦若昭不禁喃喃自语。

夜风习习，独孤仲平宽大的衣袍迎风而动，在银白色的月光下只显得俊逸神秀。韦若昭不禁看得痴了，碧莲这时凑过来，故意伸手到韦若昭眼前晃晃。

"看够了就踏踏实实陪我喝酒，反正他今儿晚上也不能跟你谈案子的事了！"

韦若昭这才有些不好意思地缩回头来。"真是个怪人！"韦若昭一边嘟囔着一边关上窗。

碧莲已经自顾自倒了杯酒，坏笑道："怪得直往心里钻吧？"

韦若昭顿时脸一红，连连摇头道："哪儿有，我都不知道他在想什么。"

“只怕没人真晓得他心里想的到底是什么！”碧莲叹了口气，“哦，说不定那棵树倒是晓得！”

“你是说荣枯树？”韦若昭忽然心念一动，“你们搬进来的时候就有这棵荣枯树吗？”

“哪有！这树是我种下的！”碧莲笑而摇头。

“然后那些酒客喝多了就总拿酒浇它？”

“可不，也不晓得是哪个起头干的坏事，弄得现在只能浇酒不能浇水，好大一笔开销呢。”

韦若昭想了想，装作漫不经心的口吻，道：“碧莲姐，你说他们也不问问这棵树愿意不愿意，也不知道它是怎么想的，变的这样一半荣一半枯……”

不等韦若昭说完，碧莲已经哈哈大笑起来。碧莲道：“这是他考你的吧？”

韦若昭一愣，道：“你……你怎么知道？”

“凡是他不想答应的事，他就用这个问题去考人家。谁能说清楚树是怎么想的，还不是入了他的套？”

“那我应该怎么说？”

碧莲笑道：“你就说树学会了喝酒却不再能喝水，变得进退两难，不知是活着好，还是死了好，只好一半一半了。”

韦若昭还有点半信半疑，道：“这样说行吗……”

“错不了！我好几次听他喝多了，就自己这样叨叨呢！”

韦若昭高兴得几乎跳起来，大声道：“太好啦！谢谢你，碧莲姐！来，我们喝一杯！”

韦若昭说着，主动端起了酒囊给两人倒酒。

庾瓒这一整天，感觉自己走路都是飘起来的，所有先前的压力、恐惧和委屈都一扫而光。刚才，金吾卫大将军韦青居然破天荒地亲自到他的衙门里来验看杜纯的尸首，顺带赞许了他好几通，还满口应承要替他向上面表功。庾瓒久经官场，知道这些话也未必就能作数，但好歹让一直骑在自己头上的薛进贤吃了次瘪，庾瓒心里还是十分的受用。

送走了大将军，又得意扬扬四下逡巡了一阵，庾瓒方才决定打道回府，连环凶案告破，也该回家向老婆报到了。庾瓒一边想着一边朝外走，出了官衙大门却看见令人瞠目结舌的一幕——但见一块巨大的石碑不知何时竟矗立在衙门前的空地正中！石碑上隐约刻着字，密密麻麻的，在昏暗的光线下看不太真切。

庾瓒急忙叫旁边值守的手下卫士拿了盏灯笼，两人凑过去看。

碑文起首乃是巨大的“长安祭”三字，下面便是碑文，卫士就着灯光轻轻念了起来：“尔等长安士民，屡教不改，罪不容赦……”

庾瓒吓得顿时跌坐在地——怎么可能，杜纯明明已经死透了啊？可这口气，这笔迹，又明明就是杜纯的！

旁边的金吾卫士见状也是方寸大乱，若不是碍于庾瓒在场，只怕当场便会逃回衙门里去。好在庾瓒惊恐之余还没忘了环顾四周，除了担心是否有某个不知藏身何处的杜纯帮凶，庾瓒更关心的是这件事是否会被上头知道。所幸现在是晚上，街上没有行人。

决不能让这件事传出去！庾瓒当机立断，朝手下大声道：“还愣着干什么？快把它搬到院子里去。”

这时亦有其他卫士从衙门里闻声而出，众人上去七手八脚地欲推石碑，石碑却纹丝不动。

“大人，这是真石头的，弄不动啊！”

庾瓒一跺脚，道：“那……那赶快找块布来，先把它罩上。”

尔等长安士民，屡教不改，罪不容赦，查朝华寺住持弘济，俗家名曰杨廷玉，于太和三年腊月辛酉日将上任住持悟真杀害。又于本月十二日，将其徒慧觉锁于般若殿中……

微明的天色中，韦若昭正歪着头，一字一句地念着石头上的碑文。此时石碑已经被罩上了一块巨大的雨布，两个金吾卫士一左一右用竹竿挑着。庾瓒又穿上了那件不合身的护身软甲，韩襄等人明显是被从酒桌上叫下来的，个个垂头丧气、神情委顿，反倒是独孤仲平，一副神清气爽的模样，垂手站在一旁。

……覆巢之下，岂有完卵？上元之日，天谴必至。先取恶僧弘济狗命，为尔等长安罪人接引，再降巨祸与尔等洗罪。考诸古今，凡罪恶之城，非罹难无以重生，无毁灭万难再造。莫怨天不怜人，实因尔等拒不悔罪，以至招此大祸。天意昭彰，避无可避也……

韦若昭还要接着念，却被庾瓒不耐烦地打断。

“够啦！故弄玄虚，人都死了，还想吓唬我！”庾瓒看向一旁的韩襄，“牛车雇来没有？赶快将这破玩意拉走，千万莫让长史大人知道了。”

韩襄却哭丧着脸，道：“去雇了，今日上元节，家家户户都在扎晚上的彩灯，有车的找不着把式，有把式的又没车……”

“饭桶！你们不会把车和车把式都弄来？哪个说一定要自己赶自己的车？”

庾瓒不禁大发雷霆。一直默不作声的独孤仲平这时上前摸了摸石碑，又用指甲在石碑上划一下。

“原来是万年县出的青石啊！”独孤仲平轻声嘟囔着。

众人不禁都将疑惑的目光投向独孤仲平，还是韦若昭反应最快，当即大叫道：“万年县，去找万年县的石匠，这石碑肯定是他们运到这儿来的！”

几个石匠很快被带到了庾瓒的大堂上。庾瓒开始不愿韦若昭看见自己与独孤仲平审案的实际状态，反倒是独孤仲平大大方方地表示韦若昭博闻强记，又熟悉所有陈年旧案，让她在旁边听着也许不无裨益。韦若昭这才真正目睹独孤仲平同庾瓒的“双簧”，只觉得十分滑稽好玩。要不是独孤仲平不断瞪她，她几乎要笑出声来。

石匠们很快承认石碑就是他们半夜里运到这里，竖立起来的。而订购这石碑的人的确是杜纯，只不过这杜纯假扮成金吾卫士的模样，给了这几个石匠一笔丰厚的酬劳，要求务必于上元节前将石碑刻好，并一定要于上元当日一早，送到布政坊右金吾卫衙门前。

独孤仲平示意庾瓒追问杜纯是何时将碑文交给他们的，得知原本杜纯在交付工钱时便已给了一篇碑文，但就在三天前的夜里，他又突然赶来，将碑文改了许多处，石匠们只好日夜赶工，方才赶在规定的时间将石碑刻好。

庾瓒听得怒不可遏，拍桌子瞪眼道："你们好大的胆子！他叫你们刻什么，你们就敢刻什么，说！你们拿了他多少钱？"

石匠们吓坏了，其中一个还算胆大的支吾道："钱是加了些，可他是金吾卫的人啊！"

"放屁！他是冒充的。"庾瓒更加愤怒，直到独孤仲平隔着屏风提醒，这才话锋一转，"那我问你，这碑文哪里是他改过的？"

这石匠却连连摇头，道："我等只是石匠，只会刻字。其实这字并认不了几个。"见庾瓒不肯信，石匠只好磕头，"我等虽也觉得此人古怪，却万万不知他那碑文是冒犯朝廷的反文，此人怪得很，找我们刻碑，居然还自带石料。可他穿着金吾卫的衣服，我等小民又怎敢不从他呢？"

独孤仲平一愣，低声指导庾瓒道："这碑不是万年县出产的青石吗？问他，石料有何特殊之处。"

庾瓒当即有样学样，道："本大人认得，这碑就是你们万年县出产的青石，他为何还要自带？这石料可有特殊之处？"

"小的们也觉奇怪啊！他带来这石料就是我们本地所产，刻起来也无特殊之处。别人来刻碑都是我们备料，不知他为何一定要用自己这块。因他钱给得多，我们也就没有多问。"

独孤仲平知道继续问也不会再有什么收获，便示意庾瓒将石匠们放了。众人又回到石碑前，此时天光已经大亮，时而有路过的行人好奇地朝石碑打量，却都被周遭虎视眈眈的金吾卫士驱散。

韦若昭看着石碑若有所思，道："他那天晚上差点被捉，居然带着伤，连夜赶去把碑文改了，看来这改的地方很是重要！"

“可这碑文也没说什么呀！还是之前翻过来调过去那几句话。”庾瓒皱着眉头，愤愤不平地叹了口气，“唉，这个疯子，死了还不让人消停。”

“碑文不重要，重要的是，这石碑说明他是布置好一切才寻死的。”独孤仲平冷冷地道。庾瓒、韦若昭各自一愣，刚要开口询问，李秀一的声音就在这时响起。

“画画的说得对，他又要杀人了！”

众人闻声回头，但见李秀一不知何时已经出现在背后。

“杀谁？”韦若昭好奇地问。

李秀一哼了一声，道：“弘济啊！你们不记得了？出告示必死人，这杜纯人虽死了，可并没失过言啊。堂堂长安右金吾卫，明知道一个死人要杀一个活人，要是再阻止不了，让死人得了手，那可就太现眼了！嘿嘿，别说乌纱不保，以后上街怕是也要被长安人的唾沫淹死。”

庾瓒脸上一块红一块白，嗫嚅道：“那你看我们该如何防阻……”

“你们知道他要干，却不知他何时、何地、打算怎么干，如何能防？”李秀一只是冷笑。

韦若昭见庾瓒甚是难堪，心中有些不忍，道：“你也是吃过官饭的，何必来幸灾乐祸？”

“我又不是长安人，他又没把我算在罪人里面，况且我本来就是来看热闹的！”

独孤仲平此时一直在盯着石碑看，完全没理会李秀一和韦若昭的斗嘴。半晌，他突然二话不说，转身便走，就在众人摸不着头脑之际，独孤仲平已经拎着一柄锤子从官衙门房里奔出来，他径直来到石碑前，抡起锤子便朝石碑砸去。

“你干吗——”韦若昭惊讶地大叫起来。

独孤仲平却毫不理会，挥舞锤子向那石碑砰砰一阵猛砸。随着轰然一声巨响，看似坚不可摧的巨大石碑正中竟出现了一个大洞，飞溅的碎石粉末中，隐隐可见那空洞里藏着什么东西。

原来这石碑竟是空的！

反应过来的韩襄当即上前，伸手进去将藏在里头的东西掏出来，一块袈裟骤然出现在众人眼前，而这袈裟看起来十分的破旧，背部已然丝丝缕缕，破成了几片。

“这是住持才能穿的袈裟，一定是老住持的！”韦若昭忍不住大叫。

李秀一上前摸一下袈裟的破处，道：“穿这袈裟的人背上受了重击，足以致命。看来独孤先生是找到罪证了！”

“罪证？”庾瓒一头雾水，“什么罪证？”

韦若昭道：“当然是弘济用戒尺打死老住持的证据啊！杜纯在帮我们，他果然不甘心放过弘济这个恶棍！他要假手我们除掉他，这就是他死前的布置。”

独孤仲平有些气喘吁吁地放下手里的锤子，点头道：“他为什么不用石匠们备的料，而是自己特意送了这块石料来？这一定有特殊的原因。那么是什么原因呢，答案只能是里面有东西，我估计就是弘济杀害前任住持的证据。”

一卷纸质泛黄的账册这时从卷着的袈裟里滚落出来，独孤仲平弯腰将其拾起，只扫了一眼便交给韦若昭，道：“韦姑娘看得快些。”

韦若昭按捺不住欣喜，这分明是对自己能力的肯定。她于是接过来，一目十行地看着，越看越惊喜，急忙道：“这是个账本，记的都是朝华寺大刻经期间的往来账目，很多钱，这儿有弘济的签名，哦，这还有悟真，就是老住持！”

“哦，这种事我有数！一定是这小子经手此事，贪了很多钱，被老住持发现了。”庾瓒终于恍然大悟，“物证在手，快去牵马，韩襄，多带人手，去朝华寺抓人！”

韩襄等人当即行动起来，却听得一声马嘶，却是李秀一策马抢先朝远处奔去。原来他早就备好了马在一旁，只等右金吾卫的人发现线索，他就去抢功，一点道理都没打算讲。

庾瓒担心李秀一抢走功劳，赶紧带着人追上去。韦若昭本想跟着，却见独孤仲平依然盯着那石碑出神。

“独孤先生，我们也去吧？”

独孤仲平只一笑，道：“你也想去抢赏金？”

“不是，可总不能李秀一捡个大便宜，我们白忙活儿一场啊！”

“那你去吧，我还没想通。”

“没想通？”韦若昭好奇心顿起，“还有什么没想通的？”

独孤仲平没说话，他注视着眼前残缺的石碑，整个案子的始末在脑海中逐一闪现：漫天传帖与黄金面具掩映下师崇道七窍流血的脸；十字街头伴随着卷轴从天而降的曹十鹏；鲜血淋漓的舞台上骆可及被铡刀一截两段的惨状；以及杜纯临死前以自己尸身写下的那个巨大的“罚”字……

独孤仲平骤然一个踉跄，身体晃了晃，几乎摔倒，脸上却是既痛苦又兴奋的表情。他的头终于痛了起来！独孤仲平知道这将最后逼近这案子的核心，他扶住头，下意识地在身上摸酒壶，却几处都摸了空。

一只精致的小皮酒壶这时递了过来，独孤仲平诧异地望过去，就见韦若昭正一脸诚恳地看着自己。他接过酒壶，迫不及待地喝了一大口，自嘲地笑了笑，道："你怎么会随身带着这好东西？"

"给你准备的。"

这回，独孤仲平的神情真正地惊讶了。

"没别的意思，是为了破案子嘛。"韦若昭被他看得有点不好意思，于是故作随意，"你说过的，你想通了的时候，就会犯头疼病。可你要是疼死了，下回就没有能想通的人了！"

独孤仲平笑了，又仰头喝了一大口酒，再将已参透的案情理了一遍，确认没有问题，就对韦若昭道："走吧，我们也去朝华寺！"

三十

苍茫暮色中，独孤仲平与韦若昭两人并辔疾驰在大道上。此时距离掌灯尚有一段时间，而迫不及待的长安人已经早早便将节日的灯火点亮。要知道，上元节这三天不实行夜禁，各个坊门全天大开，仍凭百姓穿行。此时街上已经满是出门观灯的人群，百戏争鸣，踏歌轮舞，一片沸反盈天的欢腾景象。

“什么？你说他要在朝华寺大殿放火？虽然道路越走越是拥挤，两人仍不减速度，催马急奔朝华寺，只努力控制住缰绳范围，不让坐骑惊扰到路旁的行人。

“没错！朝华寺大殿周围都是密集的民房，一旦着火，蔓延极快，”独孤仲平神色十分严峻，“而且今天是灯节，全城到处都是火烛花灯，坊门彻夜不关，全城人都会出来看灯，想想吧，一旦失火，救无可救。”

“可为什么……”

“慧觉是被烧死的，他还是要坚持一报还一报，所以他跑去改碑文，其实是改了他整个的连环杀人计划，先烧死弘济，再顺势纵火焚城！”

韦若昭顿时倒吸了凉气，道：“那他的死也是为了迷惑我们了？”

“他已经把纵火之局都布好了，才自己寻死，好让我们彻底放松警惕。那天他死后，我在他手指甲里发现了些黄色粉末，一直没想明白是什么，现在我可以肯定了，是硫黄！”

韦若昭更加惊诧，道：“那他那些传帖告示都不是说说的，他真要杀尽长安人？”

“这就是他计划的全部！先用这些告示恐吓全城，让人心惶惶，随着命案一桩桩发生，我们会发现他杀的都是常山兄弟的熟人，会认为他只是虚张声势，他再利用我们注意力只在具体命案上，假灯节纵火焚城，让自己惩罚全城的预言成真！”

“那他原本是没打算自杀的？”

独孤仲平却摇头，斩钉截铁地道：“不，他不想活了才策划的这一切，只不过那天被弘济耍了一道，他决定将计就计，以先死保证计划最后成功！”

一阵凛冽的寒风袭过。韦若昭惊叫：“啊，先生，起风了。”

“再快点！”独孤仲平也有些焦急起来，加紧催马，两匹马在长安的繁华街市上飞驰起来，路人见了纷纷避开。

朝华寺，大雄宝殿内。一场盛大的法事已经拉开了序幕。佛前供案上、烛架上密密地摆放着上百盏点燃的油灯火烛，几排蒲团上坐满了大小和尚，正随着奏响的梵乐念经。弘济端坐在住持高高的法座上，手捻佛珠，双目微闭，神情既庄重又虔诚。

李秀一赶在庾瓒等一干人之前抢先赶到了朝华寺。他早就精明地算计好，弘济是陈年旧案的案犯，任何人只要把他擒获，都可以举报人的身份把他送到京兆府，只要查证属实，就可领人命案一级的赏金。而弘济杀害前任住持的铁证已现，他只要占了先，金吾卫的人毫无办法。

所以李秀一一到朝华寺，毫不顾及，直接破窗而入，一纵身已跃到弘济所坐的法座边。

“弘济！别装蒜了，随爷爷去投案吧！”李秀一说着，刀已架到了弘济脖子上。

众和尚见了，一阵惊慌，纷纷欲围上来搭救，有的已从门边抄起了棍子。

弘济却朝众僧摆摆手，语气镇定地道：“刀斧棍棒，干犯佛颜，不可妄动，你等坐下。施主贸然闯入，持刀威吓老衲，不知所谓何事？”

李秀一冷冷一哂，道：“你别他妈装蒜了，杜纯死前做了件好事，把你吞没刻经花销、用戒尺打死老住持的证据，包了个包袱给老子送来了！

众和尚听了不禁一片惊呼，弘济心中一紧，神态却还是淡然，道：“阿弥陀佛，出家人不打诳语，亦不凭空受人诬陷。施主无凭无据，虽刀斧加身，也难污我清白！”

“你要是清白，曲江池里的污泥也是白的啦，有话去衙门里说吧。”

李秀一说着掏出绳索就要将弘济上绑，弘济依然毫不畏惧，冷笑道：“老衲是朝华寺的住持，只怕你拿了我，还得乖乖把我送回来。到时候谁在衙门里吃牢饭，还不一定呢！”

话音未落，刚刚赶到的庾瓒等人一窝蜂冲进来，庾瓒遥遥朝李秀一大喊："好你个李秀一，这朝廷要犯，岂是你一个私探拿得的？"

庾瓒一努嘴，韩襄等人冲过来，就要从李秀一手下抢人。李秀一刀架弘济后退一步。

"亏你还是个右街使，律条还没我读的熟，这陈年旧犯哪个布衣百姓寻着了证据，都可将人送官请赏！"

庾瓒一瞪眼，道："他怎么是旧犯？他是本案要犯，怎么能算旧犯？"

"他打死前任住持铁证如山，害得慧觉被烧死你却没有证据，怎么不是旧犯？"

众僧听了自然又是一片惊呼，这凶神恶煞似的汉子竟然指责慧觉之死是弘济所害，虽然都不知真假，却也下意识地退后了几步，看向弘济的眼神也变得充满恐惧。

庾瓒被李秀一抢白几句，想想确实如此，气势矮了几分，但仍梗着脖子狡辩道："你怎知我没有他害死慧觉的证据？快把人交出来，不然有你的好看。"

庾瓒与李秀一正争辩间，独孤仲平与韦若昭也急匆匆闯进大殿。

韦若昭一路高喊道："大家都别乱动！这里有危险！"

众人见韦若昭一脸紧张，都待在原地不敢乱动，就连被李秀一刀逼住的弘济都扭头注视着两人的行动，一脸惊惧。而独孤仲平丝毫不理会众人，快速地在大殿四下游走查看。

独孤仲平来到一巨大的铜壶滴漏面前，这铜壶滴漏是四个壶组成的大约一丈高的大家伙，最下面的一个壶中有一手铜牌的小铜人，铜牌上刻着时辰。独孤仲平看了看这小铜人，就伸手到铜壶的水中朝小铜人的身后摸去。

“在这儿！”独孤仲平大声道。

众人的目光再次集中在独孤仲平身上，但见独孤仲平从小铜人的身后摸出一根绳子来。他捋着这根绳子，朝铜壶滴漏后面去。绳子在铜壶滴漏后面的隐蔽处又连接了几组滑轮和木制机关，独孤仲平再顺着绳子向上望去，绳子贴着殿柱，通向房梁之上。

这时，滴漏前面的小铜人突然又上浮了一格，手中的时刻牌也露出了戌时的字样。小铜人身后的绳子由此被触动，引发了滴漏后面木制机关的转动。

韦若昭这时正走到木制机关处，见此情景，面露惊色，讶异道：“绳子在动！”

独孤仲平顿时了然，大喝一声，道：“硫黄在房梁上！”

而此时随着房梁上绳子牵动，一个巨大的斗逐渐倾斜过来，不用说那里面都是硫黄。而这个大斗下面正对着弘济的法座，周围点满了蜡烛和油灯。

众人终于明白过来，惊叫着朝外涌去。庾瓒见势不好，早已躲得远远的。独孤仲平骤然朝李秀一大喊：“你还等什么？”

李秀一先是一愣，转瞬已明白了独孤仲平的用意。他一把推开被困住的弘济，纵身一跃一手扒住了房梁，一手顶住了眼看就要倾倒的大斗。

“快灭灯！”独孤仲平说着已经冲上前去，韦若昭等人这时也都醒悟，上前七手八脚地掐灭烛火，慌乱中反倒将油灯碰翻了不少。

李秀一扒住房梁的手也在打滑，脸涨得通红，显然十分吃力。

这时韩襄等人和几个和尚冲回大殿，每个人手里都拎着水桶，众人连续不断地将一桶桶水浇在大斗下面的法座和供桌周围。

李秀一渐渐支撑不住，他瞥见下面的灯烛大多数已被浇灭，于是大叫一声“让开”。

众人闻声散开，李秀一一松手，身子迅速下落。

大斗倾覆，斗内的硫黄漫天洒下，未来得及熄灭的灯烛上几缕火苗腾起，瞬间便被早已等在旁边的众人扑灭。在场众人这才真的松了口气。庾瓒见安全了这才跳出来，虚张声势地指挥众人将弘济拿下。

李秀一望向独孤仲平，发现独孤仲平也正注视着自己。那目光中似有赞许。

一场灾难在千钧一发之际消弭于无形，上元灯节就像往年一样热热闹闹又平淡无奇地过去了。连环命案的凶手伏诛的消息之前就传开，半月来饱受惊吓的长安人终于可以长出一口气。诸省诸司又以难得的一致加快步调，将俗名杨廷玉的弘济判了斩立决。

斩刑执行当日，通往独柳树刑场的道路两旁早早便挤满了围观的民众，当独孤仲平、韦若昭从金吾卫衙门出来时，李秀一正斜靠在路旁的石墙上摆弄着手里的狼爪，这时游街的队伍恰好从布政坊经过，人们朝载着弘济游街示众的囚车抛掷石块，雀跃、兴奋，竟比刚刚过去的节庆更加热烈。

“瞧瞧这些长安人，”李秀一言语中满是轻蔑，“好像他们早就知道全天下的坏事都是弘济干的，只要杀了他，他们自己的罪也就没人知道了。”

独孤仲平却一笑，道：“不管怎么说，也是李兄挺身而出，免去了长安一场大火，救下了这些不知罪的人。”

“哼！我只是为了赏金罢了。可惜便宜了弘济，他应该被烧死才公平，现在只会轻轻地挨上一刀了。杜纯还是太相信天谴了，老天爷真是瞎了眼！”

“不知京兆府给了李兄多少？公平否？”

“十缗而已！少说半个长安的人命，只值十缗。哼！独孤兄，不要以为把阻止大火的功劳让给了我，我就会念你的恩！我要谢的是杜纯！他给我提了个醒，这罪人还是长安多啊，我的生意一定错不了！我打算留在这儿，把你的案子和赏金都抢走。”

李秀一说完看也不看独孤仲平，转身离去。

韦若昭有些气不过，看着李秀一的背影道：“这人真是无礼！你怎么不……”

独孤仲平依然笑容浅淡，摇了摇头，道：“他要不这么说话，我倒是不习惯了。”

两人逆着人流沿街前行，韦若昭按捺不住好奇道：“真没想到你探案子是收钱的，居然有一锭金子这么多！”

原来韦若昭刚才目睹了庾瓒将金子交给独孤仲平的过程，除了惊讶，韦若昭更觉得自己这回彻底抓住了庾瓒的把柄。

“这是庾大人从私囊里拿出来帮衬我的，不走公账，有何不可？”

“我才不管这钱是公是私，反正要想让我不说出去，你们以后什么事都不许瞒我！”

独孤仲平何尝不明白韦若昭的心思，看来这姑娘是铁了心要来掺和探案了。独孤仲平的心情有些沉重，只叹了口气没说话。

“你要去哪儿？”韦若昭跟着独孤仲平往前走，这不是回荣枯酒店的路，而独孤仲平看起来仿佛漫无目的的样子。

“去花钱啊！”独孤仲平掂了掂袖子里的金锭。

韦若昭嬉皮笑脸地道：“那我跟你一起去吧！你得了那么多钱，一个人吃喝玩乐有什么意思？不如把我也带上。嘿嘿，算我陪你好了，师父！”

“等等，我好像还没答应收你为徒吧？”

韦若昭一愣，嚷嚷道：“可刚才在庾大人面前，你不是说以后一切但凭他的吩咐吗？他都说了……”

“那是庾胖子愿意抬举你，我可没答应什么。”

独孤仲平边走边说，这时他经过路旁一个瞎眼乞丐，竟随手便将那金锭丢进了乞丐面前的瓦罐。

“哎！你怎么把……”韦若昭顿时大叫，而话未出口已被独孤仲平拽走。

韦若昭边走边回头观望，不解地道：“那是一锭金子啊！你怎么就这么给……”

“我说了出来花钱的嘛。”

“啊！想不到你是这样花钱的，这也太……”

韦若昭想了半天却找不出合适的词汇形容独孤仲平此举，独孤仲平这时停下脚步：“好了，钱花光了，你也不用陪我了。”

韦若昭平静一下，道:“荣枯树为什么会一半枯一半荣，它怎么想的，如果我回答上这个问题，你就会收我为徒，对吗？”

“不错。”

“那好，你听着，”韦若昭胸有成竹地注视着独孤仲平，“因为树学会了喝酒，不再能喝水，变得进退两难，不知是活着好，还是死了好。”

独孤仲平难以置信地看着韦若昭，惊诧道:“你……你是怎么……”

韦若昭笑眯眯地看着他，道:“我知道你是个说话算数的人哟——师父！”

独孤仲平稍一思量，叹道:“碧莲。”

“你只要我回答上的你问题，并没限制我如何获得答案啊。”

“也罢，”独孤仲平又是一叹，“不过做我的徒弟还有个条件。”

“什么条件？”

“只能犯三次错，三次过后，就要逐出师门。”

“成！”韦若昭当即痛快答应，相信以自己的聪明才智，早晚有一天能获得独孤仲平的赞赏的。

她一边想着一边伸手攥住脖子上的吊坠。姐姐，韦若昭在心底默念，最有趣的生活就要开始了！

尾　声

本来依着韦若昭的性子，她是打算拉着独孤仲平去找家酒铺子喝个痛快的。但刑部大牢的牢头不知从何处钻了出来。一把拉着独孤仲平，告诉了一个让他也惊讶不已的消息。

方驼子居然从戒备森严的刑部大牢越狱跑了！

独孤仲平急忙支走韦若昭，匆匆赶去刑部大牢。

最深处那间幽暗的牢房里，独孤仲平望着已经空空如也的栅栏，旁边的狱卒还在一脸懊丧地喋喋不休。

"……谁能想到那些人居然和他是一伙的啊，全穿着刑部特驾的官衣，拿的公文，包、封、印、签全对，还有宰相大人的亲批，就这么大摇大摆地把他从我这里接走了。"

牢房内，连接到墙上的四条大铁链孤零零垂在地上。

"直到又行文来提他，我才知道上了当，出了大娄子……"

"那假公文呢？"

狱卒道："比部司的人拿走查对去了，这事蹊跷就蹊跷在所有公文、印鉴都是真的，就是人犯的名字是假的。唉，这帮人装得实在太像了，嘴里还聊着部里的掌故，句句都像真的！”

独孤仲平不禁冷笑道：“句句都像真的，就不会是真的。摆明了说给你听的。”

独孤仲平说着，从开着的牢门走进了牢房，四下打量着，狱卒在后面跟着进来。独孤仲平四下打量，发现在牢房正面栅栏下的矮墙缝里，不起眼地插着一枚铜钱。独孤仲平迅速地抬手将其拔了出来。但见那是一枚已经很旧了的开元通宝，暗黄的币面上沾满黑绿色的锈迹。独孤仲平不动声色地将铜钱藏入袖中。

“看来方驼子把这儿都快抠出个洞来了。”独孤仲平漫不经心地说道，还故意指了指旁边墙上斑驳处。

狱卒点头，叹气道：“可不！话说回来了，谁这样被关着不想跑呢？”

独孤仲平再次打量整间牢房，他仔细回想着和方驼子几次见面的情形。以方驼子的案底，就算不被即刻问斩，只怕也逃不过要将牢底坐穿的命运，而能将这越狱安排得如此天衣无缝，即便以方驼子的能耐，没有手眼通天的人从中斡旋、相助，想要达成目的也绝不是那么容易。这个背后的人到底是谁？这样做又是为什么呢？

独孤仲平不禁又想起袖子里的那枚铜钱，这一定是方驼子刻意留下的，他知道狱卒一定会将他越狱之事知会自己，而这铜钱无疑就是留给自己的讯息。

未来，长安城中还会有许多故事。

图书在版编目（CIP）数据

长安三怪探之连环报 / 独孤门下著．—南京：译林出版社，2016.1

ISBN 978-7-5447-5556-6

Ⅰ.①长… Ⅱ.①独… Ⅲ.①侦探小说－中国－当代 Ⅳ.①I247.5

中国版本图书馆CIP数据核字（2015）第149430号

书　　名	长安三怪探之连环报
作　　者	独孤门下
责任编辑	陆元昶
特约编辑	王秀莉
出版发行	凤凰出版传媒股份有限公司 译林出版社
出版社地址	南京市湖南路1号A楼，邮编：210009
电子信箱	yilin@yilin.com
出版社网址	http://www.yilin.com
印　　刷	三河市祥达印刷包装有限公司
开　　本	640×960毫米　1/16
印　　张	19.5
字　　数	209千字
版　　次	2016年1月第1版　2016年1月第1次印刷
书　　号	ISBN 978-7-5447-5556-6
定　　价	32.80元

译林版图书若有印装错误可向承印厂调换